멋진
배역

BEAU RÔLE

BEAU RÔLE

by Nicolas FARGUES

멋진 배역
BEAU RÔLE

니콜라 파르그 | 문소영 옮김

멋진 배역
BEAU RÔLE

첫판 1쇄 펴낸날 2009년 9월 28일

지은이 | 니콜라 파르그
옮긴이 | 문소영
펴낸이 | 박남희
디자인 | Studio Bemine
제작 | 이희수
종이 | 화인페이퍼
인쇄 | 청아문화사
제본 | 정민제본

펴낸곳 | (주)뮤진트리
출판등록 | 2007년 11월 28일 제318-2007-000130호
주소 | 서울시 영등포구 양평동 2가 37-2 양평빌딩 301호
전화 | 02-2676-7117 팩스 02-2676-5261
E-mail | geist6@hanmail.net

ⓒ 뮤진트리, 2009

ISBN 978-89-94015-00-2 03860

NF

루이와 탕크레드에게

1

BEAU RÔLE

멜리키앙이 메일을 보내왔다.

잘 지내지, 앙투안?

이 메일이 네 수중에까지 전해질지는 모르겠지만 일단 내 운을
믿고 시도해보는 거야. 난 베르나르 멜리키앙이야. 우리는 무아
시에 있는 마리보 중학교 1, 2학년 때 같은 반이었어. 그리 자주
어울리는 사이는 아니었지. 넌 늘 주동자들과 함께였으니까(무라
드 알라센 - 에두아르도 구엘리보 - 프랑크 페레티, 이 트리오 기억나?).
나는 수줍음이 많았던 편이라 여자아이들과 어울리는 데는 너희
들만큼 적극적이지는 못했지만 성적은 좋았지. 그 패거리들 중에
서 너는 유일하게 나에게 호의적이었고, 나를 웃음거리나 공부벌
레 취급하지도 않았고, '촌스런' 내 이름이라든가 조숙하게 빨리

자라기 시작한 체모나 체육 시간에 턱없이 부진했던 내 모습을 비웃지 않은 친구였어. 너는 적어도 매일 아침 나에게 아는 척이라도 했으니까 말이야. 여담이지만 그게 동정심에서 그랬던 것인지 아니면 진짜 친절해서 그랬던 것인지 이따금 생각해보곤 했어. 하여간 너는 이미 모든 상황에 잘 적응하고, 모든 사람들 마음에 드는 재주가 있었던 터라 네가 배우가 되었다는 게 놀랍지는 않더라. 나는 학업을 마칠 때까지 쭉 '우등생' 자리를 놓치지 않았지. 8년 전에 결혼해서 두 아이가 있고, 지금은 발-드-마른에 있는 한 고등학교에서 프랑스어를 가르치고 있어.

이렇게 편지를 쓰는 이유를 말하기까지 사설이 너무 길었던 것 같다. 지금 내가 가르치고 있는 두 학급의 고 2 문학 전공반 학생들에게 한 달에 한 번 토요일에 영화를 보여주고 같이 토론을 하고 있어. 대부분 세대 간의 갈등, 실업, 이민, 인종차별 등 사회 문제에 관한 것들이야. 〈그린즈판Grynszpan〉 마지막 회에 네가 나오는 것을 보고 어쩌면 우리 학교에 와서 영화 상영 후에 갖는 토론 시간에 참여해줄지도 모른다는 생각이 들었어. 구글에서 네 이름을 검색해보았더니 소속사 주소가 나오더라. 거기에서 네 메일 주소를 알게 됐어. 진짜 배우와 함께 이야기를 나눠보는 게 학생들에게는 특별한 경험이 될 테고, 나도 무척이나 기쁠 것 같다.

네 시간이 귀한 줄도 알고, 너에게 들어오는 다른 제안과 비교해서 내 제안이 하찮을 거라는 것도 알아.

그래도 답변을 한 번 기다려보려고 해.

그럼, 잘 있어.

베르나르가

나는 내가 답장을 하리라는 것을 바로 알았다. 오자나 오식을 찾아볼 수 없고, 정확하고 사려 깊으며 믿을 만한 사람임이 드러나 있다는 점이 그럴 만한 첫 번째 이유였다. 두 번째는 아무 생각 없이 내뱉는 '안녕'이라는 말 대신에 "잘 지내지, 앙투안?"이라고 쓴 것, '수중', '체모', '턱없이 부진했던', '여담이지만', '사설이 길다'라는 표현을 사용한 것, '그린즈판'이라는 이름을 철자 하나 틀리지 않고 쓴 것 등등 최대한 신중을 기해 용어를 선정했다는 점이었다. 그리고 멋있게 보이거나 영리해 보이려고 애쓰지 않으면서 직접적인 어조로 쓴 글에서 전체적으로 성숙함이 느껴졌고, 요청하는 내용이 명확하면서도 집요하거나 아첨하는 형식이 아니었다.

물론 문학 교사라면 자기 생각을 제대로 표현하는 것쯤이야 당연하다는 게 내 생각이지만, 우리 세대 남자들 중에서 요즘 그렇게 할 수 있는 사람이 그리 많지 않았고, 특히나 우리가 텔레비전에서 보는 진행자, 가수, 배우, 심지어 기자들조차도 카메라 앞에서 창피한 줄도 모르고 어쩌나 유치하고 무식한 말들을 마구 쏟아내는지 고상한 언어를 자유자재로 구사하는 것이야말로 쿨함의 정수라는 것을 깨닫지 못하고 있는 것 같다.

여하튼 중학교 시절의 기억이 떠올랐다. 베르나르 멜리키앙,

지금까지 살아오면서 그의 이름이나 얼굴보다 훨씬 더 뚜렷하게 기억되는 사람들이 내 삶에 수없이 점철되어 있지만, 나는 그를 너무나 분명하게 기억하고 있다. 요 근래 내가 누리고 있는 삶과 내가 만나는 사람들은 마리보에서 보낸 학창 시절로부터 수 광년 떨어진 별세계 사람들이다. 그러나 여기저기서 러브 콜을 받고 중요하지 않은 만남은 잘 잊어버려야 하는 나 같은 사람이 멜리키앙을 명확하게 기억하고 있다는 것, 게다가 1983년에서 1985년 동창들 대부분의 이름과 얼굴을 기억한다는 것이 어지간히 자랑스러웠음을 꼭 밝혀두고 싶다. 그 시절 동창 중에는 무라드와 에두아르도, 프랑크도 있었지만, 스티브 마툼벨레, 자비에 볼, 프랑신 음바르가, 쥘리 쥐리겔, 이자벨 마르텔, 미겔 페나, 로리안 라지모브스키, 나오미 립톤, 아자라 벤 사다, 장-크리스토프 드 마토스, 로랑 프락스, 아닉 디아라, 엠마누엘 게쥬, 아지즈 찹디, 질 벨라이슈도 있었다.

1983년에서 1985년(세상에 벌써 20년도 더 됐군!) 하면 특히 마돈나의 〈홀리데이〉, 마이클 잭슨의 〈스릴러〉와 〈빌리진〉, 프린스의 〈웬 도브스 크라이〉라는 노래들이 떠올랐다. 스머프도 떠올랐고, 시드니가 사회를 보았던 〈힙합〉,[1] 영화 〈플래시댄스〉와 〈스테잉 얼라이브〉(〈토요일 밤의 열기〉)의 리메이크 실패작으로, 비지스의 곡과 실

---

[1] H.I.P. H.O.P.은 1984년 프랑스에 힙합을 널리 보급시킨 힙합 음악 프로그램으로, 프랑스에서 흑인이 진행을 맡은 첫 TV 프로그램이다.

베스터 스탤론의 동생인 프랭크 스탤론의 곡 삽입)의 오리지널 밴드가 떠올랐다. 또 이때는 〈록키 3〉와 〈람보〉가 나온 해였고, 드라마 〈다이너스티〉가 방영되던 해였으며, 프랑스 팝뮤직에서 전자드럼과 신시사이저가 등장한 해였다. 그룹 앵도신느[2]가 등장한 해였고, 뮤직비디오가 나오기 시작한 해였으며, 어깨에 심을 넣은 옷이 한창 유행하던 해였고, 광고에서 여자들이 제나 드 로스네[3] 스타일의 볼터치와 야생적인 느낌의 헝클어진 헤어스타일을 선보이던 해였다. 라이오넬 리치의 포마드를 바른 곱슬머리가 모습을 드러낸 해였고, 미국 영화에서 서스펜스 장면의 조명으로 연기와 푸른색 스포트라이트가 사용되던 해였다.

벌써 20년이라는 세월이 흘렀지만, **나**에게는 그리 오래전 일이라는 느낌이 들지 않았기 때문에 이 20년은 우리 부모님 세대가 "20년 전에는 말이지"라고 이야기할 때의 그 20년과는 다르게 느껴졌다. 요컨대 멜리키앙의 편지를 받고 난생 처음 내가 늙었구나 하는 생각을 하게 된 것이 아니라, '20년'이 긴 세월이기는 하지만 또 그렇게 오래전 일은 아니라는 것을 깨닫게 된 것이다. 그것은 단지 시금까지 꽤 많은 시간을 살았다는 것 그 이상의 의미는 아니었다.

---

2) 1981년에 결성된 프랑스의 뉴 웨이브 · 록 밴드 그룹이다.
3) 제나 드 로스네(Jenna de Rosnay)는 프랑스 여자 윈드서핑 세계 챔피언인 동시에 모델이면서 사업가이다.

게다가 메일은 성인 남자의 말투로 쓰여 있었지만, 편지를 읽으면서 내 머릿속에 떠오른 것은 여전히 마리보 시절 그때의 멜리키앙이었다. 마치 그와 나, 그리고 우리 반이었던 모든 아이들, 우리 세대의 모든 이들이 '어른'이 된 서로의 모습을 보더라도 절대 그 모습에 속지 않는 것처럼 말이다. 사실 멜리키앙이 나를 어려워하지 않는 게 좋았다. 어떤 순간에도 격식을 차린답시고 나에게 존대할 생각을 하지 않은 것이 마음에 들었고, 아이들 이름과 세세한 일들을 정확하게 기억하고 있다는 것이 마음에 들었다. 말투는 평온했고 일정한 거리를 유지하면서도 유머와 자의식이 드러나 있었다. 그러면서도 그에게는 자신의 수치스러운 기억을 애써 감추려들지 않는 정직함도 있었다. 정말이지, 솔직히 그런 점에서는 너에게 경의를 표한다, 멜리키앙.

존재감도 없고 괴롭힘만 당하던 마리보 시절의 그와 그가 보낸 메일에서 풍기는 세련됨 사이의 상관관계를 찾아보려고 애쓰던 나는 무라드와 에두아르도, 프랑크 그들은 어떻게 살고 있을지 궁금해졌다. 그 당시 내가 멜리키앙이 아닌 그녀석들과 같이 어울렸던 건 사실이다. 비록 그들과 어울리기 위해서 때때로 내 입장에서는 희생이라는 엄청난 노력이 필요했지만 말이다. 예를 들어 그녀석들이 멜리키앙에 대해 신랄하게 지껄여대는 욕지거리에 나는 좋아라하며 웃어대곤 했는데, 그러기 위해서는 언제나 그가 주위에 없음을 확인하는 수고를 감수해야 했다. 내가 매일 아침 그에게 다가가 악수를 청했던 것은 어쩌면 그에 대한 내 양심의 가책을 속죄하기 위해서였을 것이다. 이 점에 관해 멜리키앙은 편지에서 나의 성공이 내 위선 덕분인가?라는 아주 좋은 질문을 던지고 있었다.

무라드, 에두아르도, 프랑크 이야기가 나왔으니 말인데, 행여 그들이 욕구불만으로 가득 찬 별 볼일 없는 인생을 살면서 멜리키앙에게 대놓고 했던 짓궂은 장난에 대한 죗값을 지금에서야 치르고 있다는 것을 알았더라도, 영악하게 굴면서 더 이상 그 누구도 괴롭히지 않고 이제는 여자들에게 전혀 호감을 사지 못한다는 것을 알았더라도 나는 놀라지 않았을 것이다.

이 모든 기억으로 인해 1988년부터 1991년 사이에 조니 뎁을 유명하게 만든 텔레비전 드라마 〈21 점프 스트리트〉의 한 에피소드가 생각났다. 문제의 에피소드에서 더그 펜홀 경관(옆머리는 짧고, 뒷머리는 긴 헤어스타일의 피터 들루이즈가 연기했던 모습이 아직도 기억난다), 즉 더그는 우연히 학창 시절에 자신을 괴롭히던 두목 녀석의 이름을 발견하게 된다. 그동안 더그는 성인이 되어 키도 커졌고, 덩치도 좋아졌고, 때로 좀 성급하게 화를 내는 경향이 있기는 했지만 자신감도 생겼다. 그는 경찰서(내가 경찰서라고 말하고는 있지만, 미국 드라마를 프랑스어로 더빙할 때 영어의 폴리스라는 단어를 그대로 쓰지 않고 프랑스어 단어를 사용하는 게 늘 웃긴다고 생각했다) 회지會誌에서 그녀석의 이름을 발견한 순간, 온몸의 피가 거꾸로 흐르면서 악몽 같은 기억들이 서서히 떠오른다. 도저히 그 기억들을 지워버릴 수 없었던 그는 경찰이라는 자신의 신분도 잊은 채 그녀석에게 죗값을 치르게 하고 싶어한다. 그는 충분히 잘못을 바로잡을 만한 위치에 있었다.

곧바로 웃옷을 집어들고 사무실을 나와 차에 올라탄 후 회지에 적힌 주소로 찾아가 인도에 차를 세우고는 허름한 계단의 층계를 한 치의 망설임도 없이 올라가서 여차하면 냅다 두 주먹을 날릴 기세로 문을 두드린다. 문이 열리면서 흐느적거리는 팔에 머리카락도 몇 가닥 없고 이는 듬성듬성 빠져서는 인상을 쓰고 있는 한 남자가 눈앞에 나타나는데, 자기보다 20킬로그램은 덜 나가 보일 정도로 왜소한 체구이다. 이 자가 바로 고등학교 시절 한창 날리던 두목, 근육질에 말발 세고 미남이었던 녀석의 10년 혹은 15년 후의 모습인 것이다. 술에 취해서 투덜거리는 반은 부랑자가 된 그 남자는 더그를 알아보지도 못하고, 더그는 이렇게 명백히 실추된 상대의 모습 앞에서 복수의 마음을 접고 발길을 돌린다. 고등학교 시절의 일시적인 서열을 믿어서는 안 되며, 운명의 바퀴는 돌고 돈다는 것이 바로 이 이야기의 교훈이다.

지금까지 이렇게 장황하게 이야기를 한 것은 다음과 같은 여러 가지 이유에서 그날 내가 멜리키앙에게 답장을 보낼 뿐만 아니라 그의 제안도 함께 수락하기로 결심했다는 것을 말하기 위해서이다. 즉 자신의 때를 기다리던 멜리키앙이 겪었던 모욕에 경의를 표하기 위해서, 이번을 마지막으로 나도 어쩌면 그렇게 되었을지도 모르는 무라드 알라셴이나 프랑크 페레티의 모습을 완전히 벗기 위해서, 내 행동이 언제나 순수하지 않았음에도 불구하고 나를 바른 길로 인도해준 하늘에 감사하기 위해서 말이다. 발–드–마른의 저 구석에 있는 학교까지 간다는 것이, 특히 교통편 때문에 좀 귀찮기는 했다. 왜냐하면 아직까지 내가 차를 사겠다는 결심을 하지 못한 상태였고, 영화 〈화이트 스터프White Stuff〉가 흥행에 성공한 후에는 더 이상 전처럼, 다시 말해서 나를 알아보는 시선이 점점 더 많아짐에도 불구하고 마치 아무렇지 않은 듯 수도권 고속 전철이나 지하철을 탈 수 없었기 때문이다. 택시를 타고 가자니 지금을 하고 있다고는 해도 내가 톰 크루즈도 아니고, 단지 이런 사정을 알 리 없는 멜리키앙을 기쁘게 해주기 위해 왕복 택시비로 최소 150유로를 쓰고 싶은 마음은 전혀 없었다. 그렇다고 택시비 지불 여부에 대한 이야기를 꺼낸다는 것 자체가 솔직히 쩨쩨해 보일 게 뻔했다.

그런데 사실 속으로는 교사들과 학생들은 들떠 있고, 교장선생님은 몸 둘 바를 몰라 하는 교외의 한 고등학교에서 특별히 시간을 내어 그들과 자리를 함께한 겸손한 연예인 역할을 한다는 것, 형편없었던 나의 학창 시절에 대해 이런 식으로 관대히게 복수를 한다는 것, 이 모든 것들이 그리 싫지 않았다는 점은 인정해야겠다.

어쨌거나 나는 멜리키앙에게 그의 제안을 받아들이겠다는 답장을 보낼 생각이었다. 그게 감동적이라고 생각했기 때문이고, 멜리키앙이 용기를 내서 아무 계산 없이 소박하게 마치 내가 평범한 아무개인 것처럼 요청을 해왔기 때문이다. 나는 단지 그가 메일을 보내면서 자기 아내에게 "우리가 같은 반이었으면 뭐해.

절대로 답장 하지 않을 거야. 지금은 너무 유명해졌잖아. 그녀석이 마리보 따위에 무슨 관심이나 있겠어?"라고 말하는 모습을 상상하고 싶었기 때문이다. 또 내 답장을 읽고 나서는 "이봐! 앙투안이 답장을 보냈어! 내 제안을 받아들였다구! 온대! 믿을 수가 없어! 배우들은 다 잘난 척만 한다고 생각했었는데."라고 말했다는 이야기를 듣고 싶었을 뿐이다.

또 멜리키앙처럼 나무랄 데 없고 연예인과는 거리가 먼 사람에게 내가 위선적인 사람인가에 대해서는 할 말이 없지만 거만한 사람, 그건 아니라고, 절대 그렇지 않다고, 나는 전혀 그런 사람이 아니라는 것을 증명해 보이기 위해서였다.

　매번 콩코르딘에서 전화가 올 때면 좋지 않은 소식을 전하기 위해서이거나, 뭔가 부탁할 게 있어서라는 것을 알고 있었기 때문에 약간 긴장이 되고는 했다. 변함없는 관례에 따라 처음에 인사를 나누자마자 통화가 갑자기 뚝 끊겼고, 내가 다시 전화를 걸면 저쪽에서는 왜 전화가 끊어졌는지 모르겠다고, 분명히 지역 전신국 때문일 거라고 말하고는 했다("여기가 어딘지 알잖니, 앙투안"). 그러면 나는 "괜찮아요, 식구들은 잘 지내죠?"라고 물었고, 저쪽에서는 "잘 있지. 별 일 없어. 늘 똑같지."라고 대답했다. 그러고는 서둘러 인사를 마치고 다짜고짜 본론으로 들어가곤 했다.

　이런 작은 코미디는 사실 우리는 너처럼 **장거리 전화요금**을 지불할 능력은 없지만 품위는 지킨다는 의미였다. 그러니까 우리가 요청하지 않더라도 우리가 체면을 잃지 않도록 네가 다시 전화 좀 하려무나.

　나는 식구들의 이런 놀이에 매번 장단을 맞춰야만 했다. 왜냐하면 상황을 너무나도 잘 알고 있었으니까, 그건 가타부타 이야기할 성격의 문제가 아니었으니까, 그리고 당연히 그래야만 하는 것이었으니까. 하지만 때로는 식구들이 늘 그렇듯 힘든 일이 있거나 뭔가를 요청하기 위해서가 아니라, 특별한 용건 없이도 그냥 식구들 소식을 전하고 내 안부를 묻기 위해서 전화를 하거나, 아니면 직접적으로 나에게 전화해달라고 말하면 정말 좋을 텐데라는 생각을 하지 않을 수 없었다. 하지만 나는 그런 것은 요청할 필요도 없다는 걸, 식구들이 "알았어, 알았다고."라고 대답은 잘 하리라는 걸, 그러고는 절대 그러지 않을 것이라는 걸 알고 있었다. 왜냐하면 어쨌거나 언제고 소식을 듣거나 전하기 위해서 전화를 하는 쪽은 나라는 것을 식구들이 알고 있었으니까. 아니면 단지 아무 특별한 이유 없이 그렇게 전화할 필요성을 식구들은 나만큼 느끼고 있지 않았거나.

　그리고 부탁할 게 있거나 힘든 일이 있을 때라도 형제간에는, 비록 이복형제 하더라도 서로에게 스스럼없이 이야기하는 게 전혀 부끄러운 일이 아니라는 생각을 하지 않을 수 없었다. "앙투안, 나 토마야. 앙투안, 나 벤이야. 앙투안, 나 에메르손이야. 전화 좀 해줄래?" 하고 말이다. 매번 나를 가장 슬프게 만드는 것이 무엇인지 나는 알지 못했다. 내 형제들의 이런 품위와 가슴을 에는 듯한 지나친 조심성인지 아니면 그들이 그런 식으로 나와 그들 사이에 두고 있는 거리감인지.

이번에 전화를 한 이는 마리-파스칼이었다. 일전에 내가 콩코르딘에 머물렀을 때 서로의 속마음을 털어놓으며 진실하게 대화를 나눴던 시간들로 인해 우리 사이에는 어느 정도 암묵적인 양해가 형성되었고, 그 덕분에 이런 식의 직선적인 요구가 가능하게 되었다.

"앙투안, 마리-파스칼이에요. 전화 좀 해줄래요?"

마리-파스칼의 차분함은 인사도 건너뛰어야 할 정도로 분명 뭔가 심각한 일이, 그렇다고 해서 돌이킬 수 없는 정도의 일은 아닌 무슨 일이 있었음을 직감하게 해주었다.

나는 목소리 톤을 일정하게 유지하려고 애쓰면서 "알았어요, 바로 할게요."라고 말하고는 마음을 가라앉히기 위해 숨을 깊이 들이쉬면서 전화번호를 눌렀다. 첫 신호음이 울리자마자 마리-파스칼이 전화를 받아서는 대뜸 하는 말이 아버지가 전날 저녁에 축구 경기를 보러 혼자 경기장으로 자동차를 운전하고 가다가 심장에 이상이 왔었다고, 다행히 차가 질주하다 덤불을 들이빋으면서 멈춰 섰고 심각한 충격은 받지 않았는데 계기판에 머리를 부딪쳐서 이마에 큰 혹이 생겼다고("잘 알잖아요. 여기서는 아무도 안전벨트 안 매는 거"), 정신을 잃었지만 바로 뒤차에 타고 있던 그 지역의 한 호텔 지배인이 아버지를 종합병원으로 모시고 가서 우선 아스피린을 투여하고 오래된…… **심장 제세동기인가?** 그렇게 말하는 것 같았는데 그것으로 소생시키는 데 성공했다고, 의사가 호텔 지배인에게 그가 있었기에 천만다행이라며 사고가 마을 입구에서 일어났으니 망정이지 그렇지 않았으면 아버지는 견디지 못하셨을 거라고 했다.

"네, 걱정하지 말아요. 이제 많이 괜찮아지셨어요. 위험한 고비는 넘겼어요. 호흡도 다시 정상으로 돌아왔고 훨씬 나아지셨어요. 우리가 바로 연락하지 않은 건 시차 때문이에요. 사고가 났을 때 프랑스는 이미 한밤중이었거든요. 우리도 사고 소식을 바로 들었던 건 아니에요. 그리고 토마가 괜히 걱정시킬 필요 없다고 했거든요. 아침까지 기다렸다가 이야기하자고 해서…… 네, 걱정 말아요. 이젠 괜찮으세요. 지금은 깨어나셔서 말씀도 하시고 농담까지 하시는 걸요. 아버님 성격 알잖아요. 조금 전에는 식사도 좀 하셨어요. 토마가 아버님을 포르-가르시아에 있는 데 로지에 병원으로 모시고 가기로 했어요. 알다시피 이곳 병원에는 장비도 제대로 없고, 모실 만한 일인실도 없거든요. 게다가 또 데 로지에 병원에는 아버님을 잘 아는 브라방시엔 의사 선생님이 계시잖아요. 마침 브라방시엔 선생님이 토마에게 아버님을 심폐재활부서에서 계속 지켜봐야 한다고 하셨거든요."

심장 전문의와 함께 조사 및 분석을 해야 하는데 그게 꽤 비용이 많이 들 텐데도 토마 형, 벤, 에메르손, 심지어 아버지는 나에게 무엇이든 절대 부탁하지 않을 거라고 했다.

"알잖아요. 그래서 어떻게 좀 해달라는 부탁을 하려고 전화한 거예요. 내가 부탁했다는 말은 하지 말구요. 나는 그냥 사고 소식만 전했다고 하고, 앙투안 생각인 것처럼 어떻게 하라고 제안을 좀 해줘요. 그렇지 않으면 절대 받아들이지 않을 거예요. 그 사람들 성격이 어떤지 알잖아요. 얼마나 자존심이 센지 말이에요."

마리-파스칼이 이야기하는 동안 나는 만약 아버지가 돌아가셨다는 말이 나오면 어떤 반응을 보여야 하는 건지, 울어야 하는 건지 말아야 하는 건지를 고민하고 있었다.

"제가 갈게요."

머릿속으로는 취소해야 할 홍보 행사를 검토하면서 큰소리로 망설이지 않고 대답했다. 다행히 한창 바쁜 시기는 지난 상태였다.

"제가 갈게요. 다음 주 금요일에 중요한 오디션이 하나 있기는 한데, 그거 끝나고 나서 식구들하고 며칠 보낼게요. 그리고 병원비는 제가 맡죠. 오늘 당장 비행기 표 사러 갈게요."

"식구들이 좋아하겠네요."

마리-파스칼의 흥분한 말투는 나를 다시 만나게 되는 것이 특히 본인의 즐거움임을 간접적으로 말해주는 듯했다. 그리고는 곧바로 좀 난처해하며 물었다.

"근데 오디션이 정확히 뭐예요?"

나는 내 측근들이 가끔씩 잊지 않고 공손하게, 거의 주눅이 들다시피 해서는 새삼스레 나를 우러러보며 이렇게 감탄을 쏟아내는 게 좋았다.

"그게 말이죠. 역할을 따내기 위한 테스트예요. 감독 앞에 서는 것인데 어떤 경우에는 제작자가 함께 있기도 해요. 영화의 한 장면을 연기해보라고 하기도 하고, 즉흥적으로 아무 연기나 하라고도 하는데, 때에 따라 달라요. 여러 명이 오디션을 보고 나서 그 영화에 출연할 배우로 선정되었는지의 여부를 알려주는 전화를 기다려요. 그런 거예요. 그리고 이번 오디션에서는……."

나는 내 개인적인 만족을 위해 덧붙였다.

"이번 오디션에서는 감독이 제가 여주인공을 맡은 아주 유명한 배우와 잘 어울리는지 확인하려는 거예요."

"아, 그래요? 그 배우 이름이 뭔데요?"

"알리에노르 샹플랭이요."

"아, 모르는 배우네요."

마리-파스칼은 자신이 배우를 알지 못하는 것이 당황스러우면서도 나에게서 카메론 디아즈나 소피 마르소와 같은 이름을 듣지 못한 것이 못내 아쉬운 듯이 대꾸했다.

"당연하죠. 뭐 무지하게 유명한 배우는 아니거든요."

나는 조금도 불쾌한 느낌이 들지 않았다.

"그래도 프랑스에서는 꽤 유명해요. 그 배우 얼굴은 아실 거예요. 잡지에 아주 많이 실렸거든요. 갈색 머리에 약간 팜므 파탈 같으면서도 아주 여성스럽게 생긴 여자 있잖아요. 기억할지 모르겠지만 오래된 배우인데, 테렌스 트렌트 다비의 〈위싱 웰〉 뮤직 비디오에 나온 여자 있잖아요. 벤치에 앉아서 웃지도 않고 이상한 차림으로 《르 몽드》를 읽는 여자요. 그 여자와 좀 비슷하게 생겼어요."

24

"어머! 도대체 지금 무슨 소릴 하는 거예요?"

마리-파스칼은 웃으면서 날 질책하는 척했다.

"물론 그 노래는 알죠. 그렇다고 내가 그 뮤직비디오를 기억할 거라고 생각하는 거예요?"

"《퓌블릭》 7월 호 표지에도 실렸어요."

나는 이야기 끝에 말해버렸다.

"맷 데이먼과 사귀었거든요. 그곳에서도 《퓌블릭》은 받아보시죠? 맷 데이먼이 누군지는 아세요?

"아니요."

"〈라이언 일병 구하기〉에서 라이언 일병, 바로 그 사람이에요. 그 영화는 보았죠?"

"그것도 안 봤어요. 앙투안, 난 영화는 잘 모른단 말이에요."

"그럴 수도 있죠."

이런 나의 반응은 위선적이기는 했지만, 때때로 나를 제자리로 돌려놓는 마리-파스칼 같은 사람들이 있어서 다행이라는 생각이 들었다.

"일전에 TV 5에 나오는 거 우리가 봤는데, 알고 있어요?"

"그래요?"

분명 토마 형도 보았다는 뜻이고, 설사 통화할 때 형이 내 직업에 대해서 아무리 말 한 마디 하지 않는다고 해도 소용이 없다는 것을 의미하는 이 '우리'라는 단어를 음미하면서 나는 살짝 놀라는 척했다. 내가 조금씩 나아가고 있음을 형이 모를래야 모를 수가 없었다.

"네, 영화의 주요 장면을 발췌해서 보여주더라구요. 근데 앙투
안한테 왜 그런 옷을 입혔대요?"

그러고는 우리 대화가 지나치게 스스럼없었다고 판단했는지
마리-파스칼이 갑자기 대화를 중단했다. 어쨌거나 내 아버지에
관한 일로 통화를 한 것이었으니 결국 그 침묵을 메우는 것은 내
몫이 되었다. 그리고 더 이상 마리-파스칼을 당황스럽게 하지 않
기 위해서 나는 데 로지에 병원의 전화번호를 알려달라고 했다.

　전화 교환원은 아주 성실한 어조로 전화를 받음으로써 데 로지에 병원은 콩코르딘에 있는 모든 공공 병원과 달리 이렇게 전화를 받는다는 것, 그러면서 또 이렇게 정확한 프랑스어를 구사한다는 것, 그리고 이 두 가지 사실만으로도 이 병원이 얼마나 믿을 만한 곳인지를 확신시키기에 충분하다는 것을 알려주고자 했다.

　위성 연결 상태가 좋지 않아서 1초 남짓 차이를 두고 내 목소리가 메아리처럼 다시 들려왔고, 교환원이 아버지의 병실로 전화를 연결해주었을 때는 다시 들려오는 내 말소리에 정신을 분산시키지 않으면서 상황의 심각성에 맞게 아주 진중하게 말을 이어나가기 위해서 엄청난 집중력을 발휘해야만 했다.

　"여보세요."

　"여보세요, 아버지?"

어느 순간에는 결국 그 말을 해야만 했고, 달리 그 말을 대신할 말이 없었기 때문에 여자들에게, 심지어 엘비라에게 "사랑해"라고 했던 것처럼 "아버지"라고 부른 것도 조금은 그런 상황이었다.

"아니요, 토마인데요. 누구시죠? 앙투안, 너냐?"

"네, 저예요. 아버지하고 형은 목소리가 진짜 똑같네요. 정말이지 믿을 수가 없어요. 전화할 때마다 헷갈린다니까요."

나는 그저 집안 친구가 전화를 한 것처럼 말했다.

"아버지는 어떠세요?"

"지금 쉬고 계신다."

"옆에 계세요? 아버지와 이야기 좀 할 수 있어요?"

"안 그러는 게 좋겠다. 아주 쇠약해지셨거든. 나중에 다시 전화하도록 해라."

아주 쇠약해지셨거든. 형은 매끄럽지 못하게 더빙된 텔레비전 영화에서처럼 과장된 말투로 이야기했다. 나와 아버지 사이를 가로막으려는 형의 저항을 비난해봤자 소용없다는 것을 알고 있었으므로, 또 저 멀리서 나의 무력함을 즐기기 위해 형은 내가 흥분하기를 바란다는 것을 느끼고 있었으므로, 나는 형의 감정에 호소하고 형에게 장남으로서의 권위와 총애받는 자식으로서의 권위를 좀 부여해주기로 했다. 벤이나 에메르손만큼 내가 그런 권위를 중요하게 생각하지 않는다는 것을 형도 너무나 잘 알고 있었지만.

"형 말이 맞네요. 아버지를 피곤하게 해선 안 되죠. 형이 아버

28

지 곁에 있어서 다행이에요. 중요한 건 형이, 형이 거기에 있다는 거죠. 그 이상 아버지를 안심시키는 게 어디 있겠어요."

형이든 누구이든 간에 조금이라도 나를 공격하려는 기미만 보여도 코앞에다 잽싸게 뺨을 내밀어 모든 공격을 무력화시킬 때드는 그 쾌감이란 참 묘했다. 형의 입장에서는 자신이 만족스러워하고 있음을 전혀 겉으로 내보이지 않으면서 우쭐해하고 있었다. 무엇보다도 형이 만든 게임 룰에 내가 두말 하지 않고 따랐기 때문이고, 그런 것에 고마움을 표하는 것이 형에게는 격이 떨어지는 것으로 보였을 것이기 때문이다. 다음으로 형이 바보가 아닌지라 **난** 내 방식대로 **순종한다**는 나의 면모에서 건방지고 교활한 냄새가 난다는 낌새를 채고 있었기 때문이다. 요컨대 나는 벤이나 에메르손보다 비판적인 성향이 더 짙었고, 바로 이런 점 때문에 형의 눈에는 내가 절대 자신들과 진정으로 한편이 될 수 없는 놈으로 보이는 것이다. 하지만 또 이런 이유 때문에 형은 증오와 찬미의 중간쯤 되는, 겉으로 드러나지 않는 이런 적대감으로 나를 존중해주었다. 절대로 벤이니 에메르손은 존중하지 않을 그 이상으로 말이다.

형은 결국 대리 가장이라는 자신의 신분에 어울리는 엄숙한 분위기를 자아내며, 이미 마리-파스칼이 나에게 한 이야기를 거의 토씨 하나 틀리지 않고 반복하기 시작했다. 한참 이야기하고 있는 중에 형 목소리 뒤편에서 아버지의 목소리가 들렸는데, 짐작컨대 십중팔구 누워 계시던 침대에서 일어나 말도 없이 형이 들고 있던 수화기를 냅다 낚아챘을 것이다.

"여보세요, 앙투안이냐?"

"네, 저예요. 몸은 좀 어떠세요, 아버지?"

"아, 내 아들, 네가 전화를 하다니. 네 목소리를 들으니 정말 좋구나!"

내 아들. 이건 분명 잠시 무기력한 상태에 빠진 늙은 가장이 형의 질투심을 자극할 목적으로 공연히 내뱉은 사악한 표현이었다. 하지만 나는 아버지 입에서 나오는 달콤한 말들은 그쪽 식구들과 나누는 전화 통화와 같은 것이라고 생각했다. 즉 게임의 법칙을 수용하면서 토를 달거나 이해하려고 하지 말고, 그 자체로 그냥 받아들여야 하는 것이었다.

　결국 나는 예상보다 훨씬 빨리 바로 그 다음 주 금요일 저녁에 멜리키앙의 집에 가게 되었다. 녀석은 내 답변을 액면 그대로 받아들여서는 바로 다음 날 메일로 그 다음 주 토요일에 학교로 와 줄 수 있겠느냐고 물어왔다. 그게 좀 성급해 보인데다가 그동안 내 열정이 좀 가라앉은 터라 한 마디로 말해 골치가 아팠다. 하지만 기절할 만한 적당한 이유(어쨌거나 아버지의 심장 발작이 심각한 것은 아니었으니까)도 없었고, "네 소식을 듣게 되어서 정말이지 너무 기쁘다." "너를 다시 만나게 된다면 진짜 기쁠 거야." 그리고 "네가 원하는 날짜에 갈게. 토요일 영화 상영이라 아주 좋은 생각이네."라는 말로 메시지를 잔뜩 포장해서 보내놓고 이제 와서 뭔가 그럴 듯한 거짓말을 지어낼 그런 대담성이 나에게는 없었다.

　그래서 괜히 비싸게 굴려고 하지 않고 그의 요청을 순순히 받아들이기로 결심하고는 토요일에 학교로 가겠노라고, 그리고 내친김에 그 전날 파리에 있는 멜리키앙의 집에서 있을 저녁 식사 초대에도, 그들이 교외에 살지 않는 것을 재차 기뻐하며 가겠노라고 했다. 저녁 식사, 그것도 골치 아프기는 마찬가지였다. 나는 성공하고 나면 어쩌면 평범한 사람들 집에 초대받는 일은 더 이상 없게 될 것이라고 자신을 합리화시키면서 그곳에 가야 하는 적절한 이유를 만들어냈다. 또 열정적으로 배우라는 직업에 계속 종사하기 위해서는 기회가 있을 때마다 평범한 사람들을 가까이에서 관찰하며 영감을 얻어야 하는 것이라고 내 자신을 타일렀다. 그리고 또 엘비라를 생각하지 않고 하루 저녁을 보낼 수 있으니 그만큼 이득인 셈이었다.

택시는 나를 멜리키앙 부부가 사는 건물 앞까지 데려다주었고, 나의 한 손에는 포므롤 와인 한 병이 그리고 다른 한 손에는 부인에게 선물할 꽃이 들려 있었다. 어느 정도 긴장이 풀린 상태였고 만족감마저 들었다. 자유롭다는 만족감과 상대적으로 유명인이라는 만족감, 남들이 부러워할 만한 직업을 가지고 있다는 만족감, 내가 부러워할 사람이 아무도 없다는 만족감, 격식을 차리지 않고 아무개 씨의 소박한 일상에 동참한다는 만족감(저녁 초대, 손에 들린 좋은 술과 꽃)이 들었고, 특히 명성에 뒤따라오는 아주 색다른 특권, 그러니까 들뜬 호기심으로 나를 기다리고 있는 이 일반인들을 위해 나는 그저 그 자리에 가주는 것 이외의 다른 노력은 할 필요가 없다는 아주 색다른 특권을 맛보는 그런 느낌이었다.

건물 출입문의 비밀번호를 누른 후 안으로 들어가 엘리베이터를 타고 올라가자 아파트 입구에서 나를 기다리고 있는 멜리키앙과 마주하게 되었다. 우리 두 사람 사이에는 그 어떤 경쟁도 불가능했다. 그는 잘생기지도 않고 나보다 키도 작고 건장하지도 않은데다가, 나에 대한 본능적인 적대감이라고는 전혀 보이지 않았다. '잘 됐어.' 굽은 등과 눈가의 주름, 지금은 전혀 보이지 않지만 중학교 때 빨리 자라나기 시작했던 가슴과 팔의 털만큼이나 때이르게 모습을 드러낸 흰머리(나는 기껏해야 여덟 개 내지 열 개 정도)에도 불구하고 나는 단박에 그를 알아보았다.

그를 보자마자 든 생각은 젊음의 혈기가 정점을 향해 무르익어 가던 시절에 만났던 그와 내가 서로 나이 들어가는 모습은 보지 못한 채 육체적으로 이제 막 내리막을 걷기 시작한 지금에서야, 이렇다 할 정도로 이름을 알리지 못한 나이가 되어서야, 판매 코너 관리인이나 판매 팀장 아니면 겨우 마케팅 책임자의 자리에나 앉게 되는 나이가 되어서야, 자기 또래의 사람들과 편하게 말놓는 걸 주저히기 시작하는 그런 나이가 되어서야 만나게 되었구나 하는 것이었다. 그러고 보니 '지금은 시들어버렸지만, **어른이 되면 말이야**라는 말로 시작하던 찬란했던 희망'이 생각났고, 세월이 지나도 절대로 이루어지지 않거나 아니면 흘러가버린 세월에 의해 제대로 실감할 새도 없이 너무 일찍 이루어진 그 당시 그렸던 미래에 대한 우리의 희망이 생각났다.

그러니까 설명하자면 이런 것이다. 멜리키앙의 나이 든 모습을 언뜻 보면서, 20년이 흐른 뒤 이렇게 층계참에 서 있는 **우리** 두 사람 모두 첫 번째 인생 평가서를 펼칠 서른다섯 살이란 나이에 첫 주름살과 흰머리가 제법 눈에 띄기 시작했지만 그래도 '아직 젊다'는 생각을 하면서, 그러니까 그를 만나면서 문득 이런 생각이 든 것이다. '마리보에서 중학교를 다니던 열두 살 때 우리는 인생에서 무엇을 기대했던 것일까? 늘 우리에게 "이게 다 너희들 잘 되라고 그러는 거야. 다 나중을 위한 거라니까."라고 하셨던 부모님과 선생님들 때문에 우린 매일 아침 학교에 가서 공책을 꺼내고 쉬는 시간이 되기 전까지 내내 침울했었는데 말이야.'

자, 이제 20년이 흘렀다. 이제 바로 그 '나중'이 되었으니 어디 한 번 계산을 해보자. 멜리키앙과 나는 학업을 마쳤고 성인이 되었으며 직업도 가지고 있다(내 직업이 그의 직업보다 확실히 더 섹시하지만). 요컨대 멜리키앙과 나는 크게 뒤처지거나 앞서지 않고 최적의 속도로 여기까지 왔고, 우리는 그 긴 배움의 시간을 통해 우리에게 어떤 운명이 주어진 것인지 이제는 알고 있다. 하지만 우리의 '전성기', 그게 정확히 언제였던 거지? 젊은 시절(스무 살에서 스물다섯 살 사이라고 치자)의 우리에게는 뭐가 있었던 걸까? 젊음이라는 이름에 걸맞게 절정을 이룰 만한 뭔가 대단한 걸 달성했던가? 변변찮은 아르바이트로 연명하던 몇 년 동안 화장실도 없는 골방으로 겨우겨우 끌어들여 자빠뜨렸던 십여 명의 여자들? 장맛비처럼 따분했던 그 많던 책들과 교사 자격을 얻기 위해 무턱대고 머릿속에 주입시켜야 했던 강의 노트들? 교육 연수? 네 자신이 스무 살에서 스물다섯 살 사이에 아르튀르 랭보나 브리트니 스피어스라고 불리지 않는 한 너는 여전히 뭔가를, 성취를, 네가 달성할 수 없는 충만감을 기다리고 있는 거야. 왜냐하면 너는 여전히 배우고 있는 중이거나, 네 안에 여전히 고개를 숙이지 않은 욕망과 욕구불만이 잔재해 있거나, 자신이 가지고 있는 것에 만족할 정도로 충분히 성숙하지 못했으니까. 그리고 나중에 어려움을 잘 헤치고 나왔을 때, 그리고 네가 원하던 것을 어느 정도 성취할 기회를 갖고 나면 비로소 그때 너는 젊음을 추구하게 되지. 그때서야 너는 생각하는 거야. '그런데 인생이란 게 **언제인 거야?** 그게 언제였어?'라고 말이야.

그러면 그때 사람들은 나에게 이렇게 대답하겠지. "그게 인생이야. 네 자신을 조금씩 만들어가는 거지. 인생은 네 뒤에 있으면서 동시에 앞에 있는 거라구. **현재를 즐기게나**, 친구. 사람은 모든 것을 한꺼번에 이룰 순 없는 거야. 그럼 의미가 없지. 그런 거라구. 모든 것은 때가 있어. 그게 바로 게임의 법칙이야." 또 이렇게 말하겠지. "그런데 넌 대체 뭐가 불만이야? 아직도 젊고, 잘생긴데다 좋은 직업도 있으면서. 뭘 더 바라는 거야?"라고. 그럼 나는 잠시 생각하고는 대답하겠지. "그래, 맞아. 네 말이 맞아. 나는 아직 젊고, 배도 안 나왔고, 등도 굽지 않았고, 운동도 하고 있고, 건강히고, 섹시하게 보이는 직업도 있는데다, 돈도 좀 있고, 내가 원하는 거의 모든 여자들과, 스무 살 때보다 더 많은 여자들과 잘 수도 있어. 더 이상 골방에서 살지도 않고, 화장실이 있는 아파트도 있고, 정말이지 나는 인생의 절정에 서 있는 거야. 인생은 지금이고, 그걸 철저하게 즐기는 거야. 과일은 아직 싱싱하다고, 전혀 썩지 않았어. 열 가닥의 흰머리와 입가와 이마에 잡힌 희미한 주름살 몇 개가 모든 걸 망치지는 않는다고. 사실 내가 조금 전에 한 말들은 조금 위선적이었어. 사실 난 내 운명에 아주 만족해. 하지만 잘 모르겠어. 멜리키앙의 굽은 어깨와 백발이 되어가는 머리를 보았을 때 그런 생각이 들었을 뿐이야. 그가 마치 자신의 젊음에 대해서는 더 이상 질문을 제기하지 않는 것처럼, 인생이라는 중요한 문제에 있어서도 스스로에게 그런 질문을 하지 않는 것처럼, 그 모든 것을 너무나 체념해버린 그를 보았을 때 그런 생각이 들었을 뿐이야. 그것뿐이라고. 내가 왜 이러는 건지 모르겠군. 좋아, 이제 그만 할게. 나 아무 말도 안 한 거야."

아파트 문 앞에서 나를 기다리고 있던 멜리키앙을 알아보고 나는 곧바로 층계참 바닥에 꽃과 포므롤을 내려놓았다. 멜리키앙을 향해 발걸음을 옮기고는 과장된 미소와 함께 그를 꽉 안으며 등을 두드렸다. 미국 영화에서 하듯이 그렇게 그를 포옹했다. 내가 얼마나 따뜻하고 솔직한 사람인지를 보여주기 위해서 흥분된 모습으로 그를 껴안으며, **절대적인 우정을 무지하게 과시하는** 그런 억양을 섞는 게 좋겠다는 생각에 마치 노래하는 듯한, 역시나 미국식인 우스꽝스러운 억양으로 외쳤다.

"헤에에에이! 베르나아아아르! 세에에상에!"

하지만 멜리키앙이 이런 종류의 감동에는 맞지 않는 사람이라는 것을 바로 알 수 있었다. 그의 셔츠에서는 약간 역겨운 듯한 마른 땀 냄새가 났고, 내 팔에 안긴 그는 말뚝처럼 뻣뻣하게 서서는 꽤나 불편해했다. 그는 마리보 시절부터 자신과 대화를 나누는 사람들을 이렇게 눈 아래 부분으로만 뚫어지게 쳐다보는, 살만 루시디처럼 눈꺼풀이 반쯤 내려온 눈으로 쳐다보는 방법을 여전히 고수하고 있었는데, 이런 모습은 그에게 조는 듯하면서 차분한 동시에 지루해하면서도 통찰력 있는 분위기를 자아냈다. "나는 교사이지만 내가 원하면 멋지게 보일 수 있어."라고 말하는 듯한 스타일의 앞부분이 아주 동그란 캠퍼화 한 켤레를 제외하고는 멋이라고는 전혀 부리지 않은 그는 자신의 외모에 무관심한 아주 이지적인 모습 그대로였다. 짙은 눈썹, 자르지 않은 머리, 기름진 피부, 누렇게 물때가 낀 치아, 희미한 미소, 전혀 자신의 신분을 드러내려고 하지 않는 모습, 요컨대 그는 완벽하게 '그 자신' 같았다.

현관에 들어서자 살림이 어수선하니 정신이 없었다. 책과 담배 꽁초, 고양이 오줌 자국, 이런 모든 게 마음에 와 닿으면서 정감이 느껴지긴 했지만, 도대체 이 난장판 속에 내가 뭐 하러 온 건가 싶은 생각이 들기 시작했다.

멜리키앙은 거실 쪽으로 나를 안내했고, 그곳에는 이미 또 다른 여자 손님 한 명이 조금은 안절부절못하는 모습으로 낡아빠진 접이식 소파 끝에 앉아 있었다. 멜리키앙이 그 여자를 같은 학교에 있는 동료 교사라고 소개했지만, 나는 어떻게 하면 내 이름을 가장 소탈하게 말할까라는 생각에 너무 몰두한 나머지 그 여자의 이름을 듣고도 금방 잊어버리고 말았다(파니 혹은 레슬리, 뭐 그런 거였다).

'내가 당신이랑 똑같이 이 저녁 식사에 초대받은 평범한 여느 앙투안인 것처럼 **"앙투안입니다, 반갑습니다."** 라고 말을 하지만 당신은 내가 앙투안 막 폴라라는 것을, 〈화이트 스터프〉(내가 출연했던 다른 영화는 흥행이 잘 되지 않았지만, 그 중에서 이 영화는 꽤 알려졌으니까)에 출연한 그 앙투안 막 폴라라는 것을, 어쨌거나 2, 3개월 전에 텔레비전이나 잡지에서 보지 못했을 리 없는 그 앙투안 막 폴라라는 것을 모를 리가 없지. 그리고 그것 때문에 무척이나 들떠 있다는 것도 알아. 15분 전, 어쩌면 훨씬 전부터 소파에 앉아서 두 손으로 오렌지 주스 잔을 이리저리 돌려가며 기다리고 있었다는 것도 말이야. 시골 처녀처럼 콩닥거리는 가슴을 안고 내 실물을 보겠다는 일념 하나로 내가 이 방에 들어오기만을 기다리고 있었겠지. 오늘 아침부터, 어쩌면 내가 오늘 저녁 식사에 초대받았다는 사실을 알게 된 그날부터 이 만남을 위해 준비했다는 것을 안다고. 이곳에 오기 전 집에서 어떤 옷을 입을지, 어떻게 화장을 할지, 그리고 어떤 향수를 뿌릴지 고민하며 시간을 보냈겠지(어쩌면 이 만남을 예상하면서 특별히 그런 것들을 장만했을지도 모르지). 비록 내가 이름을 말하자 여느 앙투안에게 하듯이 **반가워요**라고 말했지만 당신이, 너무나 평범한 당신이 오늘 저녁 나와 한 테이블에 앉게 되는 특혜에 어리둥절해하고 있다는 것쯤은 충분히 이해해.'

꼭 예쁘다고 할 수 없는 파니인지 레슬리인지에게는 잠시라도 엘비라 생각을 떨칠 수 있게 하는 점이라고는 하나도 없었지만(특히 그녀의 주걱턱과 매부리코가 마음에 들지 않았다), 여성스러워 보였고 담배를 피움에도 불구하고 아주 깔끔했으며, 패션 감각도 나쁘지 않았다. 처음 딱 그녀를 보았을 때부터 오늘 저녁 식사하는 동안 조용히 작업에 주력하면 우리 집이나 그 여자 집에서 함께 밤을 보내게 되리라는 것을 직감했고, 또 남자와 같이 오지 않은 것으로 보아서 게임은 이미 끝난 것이었다. '그렇게 되지 말란 법도 없지.'

반면, 멜리키앙의 아내인 제랄딘의 갑작스런 출현으로 솔직히 나는 좀 혼란스러워졌다. 건성으로 던지는 미소, 훤칠한 키에 곧은 허리, 쫙 벌어진 어깨, 긴 머리와 무한한 생명력이 느껴지는 그녀의 풍만한 가슴을 보니 이름과 꽤나 잘 어울린다는 생각이 들었다(제랄딘이라는 이름은 언제나 내게 비옥하고 싱싱한 푸른색 식물을 떠올리게 했다). 비록 제랄딘이라는 이름을 들으면 늘 금발에, 내 앞에 있는 제랄딘보다는 더 말쑥하고 개성 없는 거의 백치에 가까운 여자를 상상했지만. 버켄스탁을 조잡하게 카피한 커다란 샌들조차도 그녀의 모습에 섹시함을 더하고 있었다. 그녀의 등장은 내 목표를 약간 흐트러뜨렸다. 다른 여자에게 작업을 걸면서, 어쩌면 조만간 우리 집이나 호텔에서 남편 모르게 그녀의 옷을 벗기고 조용히 그녀를 음미할 수 있을 거라는 희망 속에서 간접적으로 유혹할 상대는 바로 그녀였던 것이다. 어쩌면 내가 착각하고 있는지도 모르지만 내 생각에 그녀의 남편은 질투를 하기보다는 그런 일에는 관심도 없고, 특히 육체적으로 나만큼 그녀를 가질 만한 가치가 없다는 생각이 들었다. 그런 생각을 하는 게 경우가 아니라는 것은 잘 알지만 그런 생각이 드는 걸 어쩌겠는가. 내가 원래 그런 사람인 것을. 이런 경우 다른 사람들도 다 어느 정도는 나와 같은 생각을 할 텐데 뭐.

그렇지만 내가 건네주는 꽃을 무심하게 받는 그녀의 모습에서 내 확신은 무뎌지기 시작했다. 내 명성에 대해 황홀해함과 더불어 '적어도 당신은 저에게 꽃을 선물할 정도로 섬세하시군요. 베르나르 같지 않으세요. 그이는 여자를 전혀 이해하지 못하는데다 모든 예의범절을 우습게 여기는 자기 세대 사람들과 다르지 않거든요. 어쨌거나 남자가 멋지게 건네는 꽃다발을 받으니 정말 기분이 좋네요.' 뭐 이런 의미를 담고 있는 미소를 내심 기대했었다.

그러나 그 모든 기대를 충족시켜주는 대신 그녀는 꽃다발을 받고는 마치 꽃이 자기가 예상했던 선물 리스트에서 가장 마지막에 해당하는 것인 양, 거의 실망스럽다는 듯이 "어, 고마워요."라고 말했다. 그러고는 "이걸 꽃을 만한 게 아무것도 없다는 게 문제네요. 제가 평소에 꽃을 사질 않아서요."라고 덧붙이고는 포장도 풀지 않은 채 거실 장식장 위에 엉성하게 쌓여 있는 파일과 각종 서류들 사이에 그대로 내려놓았다. 게다가 그녀에게서 최소한의 성적 충동을 야기할 만한 시선을 끌어낸다는 것은 불가능했다. 그녀는 보면 볼수록 딴생각이라고는 눈곱만큼도 하지 않는, 천성적으로 뚫고 들어갈 수 없는 블록처럼 느껴졌다. 결국 멜리키앙과 그녀가 겉으로 보이는 것처럼 그렇게 어울리지 않는 커플이 아닐지도 모른다는 결론을 내렸다. 부부에게는 잘된 일이지만, 그녀에게는 애석한 일이었다.

반면, 파니인지 레슬리인지는 나와 시선을 마주치지 않으려고 무척이나 애를 쓰고 있었는데, 그런 노력의 수위는 내가 본의 아니게 자극하게 되는 그녀의 호기심에 비례했다. 그녀는 빈 잔과 담배를 움켜쥐고는 내 존재가 별거 아니라는 듯 데면데면한 태도를 취하면서 태연한 척하려고 애썼다. 학교에서 거침없이 놀려대는 학생들 앞에서는 당황한 기색을 보이지 않으려고 애써 담담한 척하다가, 저녁에 집에 돌아가서는 전화로 엄마에게 자기 하루가 얼마나 엉망이었는지 그리고 자기 일이 얼마나 끔찍한지 하소연하면서 어린 소녀처럼 울어대는 그녀의 모습을 쉽게 상상할 수 있었는데, 그런 여자에게서 이렇게 수줍어하는 모습을 보니 감회가 새로웠다.

멜리키앙이 나에게 앉으라는 손짓을 했다. 낮은 탁자 위에는 뜯어진 담뱃갑 몇 개, 담배꽁초가 수북한 재떨이, 짝이 맞지 않는 몇 개의 잔들과 청춘들(우리 세대의 많은 선생님들이 청바지에 운동화 차림으로 배낭을 메면 여전히 그렇게 보였던 것처럼)의 변치 않는 아페리티프 몇 가지가 놓여 있었다. 별로 시원하지 않은 크로넨버그 맥주병, 대형 마트에서 사온 오렌지 주스와 사과 주스, 김이 빠진 콜라, 그리고 내가 꺼려하고 있음을 제대로 보여주기 위해 손도 대지 않을 땅콩 한 그릇과 프링글스 한 통. 고민하던 나는 '미네랄

워터' 라고 콕 집어 말해봤자 소용이 없다는 것을 알고 있었으므로 물이나 한 잔 달라고 하고는 저녁으로 나올 음식에 대해서, 내 깨끗한 옷과 머리카락을 망치고 있는 이 담배 연기에 대해서 지나치게 신경 쓰지 않으려고 애쓰면서 환하게 미소지었다.

몇 초 간 자리를 비웠던 제랄딘이 잠자리에 들기 전 손님들에게 인사하러 온 잠옷을 입은 꼬마 남자아이 두 명과 함께 다시 나타났는데, 그 아이들의 이름도 기억이 나질 않는다. 로망과 티보 아니면 막심과 아르튀르, 뭐 그랬던 것 같은데 잘 모르겠다. 두 녀석 다 진중하고 얌전해 보여 당혹스러웠다. 갑자기 슬픈 생각이 들면서 살짝 불편함이 느껴졌다. 아이들을 만나지 않았으면 더 좋았으련만, 어쨌든 나는 아이들에게 굿나잇 키스를 하고는 잠자리에 들 때 열린 방문 사이로 멀리서 포크와 나이프가 짤그락거리며 접시에 부딪치는 소리와 식탁에 둘러앉은 어른들의 웃음소리가 들리는 게 좋은지, 그러면 기분이 좋아지는지, 그게 잠이 드는 데 도움이 되는지를 물으면서 쿨한 어른의 역할을 완벽하게 연기해냈다. 큰아이가 웃으면서 고개를 끄덕였고, '짤그락' 의 철자가 어떻게 되는지 물었다. 나는 우선 '짤그락' 이라는 단어가 아주 적절한 단어였는지, '딸그락' 이나 '때그락' 혹은 '찰그랑' 같은 단어가 더 적절하지 않았을까 하는 생각을 했고, 내가 아이들과 이렇게 대화를 나누는 모습에 제랄딘이 감동받고 있으리라 희망하면서 아이에게 철자를 알려주었다.

제랄딘이 아이들을 재우러 가자 나는 시간이나 때울 심산으로 대화를 끌어가보기로 했다. 의자에서 다시 몸을 일으켜 약간 앞으로 내밀고는 의도적으로 파니인지 레슬리인지를 내 시야에서 배제시킨 채 멜리키앙을 똑바로 쳐다보며 대화에 집중하는 모습으로 말을 건넸다.

"역시 같은 반이었다는 게 말이지, 아무것도 아닌 게 아니야. 같은 반이었다는 이유만으로 우리 만남이 얼마나 빨리 이루어졌는지 봤잖아? 서로에 대해 금방 신뢰하게 되는 게 마치 가족관계 같지 않아? 재미있어, 정말이지 이상하게 약간은 마술 같은 느낌이 든다니까. 겉치레나 사회적 규칙과 같은 모든 걸 초월하는 일종의 뭔가 본질적인 것, 순진무구한 상태로 되돌아간다고나 할까. 그렇지 않아? 예를 들어서 말이야. 난 우리가 어떻게 서로를 앞에 두고 안 그런 척 위선을 떨 수 있는지 모르겠어. 네가 지금 보고 있는 사람은 분명 성인이 된 내가 아니라 열두 살 때의 나일 텐데, 안 그래? 어쨌거나 널 다시 보게 되었을 때 내 머릿속에 떠오른 건 30대가 된 오늘날의 네 얼굴, 네 아내, 네 아파트, 네 직업, 네 아이들, 이런 게 아니라 마리보에서 매직으로 겉에 **트러스트, 폴리스, AC/DC** 같은 록 밴드 이름들을 써서 메고 다녔던 네 가방과 신발 왼쪽 바닥에 붙어 있던 빨간색 점과 오른쪽 바닥에 붙어 있던 녹색 점이라구. 네가 신었던 키커스 기억나? 그 당시 그걸 가지고 있던 사람은 너뿐이었고, 그게 굉장히 유행하게 될 거라는 걸 의심하는 사람은 아무도 없었지(그러나 막상 "게다가 모두가 키커스를 신은 네 모습을 비웃었지, 나를 포함해서 말이야."라고 덧붙이지는 못했다)."

멜리키앙은 아무 말 없이 고개를 끄덕였고 나의 기지와 열의에 분명 놀라고 있었다.

"이렇게 동창을 다시 만나면 마음이 편안해진다니까. 정말이지 네가 전혀 늙지 않는다는 걸, '어른이 된다'는 게 아무런 의미가 없다는 걸 깨닫게 되는—아니 확신하게 되는, 모르겠어(나는 잠시 바보같이 웃었다)—좋은 방법이지. 왜냐하면 너랑 같이 늙어가는 사람들은 네 눈에는 분명히 늘 젊어 보이니까 말이야. 봐, 예를 들어서 우리처럼 이제 완전히 30대가 되어버린 바네사 파라디나 샤를로트 갱스부르 같은 우리 또래의 여자들 말이야. 그 여자들이 여전히 열여섯 살 때의 모습 그대로인 것 같지 않아? 내가 확신하는데 중학교 시절은 거의 모든 사람들에게 아킬레스건이거든. 넌 그렇게 생각하지 않아?"

1분 동안 혼자서 이런 식으로 쉬지 않고 주저리주저리 떠들고 나서는 멜리키앙을 대화에 끼어들게 만들려면 그 당시 있었던 일들과 동창들, 선생님들을 회상하는 게 좋겠다는 생각에서 몇몇 이름이 혀끝에서 뱅뱅 도는 척까지 해가며 배려를 했는데, 그건 단지 그가 나에게 이름을 알려주는 행복감을 느끼게 해주기 위해서였다. 이런 단순하고 즐거운 게임에 그는 적당한 활기를 띠며 참여했지만, 그 이상은 아니었다. 멜리키앙은 분명 아주 괜찮은 사람이었다. 전혀 경박하지 않았고 어리석을 정도로 향수에 젖어들지 않았으며, 여하간 **코팽 다방**[4]에 가입한다거나 **플람 선장**[5]이나 들장미 소녀 캔디의 주제가를 흥얼거리는 그런 부류의 사람은 분명 아니었다. 그는 정말이지 매우 공명정대하고 흥미로운 사람이었다. 그럼에도 불구하고 그게 아무 소용이 없게도 그렇게 경박하지도 않고 분명히 어느 정도 퇴폐적이지도 않은 그런 친구에게 나는 흥미를 느끼지 못하고 있었다.

대화가 중간에 끊기는 것을 막기 위해서 나는 벌써부터 그에게 던질 다음 질문들을 생각하고 있었다(어색한 침묵이 흐른다고 해서 전혀 불편하지 않았지만, 정말이지 멜리키앙을 즐겁게 해주고 싶었다). 어떤 이야기를 꺼내야 하나 막연히 궁리하고 있을 때 새로운 초대 손님이 거실에 모습을 드러냈다. 그 손님은 이미 와 있던 파니인지 레슬리인지에게 재빨리 인사를 건넸는데, 그 역시 나를 만난다는 생각과 아무런 내색을 하지 말아야 한다는 생각에 오히려 긴장하고 있음이 역력했다.

"이쪽은 프랑수아, 이쪽은 앙투안."

멜리키앙은 오늘 저녁 내가 모든 사람들에게 앙투안 막 폴라가 아닌 보통 **앙투안**인 것처럼, 그렇다고 속을 사람은 아무도 없지만 우리를 서로에게 간단하게 소개했다.

프랑수아는 멜리키앙이 '고등학교 밖'에서 만난 인텔리임이

---

4) 코팽 다방(Copains d'avant)은 옛 친구들이란 뜻으로, '아이러브스쿨'처럼 동창을 찾는 프랑스 인터넷 사이트를 말한다.

5) SF 만화 제목이다.

분명했다. 나는 잠깐 사이에 그가 페미스[6] 입학시험에서 간발의 차이로 실패했다는 것, 이름 모르는 계간지에 영화 관련 비평을 정기적으로 쓰고 있다는 것, 루비치 감독과 타르코프스키 감독을 '경배한다'는 것과 현재 자신의 첫 단편영화에 출자할 제작자를 찾고 있다는 것을 알게 되었다.

"맞아요. 대사로만 이루어진 영화, 좀 난해한 영화, 그런 것에는 제작자들이 관심을 갖지 않죠. 거의 **뱅커블**하지 않으니까요."

30초 동안 이 남자는 생판 알지도 못하는 사람(나)에게 자신이 인생에서 가장 마음에 두고 있는 것에 대해 털어놓았고, 벌써 자신의 성급함을 탓하기까지 했다. 나는 그냥 그가 날린 날카로운 비난과 엄청난 공격에 응수할 의사가 전혀 없는 것처럼 그저 순진하게 미소만 지어 보였다. 왜냐하면 그는 자신의 기고문에서 언급한 것과 같이 〈화이트 스터프〉를 맹렬히 비난('빈약한 시나리오, 참신하지 못한 연출, 형편없는 주연 배우')하는 그런 유類의 사람임이 너무나 분명한데도 어느 순간 기회가 되자 차마 딱 까놓고 영향력 있는 내 지인들에게 자기 대본에 대해 이야기해달라는 부탁은 하지 못하면서, 나에게 읽어보라며 자기가 쓴 대본을 내밀었기 때문이다.

나는 듣기 좋은 말로 대충 얼버무리며 그의 기대를 묵살했다.

"아, 네, 네. 좋네요. 정말 좋아요. 계속 그렇게 하시면 되겠어

요. 행운을 빌어요. 당신의 시나리오가 정말 괜찮다면, 끈기 있게 기다리다 보면 언젠가는 이루어지게 될 겁니다. 그렇게 되지 않을 이유가 없죠. 뱅커블하건 그렇지 않건 시나리오가 좋으면 언제나 작품으로 만들어지기 마련이니까요. 시나리오의 작품성을 알아보고 당신에게 기회를 줄 누군가가 어딘가에 있을 겁니다. 기다려보세요. 어쨌거나 제가 도와드릴 방법은 없는 것 같네요."

저녁을 먹으면서도 불가피하게 이어진 영화에 대한 토론에서 나는 프랑수아를 완전히 뭉개버렸다. 제랄딘은 '저녁 식사에 손님을 초대할 때는 전채 요리가 반드시 있어야 된다'는 식으로 슈퍼에서 사온 **사우전드 아일랜드** 소스와 함께 으깬 삶은 달걀을 전채 요리로 내놓았다. 메인 요리는 냉동 포장된 쇠고기에 즉석 조리 쌀을 푹 삶아 곁들인 스튜였고, 디저트로는 '난 요리는 하지 않지만 뭐가 맛있는지는 안다'라는 것을 보여주기라도 하듯 딘&루카스 소르베 아이스크림을 준비했다. 포도주에 대해 말하자면 제랄딘이 내가 가져온 포므롤을 주방에 그대로 놓아둔 게 무심결에 그런 것인지 아니면 일부러(어떤 의도에서?) 그런 것인지는 알 수 없었다. 대신에 지나치게 황이 많이 들어 있는 와인 같지도 않은 3, 4유로짜리 와인을 내놓았는데, 라벨에 '보르도', '샤토 병입'이라고 저혀 있고, 2003년도 산이니 2006년과는 꽤 시간적 차가 있으므로 좋은 해였을 거라고 생각하면서 골랐을 게 뻔했다. 한 마디로 말해서 대부분의 프랑스 사람들이 포도주를 고를 때 하듯이 그렇게 말이다.

여하튼 우리는 저녁 식사를 하는 동안 이것저것 목으로 넘기는 사이사이에, 포도주를 마시는 사이사이에, 그리고 담배를 피울 때 필연적으로 발생하는 공백 사이사이에 영화 이야기를 했다. 다른 사람들이 최근 상영작에 대해 이야기를 나누는 동안 나는 "아니요, 그건 보지 못했지만 얘긴 들었어요. 영화 괜찮나요? 아, 그래요? 그럼 꼭 가서 봐야겠네요." 나, "아, 맞아요. 히치콕은 정말 대단하죠." 나, "근데 UGC[7] 무제한 이용권이 정말 쓸 만한가요?"와 같은 말을 던짐으로써 가능한 한 상대방 의견에 가장 동의하는 듯한 모습, 가장 주의 깊게 듣는 듯한 모습을 보였다.

멜리키앙은 거의 대화에 끼지 않았지만, 영화에 대해 할 말이 전혀 없었기 때문이 아니라 선천적인 겸손의 영향 때문인 것 같았다. 그는 내가 주로 프랑수아와 논쟁을 벌이는 걸 보는 게 기뻤기에, 내가 그것을 즐긴다고 생각했기에, 그것으로 자신의 저녁 식사 초대가 성공적이라 여기기에 충분했으므로 아무 말도 하지 않고 잠자코 있었다. 제랄딘도 마찬가지로 황홀한 듯 조심스러운 태도를 유지하고 있었는데, 그 때문에 다시금 그녀가 매력적으로 느껴졌다. 일반인처럼 행동하면서 다른 곳에 훨씬 더 중요한 볼 일이 있다는 인상을 주지 않는 유명인이 자기 집 식탁에 함께 자리하고 있다는 것에 부부는 놀라워하는 만큼이나 다행으로 여기는 것 같았고, 그 모습은 감동스러울 정도로 소박했다. 나는 내가

---

7) 프랑스 멀티플렉스 극장이다.

자아도취 때문에 사람들이 나에게 쉽게 다가올 수 있게 하려고 애쓰고 있는 것인지, 아니면 내 자신이 뭐라도 되는 양 잘난 척할 수 있는 사람이 절대 아니라서 그런 것인지 여전히 헷갈렸다. 파니인지 레슬리인지는 오랫동안 교사 휴게실에서 갈고 닦은 토론 실력을 십분 발휘하며 몇 번 격렬하게 이야기를 펼쳐 보이면서 자기도 의견이 있다는 것을 증명하려고 했다.

나는 너무 지루해서 까무러치기 일보 직전이었다. 그렇다고 해서 나의 예의바른 태도가 흐트러지지는 않았지만, 좀 초조해지기 시작했다. 그래서 디저트를 먹을 때쯤에는 꼭 그럴 생각은 아니었지만, 몇 장면을 제외하고 거의 외우다시피한 스티븐 소더버그 감독의 작품을 중심으로 몇 달 전부터 준비해온 장황한 연설을 그들 앞에서 짤막하게 간추려 써먹기로 마음먹었다.

누군가 일반 애호가들 앞에서 스티븐 소더버그의 이름을 내세우면서 영화에 대한 자신의 열정을 토로할 때면 분명 상대를 실망시키게 된다. 그 사람이 나처럼 조금은 유명하고 매혹적이고 말을 많이 하는 배우가 아니라면 말이다. 그 사람이 그린 배우라면 사람들은 본능적으로 상대의 지위에 합당한 존경심만을 표한다(그리고 사람들이 내 말에 무게를 둘 정도로 그렇게 알려지지 않았던 시절과 비교해서 지금의 내 의견이 별로 달라진 게 없기 때문에 그런 것을 보면 웃음이 터져 나온다). 그러니까 디저트가 나올 때쯤 나는 틀에 박힌 고상한 취향을 가진 이 교사들에게 내가 하는 말이 파괴적이고 도전적일 거라는 것을 정확히 알면서도, 무엇에 대해서였는지는 모르겠지만 하여간 이야기를 시작했다.

"물론 타란티노, 데이비드 핀처, 제임스 그레이같이 훌륭한 사람들도 있죠. 또 구스 반 산트도 대단하구요. 하지만 제가 생각하기에 이 모든 인재들 중에서 어떻게 보면 가장 재능 있고, 가장 섬세하고, 가장 재미있고, 가장 격 있고, 가장 종합적인 인물은 스티븐 소더버그라고 할 수 있죠."

저녁 식사를 하고 포도주를 마시는 동안에 나의 소박함을 여지없이 드러내 보여주었던 그 뭐냐 파니인지 레슬리인지가 대뜸 치고 들어왔다.

"〈오션스 일레븐〉과 〈에린 브로코비치〉 만든 사람이요? 근데 그건 완전 상업영화잖아요!"

프랑수아를 힐끗 쳐다보니 속에는 여전히 나에 대한 부러움과 씁쓸함이 고스란히 남아 있는 게 빤히 들여다보이는데도 나를 완전히 교양 없는 사람, 잡지에 나온 내 얼굴과 인터뷰를 보면서 상상했던 경박하고 지각없는 인간, 당대의 스타라고 사칭하는 그런 인간으로 단정지으려는 게 분명해 보였다.

나는 나에게 전혀 중요하지 않은 이 사람들에게 왜 〈오션스 일레븐〉이 매우 세련되고 우아하고 격조 있고 재미있고 성공적인 (데다가—소더버그에게는 더 잘된 일이지만—상업적이기까지 한) 영화인지를 증명하는 데 몇 분씩이나 할애해야 할 필요가 과연 있는 것인지 생각해보았다. 하지만 단지 프랑수아에게 나도 추론하는 법을 알고 있음을 증명해 보이기 위해서 파니인지 레슬리인지에게 계속 이야기하는 척하며 말을 이었다.

"처음에 보면 소더버그의 영화들이 질서정연하고 완벽하게 틀에 맞춰 짜여진 것 같지만, 그가 모든 게 너무나 규격화되어 있는 것처럼 보이는 할리우드에서조차 **자신이 하고 싶은 것**(나는 자신이 하고 싶은 것이란 대목을 매우 강조했다)을 하고, 그것을 서슴지 않고 해낼 수 있는 그런 사람이라는 사실을 제대로 이해해야만 돼요. 사실 소더버그는 자유로운 사람이거든요. 그는 자신의 영감과 기분에 따라 영화를 찍죠. 그 사람 영화에는 사랑도 감동도 없고, 일종의 불감증 같은 게 느껴지기도 하고, 패러디가 지나치게 많고, 너무 만화 같고, 너무 '남자들을 위한 영화' 같은 면이 있다는 일반적인 비난의 말들이 일리가 있긴 하죠. 하지만 그 정도로 재치가 넘치고 제대로 만들어진 영화라면 사랑이 빠져 있는 것쯤은 보완이 된다고 봐요. 제가 하고 싶은 말은 소더버그는 자신이 원하는 만큼 시퀀스를 지속할 수 있고, 리듬을 바꿀 수 있고, 장면 장면마다 영화의 색깔을 바꿀 수 있고, 시나리오를 가지고 놀 수 있고, 자기 배우들과 무모하거나 위험한 장면까지 시도할 수 있다는 거예요. 왜냐하면 그 사람에게는 모든 게 쉬워 보이거든요. 왜 그런 예술가들 있잖아요. 타고난 정확성과 균형 감각(균형 감각이라는 말도 강조했다) 덕분에 모든 것을 서슴지 않고 할 수 있는 사람들이요. 우리나라에는 클로드 를루슈 같은 타입이 있죠. 물론 모든 차이점을 감안했을 때 말이지만. 소더버그는 숨을 쉬듯이 영화를 찍는데, 그게 항상 정확히 들어맞으니까 어디서건 리듬 때문에 문제가 되는 일은 절대 없어요. 왜냐하면 재주를 타고난데다 선천적인 균형 감각이 있으니까요. 눈에 잘 띄지 않는 배역에 이르기까지 캐스팅에서 그가 얼마나 뛰어난지에 대해서는 말하지 않더라도 말이에요. 재능 있고 재미있고 똑똑하고 직감적이고 변덕스럽죠. 그래요. 그는 자유롭게 모든 장르를 두루 섭렵할 수 있고, 내레이션의 급격한 변화('내레이션의 급격한 변화'라는 말이 페미스 출신들과 문학 교사들이 사용하는 표현 같다는 생각을 했다)를 만들어낼 수 있어요. 장면 삭제와 편집을 자기 마음대로 조작할 수 있고, 그 어떤 장르에서도 기존과 완전히 다른 것들을 시도할 수 있는 사람인데, 그게 거의 매번 먹혀들죠. 하긴 물론 시나리오의 모든 뉘앙스를 제대로 이해하기 위해서는 때때로 고민을 좀 해야겠죠. 소더버그는 관객을 바보 취급하지 않거든요. 오히려 관객들에게 많은 것을 요구하죠. 프랑스 신문에서 종종 그를 그렇게 나쁘게 평가하는 것은 사람들이 그가 만든 영화 속에 나오는 농담과 언급되는 내용의 반도 이해하지 못했기 때문이라는 사실은 말할 필요도 없어요. 그리고 그 사람은 끊임없이 아이디어가 샘솟는 우물이에요. 그의 모든 영화는 아이디어로 가득 차 있죠. 아이디어가 많다는 것은 모든 사람들에게 주어지는 게 아니잖아요."

파니인지 레슬리인지는 나의 말을 귀 기울여 듣고 있지 않았다. 그냥 모든 사람들처럼 오히려 내 훌륭한 기지와 카리스마에 몸을 내맡기고 있었다. 나는 탄력을 받기 시작한 터라 이쯤에서 멈출 수가 없었다.

"자, 예를 들어서 〈오션스 일레븐〉을 언급했는데, 돈 치들이 라스베이거스의 모든 전력을 차단하는 장면 기억해요? 라스베이거스의 불을 끈다는 거, 바로 그게 아이디어 아니겠어요? 맙소사, 라스베이거스라니!"

나도 모르게 아주 잠깐 자조적인 웃음이 흘러나왔다. 파니인지 레슬리인지는 그 장면을 기억하지도 못하고 있으며, 돈 치들이라는 이름을 듣고도 전혀 아무것도 떠올리지 못하고 있을 거라고 나는 짐작했다. 그때 프랑수아가 입을 열었다.

"맞아요. 그런데 그건 감독의 아이디어라기보다는 시나리오 작가의 아이디어죠. 그리고 소더버그가 〈오션스 일레븐〉의 시나리오까지 썼는지는 잘 모르겠네요."

그는 나를 코너에 몰아넣고 싶어했다. 바보 같은 자식. 그런데 그의 지적이 틀리지 않았다. 소더버그가 〈오션스 일레븐〉을 다시 리메이크한 영화의 시나리오는 누가 썼는지 이름[8]이 기억나지는 않지만, 아무튼 소더버그가 쓰지는 않았다. 어쨌거나 프랑수아의 말투에 담긴 이 무례함, 내가 아무나인 것처럼 이렇게 만지를 걸려고 하는 태도에 내 자존심이 상했는지 아니면 오히려 마음이 놓였는지는 알 수 없었다. 그러나 순간 나는 유명인들이 시골뜨기들과 조심스럽게 거리를 두게 되는 그런 자연적인 본능을 이해하게 되었다. 각자 자기에게 맞는 세계가 있는 것이다(비록 내가 집

---

8) 테드 그리핀(Ted Griffin).

에 혼자 있을 때 인터넷 검색창에 내 이름을 치고는 특정인들의 블로그에서 나에 대해 뭐라고 이야기하는지 확인해보는 데 상당 시간을 허비한다는 걸, 때로는 사람들이 나에 대해 좋지 않게 이야기하는 것을 보면 의기소침해진다는 걸, 그리고 그럴 때 댓글을 달지 않는 유일한 이유는 단지 내가 확실한 명성을 가지고 있기 때문이라는 걸, 즉 유명인은 아무개들이 웹상에서 자기에 대해 이러쿵저러쿵 하는 말을 확인해보는 그런 비굴한 짓은 하지 않는 것으로 알고 있다는 것을 이 테이블에 앉아 있는 사람 중 어느 누구도 모르고 있었지만).

나는 눈도 깜빡이지 않고 다시 이야기를 시작했다.

"맞아요. 하지만 소더버그가 그만의 디테일한 감각으로 영화를 만드는 것처럼 그렇게 영화를 만드는 것, 그건 그만이 할 수 있는 것으로 다른 어느 누구도 할 수 없다는 말입니다. 조지 클루니의 패거리가 보안이 엉성한 연구소 같은 곳에서 만화에서나 가능할 법한 불법 침입에 절도 행각을 벌이기 위해 한밤중에 LA로 갈 때 볼품없는 소형 트럭을 사용하기로 한 것, 그게 바로 그만의 터치라는 거죠. 그 연구소에서 그들 외에는 아무도 훔칠 생각조차 하지 않을 것 같은 진짜 우스꽝스럽게 생긴 기계를 훔치는데, 그 이름이 뭐죠? 뭐라고 부르더라? 핀…… 핀치! 그래요, 핀치요. 프랑스어로 어떻게 번역했는지 모르지만(정말 모르는 것처럼 연기를 했지만, 사실 관심도 없었다), 〈스타트랙〉에 나오는 것과 비슷하게 생긴 전자기적 디자인의 그거 있잖아요. 안에 노란색 전구가 들어 있는 그 커다랗고 투명한 튜브 같은 거 말이에요. 그러니까 돈 치들이 라스베이거스의 전력을 꺼버리는 데 일조했던 그 물건, 기억안 나요? 어쨌든 간단히 말해서 라스베이거스 모든 전력을 단 한 사람, 그것도 보잘것없는 소형 트럭에서 기계를 작동시킬 때 어처구니없는 이유로 주저주저하는 그런 인물로 하여금 차단하게 하는 것, 그러기 위해서는 소더버그가 그 영화를 찍은 것처럼 그런 아이디어가 필요했다는 거죠. 그런 게 머릿속에 남는 아이디어이고, 이런 저녁 모임에서 가끔씩 이야기하거나 어떤 논증을 지지하기 위해서 사람들이 떠올리기 좋아하는 에피소드인 거죠. 왜냐하면 좋은 영화란 좋은 책처럼 개인에게 참고자료가 되는 정확한 영상을 머리에 고스란히 남기는 그런 거 아니겠어요?"

내가 허세를 좀 부리기는 했지만, 테이블에 앉아 있는 사람들의 얼굴에는 '전혀 기억은 안 나지만 저 사람은 자기가 무슨 말을 하는지 아는 것 같아. 얼마나 실감나게 설명을 잘하는지 그 장면을 다시 보고 싶은 생각마저 든단 말이야.' 라는 표정이 나타나기 시작했다.

"그 장면은 말이죠. 할리우드 영화에 반反하는 거라고 생각해요. 〈영국인〉에서처럼요. 그 영화는 다들 봤죠? 사실 원제는 〈더 라이머〉[9]인데 프랑스 사람들이 멍청하게 〈영국인〉이라고 번역을 했죠. 테렌스 스탬프라고 〈테오레마〉에서 연기했던 남자가 나오는 영화 말이에요(이건 내가 더 오래된 영화에 대해서도 많이 알고 있다는 것을 그들에게 보여주기 위해서 넛붙인 것이고, 파솔리니의 이름은 당연히 누구나 다 아는 것인 양 일부러 말하지 않았다). 좋아요. 그럼 영화의 놀라운 편집기술, 예를 들어 소더버그가 플래시백을 사용하는 능력으로 넘어가보죠. 영화의 마지막 장면만 살펴볼게요. 맨 마지막에 해변에서 테렌스 스탬프와 피터 폰다(다들 알다시피 〈이지 라이더〉에 나오는 남자라는 말은 덧붙이지 않았다) 간에 추격전이 벌어지죠. 이 장면에서는 할리우드적인 요소가 **전혀**(전혀라는 말을 힘주어 강조했다), 정말이지 **전혀** 없어요. 우선 두 남자는 꽃미남이라고 하기에는 너무나 거리가 멀죠. 둘 다 60대이고, 예전에는 멋있었지만 의치 때문에 이제는 더 이상 사람들의 눈을 속일 수 없게 된 배우들이니까요. 해변은 모래가 아닌 자갈과 바위로 가득하죠. 때는 밤이고 두 파파 할아버지가 앞으로 걸어가는데 계속 휘청거리며 똑바로 한 발 한 발 내딛지를 못해요. 두 사람의 걸음이 얼마나 느린지 달팽이를 보는 것 같다니까요. 피터 폰다를 쏘기로 되어 있는 테렌스 스탬프가 바위에 올라가는 모습이 얼마나 힘들어 보이는지, 우리는 그가 포기하지 않을까 매순간 조마조마해하죠. 게다가 그는 총 쏘는 솜씨가 형편없어요. 총이 자기보다 열 배는 더 커 보이는데다가 똑바로 서 있는 것조차 힘들어하죠. 총성은 제대로 나지도 않고 어설프기만 해요. 너무나 가냘픈 그의 다리가 청바지 속에서 흔들리는 모습이 허망해 보이죠. 허망하지만 단 한순간도 우습지는 않아요. 그건 오히려 현실주의의 허망한 단면을 보여주는 것이죠(다시 한 번 교사들이 쓸 법한 아름다운 문구로군). 그리고 바로

---

9) 원제목은 영국인을 뜻하는 속어 '더 라이미(The Limey)'인데, 주인공은 '더 라이머(The Limer)'로 알고 있다.

그게 할리우드 영화의 시스템을 영리하게 고발하는 게 아니고 뭐겠어요……"

무엇보다 소더버그가 '똑똑하다'는 것에 대해 그들을 완전히 설득하기에는 내 증명에 뭔가 빠진 듯한 느낌이 들었다. 하지만 어쩔 수 없는 것이 나는 너무나 피곤했다. 소더버그에 대해서 지나치게 이야기를 많이 했기 때문이다. "소더버그, 소더버그, 소더버그" 하느라 너무 많은 시간을 할애했고, 그러다 결국 속이 메슥거리기까지 했다. 지나치게 말을 많이 했고, 지나치게 열정적인 모습을 보였던 것이다. 물론 나는 소더버그를 무척이나 좋아했지만, 그렇다고 해서 과장해서도 안 되는 것이었다.

하지만 단지 프랑수아와 그가 무척이나 마음에 들어 하는 로렌스 올리비에와 지나 롤랜즈를 엿 먹이기 위한 것이었다면, 완전히 소더버그 이야기로 끝낼 작정으로 〈표적〉[10](겉치장을 좀 하고, 사람들을 약올릴 요량으로 프랑스어 제목을 말하지 않고 영어 제목 그대로 〈아웃 오브 사이트〉—아우더 사이트—라고 했을 것이다)에서 차 트렁크 안에 있던 조지 클루니와 제니퍼 로페즈 커플을 예로 언급할 수도 있었을 것이다. 이런 식으로 말이다.

"이 장면이야말로 영화에서 가장 멋진 장면이죠. 벨 글레이드 교도소 주차장 위로 달이 환하게 비치는 플로리다의 밤. 사방은 조용히고, 두꺼비들의 울음소리와 높고 눈부신 가로등, 마치 휴

---

10) 원제목은 〈아웃 오브 사이트(Out of sight)〉이다.

가라도 온 듯한 분위기이죠. 그때 갑자기 땅속 구덩이에서 두 개의 그림자가 툭 튀어나와요. 바로 탈출을 시도하는 죄수들이죠. 때마침 같은 시각 주차장에 있던 경찰인 제니퍼 로페즈가 차 안에서 그 죄수들을 알아보고는 곧바로 여러 차례 경적을 울려서 그들의 도주를 알리죠. 감시탑의 조명을 받은 탈주범들을 향해 감시병들이 총을 쏘지만 맞추지는 못해요. 다른 두 명이 차례로 나오다가 총에 맞아 쓰러지죠. 하지만 그들의 죽음은 그들이 탈출하면서 보여주는 우스꽝스러운 모습과 감시탑의 불빛이 섞인 감미로운 분위기, 데이비드 홈스 작곡의 재즈풍 음악에 의해 전혀 극적이지 않게 묘사되죠. 꼭 한 편의 연극을 보는 듯하다고나 할까. 그런 혼란을 틈타 이번에는 완전히 시커멓게 더럽혀진 모습의 한 남자가 구덩이에서 나오는데, 그가 바로 찰리 채플린 영화에서처럼 눈은 툭 튀어나오고 희끗희끗한 눈썹에 자기보다 세 배나 큰 옷을 입고 교도소 교도관으로 변장한 조지 클루니예요. 그는 공범인 빙 라메스와 재회를 하게 되는데, 자신들 계획에 개입하려는 제니퍼 로페즈 때문에 곤란해진 그들은 그녀를 인질로 잡게 돼요. 빙 라메스가 그녀의 총을 압수하고 도망치기 위해 차를 모는 동안 조지 클루니는 제니퍼 로페즈와 함께 자기 차 트렁크 안에 숨어 있죠. 트렁크 안의 조명이라고는 조지 클루니가 손에 들고 있는 손전등밖에 없어요. 두 사람은 마치 정사를 벌인 후 침대에 누워 있는 것처럼 보이는데, 두 사람의 자세가 체위(후측위)를 연상시키거든요. 불쾌하기도 하고 긴장하기도 한 제니퍼 로페즈는 자기를 납치한 사람의 정중함과 유머와 소탈함에 조금씩 마음이 끌리게 되고 결국에는 긴장을 풀게 되죠. 영적 교감이 이루어지는 대화가 끊임없이 이어져요. 이 시점에서 이미 소더버그는 사물을 바라보는 자신의 시각을 여실히 보여준 거예요. 즉 흥분할 필요가 없다, 인생은 짧고 겉으로 보이는 것만으로는 진가를 알 수 없다, 아무리 극한 상황이라도 과장되고 왜곡된 반응을 피할 수 있는 기회를 즐기자는 거죠. 하지만 가장 놀랄 만한 것은 그들이 나누는 대화의 내용이에요. 이동하는 중에 두 번이나 페이 더너웨이의 영화 〈우리에게 내일은 없다〉 이야기를 해요. 그리고 둘 다 여러 영화의 장면들을 정확하게 예로 들면서 자신들의 상황이 얼마나 괴상한지 설명하려고 하죠. 이 미장아빔[11]이 바로 소더버그의 두 번째 레슨이죠. 이 미장아빔이 제대로 적용되었을 때는 덧붙일 말이 필요 없게 되는 것이고, 그것이야말로 감독의 지성을 보여주는 확실한 증거인 것이지요."

광신자처럼 보이지 않기 위해서라면, 그리고 나에게도 겸손함이라는 게 있다는 것을 보여주기 위해서라면, 나도 내가 프랑스인임을 분명히 알고 있으며 한 치의 비판도 없이 열광하기만 하는 것은 아니라는 것을 그들에게 증명하기 위해서라면, 그들에게 이렇게 이야기할 수도 있었다.

---

11) 미장아빔(mise en abyme)은 한 작품에 그 작품 전체의 구조와 주제를 반영하는 다른 작품을 삽입하는 기법을 말한다.

"소더버그가 유일하게 난관에 부딪칠 때가 있는데, 그건 일반적으로 모든 미국 감독들, 유명한 감독들도 어려워하는 거예요. 그건 바로 그들이 미국이 아닌 다른 것에 대해 이야기하려고 할 때, 자신들 시나리오의 배경을 다른 곳으로 옮기고자 할 때죠. 그들에게는 자기 것이 아닌 다른 시각, 다른 방법을 과장되거나 왜곡되지 않게 구상하는 **능력은 없거든요**(이 능력이 없다는 말에 꽤나 무게를 두었을 것이다). 소더버그의 〈카프카〉에 나오는 파라과이 공무원들은 미국 공무원처럼 행동하고, 소더버그와 클루니가 만든 〈시리아나〉에 나오는 아랍 수장들은 액터스 스튜디오[12]에서 방금 튀어나온 배우들처럼 보이잖아요. 〈오션스 일레븐〉에서 탈취범들에게 속아 넘어가는 이태리 경관은 B급 영화에 나오는 이태리 경관을 희화한 것이에요. 뱅상 카셀이 앙드레 시망으로 불리는 장면에서 연기한 조그만 타원형 안경을 쓰고 바보 같은 머리 스타일에 날카로운 목소리, 가느다란 수염, 손에 입을 맞추고 영어를 할 때 바보 같은 프랑스어 억양이 나오는 모습은 미국 사람이 본 프랑스 사람의 모습을 희화한 거죠. 또 프랑수아 툴루르라는 이름으로 역시나 프랑스 사람으로 나올 때도 미국 관객들의 눈에 그럴듯하게 보이려고 미국 배우의 표정과 몸짓, 말투를 흉내내죠. 실크 셔츠를 입은 브래드 피트가 로마의 나보나 광장에서 평

---

12) 액터스 스튜디오(Actor's Studio)는 폴 뉴먼, 제임스 딘과 같은 수많은 연기파 배우들을 배출한 뉴욕의 배우 양성소이다.

범한 소매치기처럼 관광객들 속에서 네 명의 헌병에게 쫓기는 모습이 재미있기는 하지만 있을 법하게 느껴지지 않는 이유랑 똑같아요. 여기서도 소더버그는 오래된 유럽 영화들을 인용하려고 하지만 난관에 봉착하죠. 그게 말이에요, 암시적으로 다루는 거라고 해도 터무니없거든요. 조지 클루니와 스콧 칸이 파베르제가 운영하는 카지노에서 야구 모자를 쓰고 있는 너무 미국적인 분위기의, 너무 말끔하고, 너무 교양 있고, 너무 있어 보이고, 너무 명랑해 보이는 두 명의 안전 요원의 주의를 돌리기 위해 테제베 열차 칸 같은 곳에서 마구 싸우는 척하는 장면도 마찬가지예요. 테제베를 탄 어떤 정신 나간 유럽인이나 프랑스 여행객이 이런 걸 믿겠어요? 미국 영화에서처럼 LA나 시카고에서 치고받고 싸우듯이 파리에서 몸싸움하는 미국인을 본 적 있어요? 자자, 미국 감독들은 더 이상 우리를 바보 취급해서는 안 된다구요. 아니면 좀더 시야를 넓히거나, 조금은 겸손하고 개방적인 모습을 보여야 한다구요. 이런 종류의 시도가 영화의 현실감을 유지하는 데는 그리 좋을 것 같지 않지만 말이죠."

스필버그와 그의 영화 〈뮌헨〉에 대해서도 기꺼이 언급했을 것이다. 이 영화에서 마셀 론데일과 마티유 아말릭이 프랑스 정보원으로 나온다. 김은색 승용차와 주말에 가족이 모여 파이와 적포도주, 소시지로 식사를 하는 것 외에 그들에게서 프랑스인다워 보이는 점이라고는 찾아볼 수가 없다. 그들은 꼭 미국 영화 속에 등장하는 다소 부패한 CIA 요원처럼 나온다. 나는 "미국 제작자들로 하여금 1990년대에 크리스티앙 클라비에와 장 르노가 미국 관객들 취향에 더 걸맞게 중세 프랑스인의 썩은 치아가 아닌 하얀 치아를 드러내고 나오는 〈저스트 비지팅〉을 만들게 한 바보 같은 이런 미국식 사고방식에서 사람들이 아직 벗어나지 못했다는 거죠.”라고 이야기했을 것이다.

이런 예를 얼마든지 들 수 있었지만 그러지 않았다. 잘못된 그들의 의견을 조금은 바로잡았다는 느낌이 들었지만 말을 너무 많이 했기 때문에, 수위를 조절하지 못했기 때문에, 지나치게 너무 장황했기 때문에 더는 이야기하지 않았다. 그래서 내 입을 다물어 그들에게도 말할 기회를 주기로 했다.

문제는 더 이상 아무도 무엇에 대해서건 감히 더 이야기를 하지 않았다는 것이다. 그 사람들이 갑자기 내 분석에 동의하게 되어서 그런 것이 아니라 어찌할 바를 모르는 것 같아 보였고, 그보다는 졸린 것 같기도 했고, 거북해하는 것 같아 보이기까지 했다. 내가 이야기하는 동안 생각에 잠기도록 방치되었던 파니인지 레슬리인지는 뭔가 곰곰이 생각하고 있음을 암시하는 듯한 심각한 표정으로 연거푸 담배를 피워대고 있었다. 제랄딘은 눈을 내리깐 채 작은 수저로 자기 접시에 남아 있는 아이스크림을 기계적으로 긁어대고 있었고, 멜리키앙은 억지로 대화에 낄 필요가 없었으므로 허공을 보는 듯한 반쯤 감긴 눈빛으로 모나리자 같은 미소를 띤 채 수수께끼 같은 존재로 남아 있었다. 프랑수아는 뭔가 할 말이 없을까 고민하다 결국 질문을 하나 찾아냈다.

"그런 식으로 따지자면 프랑스 영화는요?"

도전적이고 아이러니한 질문이 될 것이라는 의도에서 한 말이었겠지만, 결국 그 질문의 근원을 따져보면 이 테이블에서 의견을 가지고 있는 사람은 나뿐이고, 사물에 대해 올바른 판단을 하기 위해서는 내 의견을 들어야만 한다는 것을 고스란히 입증하는 것이었다. '정말이지 사람들이 얼마나 성마르게 스승을 찾으려고 드는지, 원!' 하는 생각이 들었다.

"그게 말이죠. 그 점에 대해서는 저에게 묻지 않는 게 좋을 듯합니다. 왜냐하면 꽤나 불쾌한 말을 할 수도 있고, 거기다가 불공정하고 편협한 말까지 할 수 있거든요."

사실 이번에는 자세한 분류는 무시하고 획일화시켜서 단정적으로, 그리고 조금은 지나칠 정도로 성급하고 공격적으로 말했다.

"어떤 프랑스 영화 말인가요? 당신은 어디서 프랑스 영화를 봤다는 거죠?"

나는 "프랑스만의 문제가 아닌 것에도 관심을 가지고 있는 클레르 드니 같은 사람들은 제외하고, 현대 프랑스 노래나 문학과 마찬가지로 현대 프랑스 영화라면 지긋지긋하다, 서점에서 프랑스 영화 DVD나 현대 프랑스 소설을 절대 사지 않듯이 절대로 극장에 프랑스 영화를 보러 가지 않는다, 프랑스 영화에서 배우는 연기도 제대로 하지 못하는데다가 종종 못생기기까지 하고, 조명은 형편없고 영화의 리듬 감각은 엉망이고 시나리오는 허술하고, 배우들의 손 처리를 위해서 매 장면마다 담배가 나오고(아르노 데

63

플레쉥 감독의 영화 참조), 대화의 95퍼센트는 현실성이 없는 오만하고 맹종적이고 노하우나 상상력이 없는 아마추어들의 영화이다.”라고 말했다. 프랑스 영화는 잘 해봐야 그럴싸해 보이는 정도에 우쭐해할 수 있을 정도라고 했다. 자비에르 보부아의 〈신참 경찰〉처럼 말이다. 하지만 이 모든 것이 본질적으로는 야심차게 뻗어나가지 못하고 있으며, 그것이 단지 수단이나 방법이 없다거나 재능 있는 감독이나 시나리오 작가가 없는 문제가 아니라, 단순히 문화, 요구 수준, 사회관습적 자료(이 사회관습적 자료라는 말이 아주 마음에 들었다)의 문제라고 말했다.

소심하고 지루하고 경직되어 있고 자족적인 프랑스라는 국가와 프랑스 사람들과 마찬가지로 프랑스 영화인들 또한 자신들의 문제를 소심하고 지루하고 경직되고 자족적인 방식으로 다루고 있다는 설명으로 끓어오르는 화를 억누르며 계속 말을 이어나갔다. 뚜렷한 주제, 자연스러운 배경, 촬영 공간, 기상천외, 인간과 사회가 나아갈 명확한 진로, 전세계에 영향을 미치는 극적인 사건, 실감나는 문화 충돌, 시스템에 대한 실제적인 문제제기, 모험, 모험심과 현대 신화와 같은 것들은 순전히 미국적인 문화 요소이지 아주 쉽고 아주 안이한 우리 문화, 너무 쉽고 너무 안이해서 파리의 보보스족 영화인들조차 시나리오 작가가 탐구해볼 만한 최소한의 관점을 찾아내기 위해 더 이상 무엇을 어떻게 해야 할지도 모르고 있는 우리의 문화 요소는 아니라고 말했다. 연기를 못하는 게 아니라 연기 방향이 잘못 잡혀 있는, 그리고 국가가 더 이상 국민을 생각하는 마음이 없는 것처럼 연기에서 영혼이 빠져버린("프랑스에서는 배우들이 감정으로 연기를 하는 것이 아니라 머리로 연기를 하죠") 장 뒤자르댕, 가드 엘말레, 마틸드 세이그너, 카랭 비아르와 그 일당을 150편의 로맨스 영화와 서슴지 않고 바꾸겠다는 말로, 다시 말해 소위 프랑스 배우라는 사람들의 영화 150편과 크리스토프 오노레나 가스파르 노에, 또 누가 있는지 잘 모르겠지만 그런 작가인 척하는 사람들이 만든 150편의 영화와 바꾸겠다는 말로, 이 모든 것들을 잘 만들어진 단 한 편의 할리우드 실패작이나, 장면 연결은 조잡하고 앵글은 고정되어 있고 미적 감각은 제로인데다 끊임없는 수다로 이어지는 〈불쾌한 이야기〉 타입의 극도로 반영화적이기까지 한 장 외스타슈의 작품 한 편과 바꾸겠다는 말로, 해외에 팔아먹을 수도 없는 이 대단한 졸작 150편을 다소 개인적으로 의미가 있는 제법 괜찮은 한 편의 영화와 서슴없이 바꾸겠다는 말로 끝을 맺었다.

"그럼 바크리와 자우이는요?"

파니인지 레슬리인지는 프랑스 문화에 대해 펼치고 있는 나의 야유를 불쾌해하면서 사적인 감정이 담긴 공격으로 받아들이고 있었다.

"바크리와 자우이도 안 좋아하세요?"

"아차, 그렇지. 맞아요. 왜 항상 그 배우들은 잊어버리는지 모르겠네. 그 배우들은 사실 괜찮죠. 맞아요. 〈타인의 취향〉과 〈룩 앳 미〉는 꽤 마음에 들어요. '실감나는 연기'(나는 웃으면서 양손을 허공에 대고 검지와 중지로 큰 따옴표 모양을 그려 보였다) 외에도 그 사람들이 마음에 드는 건 어설프게 미국 사람들을 모방하려고 하지 않고 열등감에 사로잡혀 영화를 만들지 않는다는 거죠. 예를 들어 기욤 카네처럼요. 그 사람은 모든 걸 있는 그대로 받아들여서는 비현실적인 영화를 만들잖아요. 우리 문화에는 전혀 맞지 않게 말이죠. 여러분이 〈텔 노 원〉을 봤는지 모르겠지만 바로 그것이거든요. 제가 기욤 카네를 질투해서 이렇게 말하는 건 아니에요. 그 사람은 저보다 훨씬 더 유명한 배우인 걸요. 소보다 더 크게 보이려고 죽어라 기를 쓰는 신빙성 없는 사람들(나는 그런 사람은 아니지만, '황소처럼 커지고 싶은 개구리' [13]라, 표현이 나쁘지 않군)을 좋아하지 않기 때문에 이렇게 말하는 거예요."

기욤 카네에 대해서 그들에게 내 생각을 솔직하게 이야기하지 않았다는 생각이 들었다. 기욤 카네는 감독에 대한 자신의 열망을 불태우면서 동시에 끊임없이 인기를 얻고 있는 배우였으므로 나는 당연히 그의 성공을 질투하고 있었다. 내가 그보다 훨씬 더 똑똑하지만, 내가 다른 배우들보다 훨씬 더 이지적이고 내 직업을 객관적으로 바라보는 법을 알고 있지만, 내가 사물에 대해 지나치게 거리감을 두고, 지나치게 양심적이고, 내 자아가 어느 정도 무분별하게 비대해지지 못하고 너무나 꼬여버린 것이(어떻게

---

13) 라 퐁텐의 우화 중에서 황소처럼 커 보이려고 몸을 부풀리다 목숨을 잃은 개구리 이야기의 제목을 인용했다.

보면 나의 너무나 '프랑스적인' 면이) 아마도 배우라는 내 열망과 직업에 있어 주된 난관일 것이다.

"그럼 자크 오디아르는 어떻게 생각하는데?"

착하고 어진 눈빛 뒤에서 집중하고 있던 멜리키앙이 '좋아, 네 의견에 조금은 동의해. 그래도 이 배우는 나쁘지 않잖아, 안 그래?'라는 식으로 점잖게 물었다.

"그게 말이야. 예를 들어서 〈내 심장이 건너뛴 박동〉에서 닐스 아레스트럽이 자신의 아파트에서 머리에 총을 맞아 벽에 뇌가 튀어 죽은 채 발견되는 순간까지는 나쁘지 않았어. 그런데 프랑스 영화에서는 총이 나오는 순간부터 어쨌든 현실감이 떨어진다는 거지. 총은 우리 문화와 맞지 않잖아. 자동차 추격이나 유혈, 격투, 액션도 마찬가지이고. 이런 것들이 나오면 결정적으로 프랑스에서 벌어지는 일이 아니라는 생각이 든다니까. 글쎄, 잘 모르겠지만 그게 꼭 캘리포니아 사람들이 카망베르 치즈를 만들기 시작하는 것과 같다고나 할까? 그게 얼마나 웃기겠어, 안 그래?(비교 대상으로 훨씬 나은 예를 찾을 수 있었지만 뭐, 어쩔 수 없지.)

"야, 진짜 박하시네요."

파니인지 레슬리인지가 눈살을 찌푸렸다.

"그럼, 〈그린즈판〉에 대해서도 같은 생각인가요? 비판하려는 것은 아니지만, 그쪽이 한 말을 그대로 받아들인다면 〈화이트 스터프〉역시 너무 프랑스적인 거 아니에요?"

침묵이 흘렀다. 파니인지 레슬리인지는 앞뒤 재지도 않고 자기 생각을 털어놓았고, 우리는 모두 말은 하지 않았지만 그녀가 그렇게 말을 꺼내준 것에 대해 감사하고 있었다. 드디어 나에 대해, 내 직업에 대해, 내가 맡았던 역할에 대해, 특히 반은 스타덤에 오르게 된 내 위상에 대해, 인터뷰, 잡지, 텔레비전, 무대의 스포트라이트, 연예인, 그 모든 것, 그쪽 세계, 일반 대중들을 그렇게나 열광시키는 이 모든 것들에 대한 이야기가 진행되려는 참이었다. 그것 때문에 내가 여기에 온 것이고, 그들도 그것 때문에 이 자리에 온 것이다. 우리가 진짜로 관심 있어 하는 게 바로 그것이었음에도, 저녁 식사가 시작될 때부터 서로 조심하느라 주제에서 멀어지게 되었던 것이다. 그들 입장에서는 부끄러운데다가 나로 인해 너무나 어리둥절해 있었기 때문이고('자신의 이야기는 하나도 하지 않으면서 너무나 소박하고, 연예인답지 않게 자기 친구와 이야기하듯이 우리와 말을 나누고 있는 이런 사람에 대해서 어떻게 말을 꺼내야 하지? 아니면 어떻게 자신의 이야기를 하게 만들지?'), 나로서는 겸손을 가장했기 때문이다('만약 여러분이 저에 대해서 이야기하지 않는다면, 여러분께 그런 즐거움을 드리는 것은 제가 아니라는 것을 미리 말씀드리죠. 왜냐하면 나는 품위를 지켜야 하니까').

그래서 나는 '특별히 그 주제에 대해 이야기하고 싶지는 않았지만, 뭐 여러분이 원한다면 좋다'는 식으로 별 관심 없는 듯한 태도를 취하면서 파니인지 레슬리인지에게 대답했다.

"〈그린즈판〉은 말이죠. 아주 솔직히 말해서 저도 다른 사람들과 조금은 같은 생각이에요. 그렇지만 전반적으로 봐서는 더 세

런된 작품이라고 생각하지만요. 꽤 수준 있는 영어를 영화 제목으로 선택할 만큼 용기가 있었다는 것도 마음에 들어요. 그게 나쁘진 않았던 것 같아요. 제 입장이 자기 영화의 주인공을 맡게 해준 사람에 대해서 깎아내리는 말을 하거나 그럴 수 있는 입장은 아니죠. 그건 좀 파렴치하잖아요. 같이 일하는 사람들에 대해 이야기할 때는 당연히 더 관대하고 더 완곡하게 표현하기 마련이죠. 하물며 그 사람들이 자신의 인생을 바꿔놓았을 때라면 더 말할 것도 없구요. 어쨌거나 텔레비전과 광고에서 맡고 있던 보잘것없는 역할에서 벗어나 오늘날 진정으로 인정받게 되고, 결국에는 꽤나 괜찮은 제안까지 받게 된 것은 〈그린즈판〉과 〈화이트 스터프〉 덕분이니까요. 그리고 그 모든 것 덕분에 지금은 제 자신이 정말 배우구나 하는 생각이 들게 되었으니까요."

"제안이라면 예를 들어 어떤 거죠?"

보란 듯이 반격할 태세를 취하고 있던 파니인지 레슬리인지가 내 말을 자르면서 끼어들었다.

입방정을 떨면 안 된다는 징크스에 따르면 거기서 나는 입을 다물었어야 했다. 하지만 나로서도 너무나 놀랄 만한 일이었기 때문에 이런 사실을 슬쩍 털어놓는 즐거움을 자제할 수가 없었다 (그리고 뒤따라 느끼게 되는 작은 만족감, 그것이야말로 바로 이 직업을 갖는 이유이니까).

"그게 말이죠. 수요일에 알리에노르 샹플랭과 대사를 한 번 맞춰보기로 되어 있는데, 예를 들면 그런 거죠."

"어머, 그래요."

제랄딘이 모두를 대신해 감탄했다.

정말이지 대단한 강편치를 날린 격이었다. 이 말에 모두가 갑자기 2시간 넘게 같은 테이블에 앉아 있던 나와 자신들이 결국 같은 세계에 속하는 사람들이 아니라는 현실을 직시하게 되었음이 느껴졌다. 게다가 누구든지 편하게 다가설 수 있었던 내 모습은 나의 관용에 의한 것임이 밝혀진 터라, 그들에게 내 존재는 분명 그만큼 압도적인데다 모욕적으로 느껴졌을 것이다.

"하지만, 아시다시피……."

나는 거의 사과하듯이 말했다.

"아시다시피 지금까지 이 사람들에 대해서 나쁘게 이야기했던 것만큼, 만약 제가 〈그린즈판〉에 고마움을 느끼는 입장이 아니었다면 그 작품에 대해서도 나쁘게 이야기했을 거예요. 지금까지 비판했던 것처럼 여러분들 앞에서 제 자신에 대해서도 그렇게 말할 수 있어요. 제 위치, 제 가치가 어느 정도인지는 알고 있거든요. 전 알 파치노도 아니고 덴젤 워싱턴도 아니고 할리우드의 이류 배우도 아니에요. 절대 그렇게 되진 않겠죠. 당연하죠. 우린 같은 무대에서 연기하는 게 아니니까요. 저는 제 자신을 보통 프랑스 영화에 나오는 보통 프랑스 배우라고 생각해요. 세계적 스타로 인정받는 곳이지만 저로서는 닿을 수 없는 무대로 할리우드를 꿈꾸는 그런 보통 배우요. 그리고 이런 제 자신을 있는 그대로 받아들이고 있죠. 물론 단순히 관객의 입장이라면 제가 찍은 영화는 보러 가지 않을 거예요. 분명히요. 하지만 저는 제 지식과 상상의 세계를 가지고 제가 할 수 있는 일을 하는 거예요. 그 지식과 상상의 세계가 아무리 편협하더라도 말이죠. 제가 할 수 있다고 느끼는 걸 하는 것뿐이에요. 대개의 경우 저는 뭔가 해보려고 아등바등 애쓰지도 않고 최소한의 대가에 만족하거든요. 본능에 따라 행동하는데 그게 항상 거의 들어맞더라구요. 열심히 연기를 하는 것도 아니고, 지나칠 정도로 게으른 편이라고 할 수 있죠. 제가 나오는 영화를 볼 때마다 제 눈에는 부족한 점과 단점만 보여요. 매번 제가 가지고 있는 가능성을 제대로 발휘하지 못한 것 같고, 훨씬 더 잘 할 수 있었는데라고 생각하죠. 그런데 끊임없이 만족스럽지 않고, 온전히 '혼신을 다한' 적이 한 번도 없었다는 그런 느낌이 듦에도 불구하고 시간이 흐르고 나면 나도 모르는 사이 언제나 다음 영화를 기다리고, 언제나 "다음 역할은 정말 열심히 할 거야. 최선을 다해서 할 거야."라고 말하고 있더라구요. 그러니까 결국 제가 하는 일이 아마도 저를 정말 많이 닮았다는 이야기일 테고, 아마 매번 최선을 다하고 있는 거겠죠. 제 '직업'이 그래요. 하지만 저의 만족 여부와는 상관없이 이 직업이 저랑 비슷한 구석이 있는 건 사실이에요. 그리고 제 자신에게 그렇게 말한다는 사실만으로도 그게 얼마나 자유로운 직업인지 여러분은 상상도 하지 못할 거예요. 배역이란 게 그래요. 전혀 세계적인 배우는 아니지만, 스스로를 내 안에 가둬두지 않는다는 느낌, 자유롭다는 느낌, 그리고 결과적으로 인생이 살 만하다는 그런 느낌이 들기에는 충분하거든요. 그것만으로도 대단한 거라고 생각해요, 전. 이만하면 아름다운 해피엔딩 아닌가요?"

　스물다섯 살이었을 때보다 금방 수척해지는 얼굴이 이제 시간
이 너무 늦었고, 술도 너무 많이 마셨다는 신호를 보내오기 시작
했다. 꼭 그런 이유가 아니더라도 그다지 친분도 없고 분명 다시
는 만날 일이 없을 것 같은 사람들에게 작별 인사를 하기에는 11
시 45분이 더할 나위 없이 적절한 시간인 듯했다. 그 자리를 벗어
나고 싶었지만 집에 혼자 들어가고 싶지는 않았다. 바로 잠들지
않을 것이 분명했고, 그렇다고 침대에 누워 책을 읽거나 DVD를
볼 기분은 전혀 아니었다. 그 대신 컴퓨터 앞에 앉아 포르투갈에
서 마지막 휴가를 보내며 찍은 사진 속 엘비라의 미소를 너무 가
슴아파하지 않으면서 다시 클릭해보는 정도의 수고를 할 것이다.
　특히 버스를 타고 파로로 출발했던 그날 아침을 다시 떠올릴
것이다. 때 구정물이 줄줄 흐르는 배낭을 바닥에 내려놓고, 내가

아침 식사를 하기 위해 그 동네에서 **파스텔라리아**를 찾아 헤매고 있는 동안 엘비라는 표를 사기 위해 버스 터미널 매표소가 열리기를 기다리고 있었다. 그때만 해도 우리 사이는 절대 끝나지 않을 거라고, 장밋빛 하늘 아래에서 마을이 깨어나는 모습을 보면서 그녀도 나만큼이나 감동하고 있다고, 그리고 이렇게 자연스럽게 각자 할 일을 분담하게 된 것은(그녀는 버스표를, 나는 아침 식사를) 머지않아 이루게 될 건실하고 안정적인 부부의 삶을 자연스럽게 예고하는 것임을 나만큼이나 그녀도 확신하고 있으리라 상상하게 만든 너무나 투명했던 그 여명을 다시 떠올릴 것이다.

도대체 내가 뭘 어떻게 했어야 하는 거지? 그녀가 떠나간 것을 몇 번이고 슬퍼했어야 하나? 아니면 우리가 수많은 순간들을 함께했음에도 불구하고 그녀가 떠나버린 것이니까, 그런 순간들을 그녀가 나만큼 강렬하게 느끼지 않았던 것이니까, 단순히 사랑이 변했다거나 혹은 마음이 변했다는 이유만으로 그렇게 단숨에 쓸어버릴 수 없었던 그런 귀중한 순간들을 그녀가 제대로 이해하지 못했던 것이니까, 이 모든 것이 그녀를 내 곁에 남아 있게 하기에 충분하지 않았다면 결국 그녀는 붙잡을 만한 가치가 없었던 거라고 내 자신을 끝까지 설득했어야 했나?

나는 우울한 감정에 사로잡히지 않기 위해서 결국 파니인지 레슬리인지를 내 아파트로 데리고 갈 가능성에 대해 다시 진지하게 생각해보았다. 모두가 거실에 앉아 있었지만 더 이상 그리 많은 대화가 오가고 있지 않았고, 그들은 그저 줄담배를 피워대고 있었다. 나는 "자, 이제 가야겠네."라는 말을 던지고 일어서면서 "택시를 불러야겠어."라고 덧붙였다. 휴대전화로 택시를 부른 후 파니인지 레슬리인지가 나를 어떻게 생각할지에 대해서는 조금도 개의치 않고 몸을 숙여 다른 사람들에게는 들리지 않을 정도로 조용히 속삭였다.

"그쪽도 지금 일어날 생각이고, 내가 부른 택시 같이 타고 가고 싶으면 그렇게 해요. 택시 기사에게 돌아가달라고 부탁하면 되니까. 편할 대로 해요."

그녀가 잠시 머뭇거렸는데 분명 내 제안을 어떻게 해석해야 할지 고민했을 것이다. 그러고는 분명 제안이건 아니건 이런 기회는 놓치면 안 되는 일이라고, 앙투안 막 폴라가 언제 또 자기에게 이렇게 말을 붙일지 모르는 일이라고 생각했는지 "어, 좋아요. 친절하시네요. 저야 감사하죠. 가서 제 물건 좀 챙겨올게요."라고 답했다.

작업에 들어간 지 얼마 되지도 않아서 모르는 여자의 알몸을 안게 될 거라는 예감이 들 때마다 흥분과 불안감이 뒤섞인 가벼운 전율이 느껴졌는데, 거기에다 이제는 이 여자가 좀 유명한 배우와 애정 행가을 벌이는 모습을 상상하고 있을 것이라는 망상마저 더해지고 있었다. 내가 다른 사람들과 인사를 나누는 동안 파니인지 레슬리인지가 자리에서 일어났다. 물론 우리가 같이 자리를 뜨는 것에 대해 다른 사람들이 이상하게 생각했겠지만, 그것에 대해 아무런 언급도 하지 않는 세련됨은 있었다. 다음 날 아침에 있을 내 참관과 관련해서 교장선생님이 왕복 택시비를 지불해 줄 의사를 보였다는 사실을 멜리키앙이 알려준 것도 고마웠다. 사실 참관에 대해 거의 잊고 있었고, 우리 둘 다 그것에 대해서는 이야기를 꺼내지 않았었다.

"내일 참관에 대해서 제대로 이야기하지는 않았지만, 재치 있는 네 모습과 관심을 가지고 사물을 바라보는 태도로 봐서 안심해도 될 것 같다."

그는 장난기어린 미소를 지었고, 그런 장난기에는 보기와는 다르게 식사하는 동안 내가 이야기했던 내용에 대해서는 가타부타 말하지 않는 진중함이 묻어 있었다. 그러고는 여전히 익살스러우면서도 걱정이 묻어 있는 어조로 말했다.

"정확히 9시 30분이야. 괜찮겠어? 너무 이른 건 아니지? 학교 이름하고 주소는 제대로 가지고 있어?"

"걱정하지 마. 제시간에 갈 테니까."

늦어도 아침 7시에는 눈을 떠야 한다는 것을, 다시 말해서 하룻밤을 다 망쳐야 한다는 것을 알면서도 나는 그를 안심시키려고 했다. 벌써부터 내 눈 밑에 생길 다크서클이 머릿속에 그려지고 있었다. 육체적인 동시에 정신적인 이런 피로감으로 인해 내 인상이 불쾌해지고, 뜻하지 않게 눈살이 찌푸려지고, 눈부신 햇살 속에 있는 것처럼 눈이 감기게 되는데, 술과 마찬가지로 이런 피로감은 이 나이가 되면 더 이상 스물다섯 살 때처럼 그렇게 가볍게 털어지지 않는다.

파니인지 레슬리인지는 17구에 살고 있었고, 예정대로 우리는 택시 기사에게 그녀의 집 주소를 먼저 알려주었다. 나는 택시들이 파리의 밤 도로 위를 달릴 때 우르릉거리며 내는 둔탁한 타이어 소리가 좋았다. 우리는 불빛이 흐릿한 뒷좌석에 나란히 편안하게 앉아 있었다. 거리의 불빛과 네온사인이 작열하는 화살처럼 앞창에 길게 늘어졌다가 파니인지 레슬리인지의 볼품없는 옆모습에 포개졌다. 그녀는 계속 말을 하고 있었다. 물론 겁이 나는 것을 참기 위해서 그랬겠지만 쉼 없이 말을 해대는 통에 나는 약간 멀미가 났다. 그녀는 쉬지 않고 조잘댔고, 나는 그녀의 말을 듣고 있지 않았다. 나는 엘비라를 생각하며 속으로 중얼거렸다.

'근데 무엇 때문에 내가 이렇게까지 그녀에게 집착하는 걸까? 무엇 때문에 이렇게 집착하여 아직까지 잊지도 못하고, 무엇 때문에 밤과 낮의 거리, 도시, 시골, 바다, 안개, 태양, 겨울과 여름, 노래, 영화, 이 모든 것들에서 그녀가 생각나는 걸까? 눈을 뗄 수 없을 정도로 예뻤기 때문에? 아침에 눈을 뜨자마자 봐도 예뻤고, 어느 각도에서 봐도 예뻤고, 절대 싫증나지 않을 거리 생각했을 만큼 예뻤기 때문에? 내가 가장 그리워하는 것이 그녀의 얼굴인가? 그녀가 금발이었기 때문에? 그녀가 스페인 사람이었기 때문에? 차에서, 바르셀로나의 거리에서, 피네다 도로 위에서 같이 들었던 노래들을 통해서, 그리고 그녀를 통해서 내가 좋아했던 게 바르셀로나였던가? 스페인이었나? 그녀가 하룻밤 사이에 날 떠나버렸을 때 내가 잃어버리게 된 것이 스페인이었던 걸까? 그리고 아직도 스페인어가 들릴 때마다, 라디오에서 바르사 축구팀의 점수를 들을 때마다, DVD 표지에서 안토니오 반데라스의 얼굴을 볼 때마다, 그리고 아이팟으로 말라 로드리게즈, 베베, 아르나랄, 오호스 데 브루호와 마카코의 앨범을 다시 들으며 괴로워할 때마다 모든 기억이 한꺼번에 몰려드는 것은 스페인 때문일까? 이렇게까지 노래뿐 아니라 한 도시, 한 나라 전체, 어느 해 여름, 영원히 남을 바캉스의 태양을 지나치다 싶을 정도로 그녀와 결부시키고, 내가 이렇게까지 꿈꾸게 되고, 이 정도까지 그녀를 우상화하게 되는 건 그녀보다도 당시의 상황들 때문인가? 추억의 힘일까? 그녀가 프랑스어를 하지 못했고, 바르셀로나에 살았고, 자기 친구와 부모님을 포함하여 나에게 소개해준 모든 사람들이 프랑스어를 하지 못했기 때문일까? 타지에서 경험하는 모든 것들이 훨씬 더 강렬하고, 더 아름답고, 더 훌륭하고, 더 영원해 보이는 거라서? 내가 천성적으로 몽상가라서 그런 걸까? 이 정도까지 그녀를 사랑하게 되고, 이렇게 이별의 아픔에서 벗어나지 못하는 것은 내 상상력이 너무 뛰어나기 때문인가?'

나는 이런 생각을 했다.

'날 떠나면서 자신이 무엇을 잃어버리게 되는지 알지 못했던 거야. 다시는 나 같은 남자는 찾지 못할 텐데. 언젠가는 땅을 치며 후회하겠지.'

이런 생각도 했다.

'자기 변덕을 후회하게 될 거야. 내가 사랑했던 것처럼 자기를 사랑해주고, 내가 키스해주고, 자기 이야길 들어주고, 이해하고 조언하고 지지했던 것만큼 자기를 안아주고, 이야길 들어주고, 이해해주고, 조언해주고 지지하는 남자는 찾지 못할 테니까. 언젠가 알게 되겠지만, 아마 바로 알지는 못할 거야. 그 사실을 이해하기에는 아직 너무 어린데다가 또 내가 프랑스에서는 굉장한 사람이라는 것과 날 떠나면 내 직업, 내 유명세, 무대, 카메라, 잡지, 연예인, 이 모든 것도 함께 잃어버리게 되는 거라는 걸 이해하기에는 너무 무지몽매한 스페인 사람이잖아. 이런 것들이 아무것도 아닌 게 아닌데 말이야, 안 그래?'

또 이런 생각도 들었다.

'그런데 도대체 걘 왜 그런 걸까, 제기랄! 우리가 얼마나 가까웠는데, 얼마나 많은 순간들을 함께했고, 모든 것에 대해 서로 얼마나 많은 이야기를 나누었는데! 언제나 솔직하게 자기 사생활을 오로지 나와 함께한다는 인상을 심어놓고는 어떻게 그렇게 갑자기 단번에 모든 것을 가져가버릴 수 있었던 거지? 자기 직장 모든 동료들과 상사를 나에게 소개시켜주고, 나를 자기 할머니와 자기가 사는 동네의 모든 상인들에게 소개해놓고서 말이야. 자기 집 현관 열쇠까지 복사해줬었는데. 같은 칫솔로 이를 닦기도 하고, 나에게 돈을 찾아다달라며 자기 마스터 카드의 비밀번호까지 알려줬는데. 아기였을 때의 자기 사진을 CD에 담아서 주고, 어렸을 때부터 방학 때마다 갔던 별장에 나를 데리고 가곤 했었는데. 그녀가 의심하고, 우울해하고, 불안해하고, 직장 문제로 고민할 때 내가 늘 곁에서 함께했는데. 모든 것을 함께했고, 둘이 함께 아이를 만들 생각까지 했을 정도로 서로가 많은 이야기를 나눴는데. 어떻게 순식간에 이 모든 것을 나에게서 가져가버리고, 나와 함께했던 모든 것을 다 버리고 그렇게까지 이방인이 될 수 있었던 걸까?'

심지어 이런 생각마저 들었다.

'지금쯤 패션 감각도 개떡 같고 대마초나 뻑뻑 피워대는 자기 나이 또래의 보잘것없는 DJ의 품에 안겨 있을까? 음악 한답시고 깝죽대면서 애무하는 법도 모르고 1분 만에 사정해버리고는 등을 돌린 채 헐떡이며 잠들어버리는 그런 놈의 품속에?'

그러고는 이런 간절한 마음이 들었다.

'순전히 스페인어가 뒤범벅이 된 영어로 "앙투안, 미안해. 너를 떠나다니 내가 정말 바보 같은 짓을 했어. 너와 다시 시작하고 싶어. 내 또래의 남자들은 하나같이 이기적이고 미숙한 바보들이야. 우리가 헤어진 후로 너처럼 나에게 키스해주고, 나를 돌봐주고, 나를 웃게 하고, 나에게 이야기를 해준 사람은 아무도 없었어."라고 쓴 메일이나 문자를 언제쯤 받을 수 있을까?'

나는 엘비라를 생각하고 있었고, 파니인지 레슬리인지는 그때까지도 여전히 떠들어대고 있었다. 나는 예의바르게 행동하기 위해서 머리를 끄덕이며 호응하는 척 반응을 보였다. 그녀를 바라보았지만 매력적이라는 생각은 들지 않았다. '훨씬 더 예쁜 여자를 찾을 수 있었지만, 오늘 밤은 그런 거지, 뭐.' 너무나 가늘고

색이 바랜 그녀의 머리카락을 쳐다보았다. 돌출된 코 때문에 윗입술이 지나치게 긴장되어 보였다. 너무나 프랑스적인, 그리고 원초적인 프랑스인의 이 옆모습, 중세 프랑스인 같은, 분명 그보다 더 이전 시대의 프랑스인 같은 얼굴을 바라보았다. 아마도 자기 아버지를 닮았을 거라고 생각하면서 그녀 쪽으로 몸을 기울여 잠깐 은신처를 찾듯이 키스를 했다. 키스를 하는 동안에는 엘비라 생각이 나지 않았으므로 그녀의 입술과 따뜻한 침을 음미했다. 입술이 지나치게 단단하건 안쪽 턱이 말발굽 편자 같건 새로운 여자의 입술을 맛보는 게 좋았으므로 어쨌거나 기분은 짜릿했다.

"내가 하는 말은 듣지도 않는군요?"

내가 제자리로 돌아와 앉자, 그녀가 반은 자기가 만만한 여자가 아니라고 쏘아붙이듯 반은 농담하듯 나를 비난했다.

"맞아요."

답례로 나는 되도록 가장 따뜻한 미소를 지어보였다.

"당신 집에 같이 가도 되겠어요?"

너무 좀 중세 기사 같은 말투였나 싶어서 바로 말을 이었디.

"놀라게 했다면 미안해요. 좀 피곤해서요. 난 직선적인 게 더 좋거든요. 나쁘게 생각하지는 말아요. 당신을 쉽게 생각해서 그런 건 전혀 아니에요. 싫다고 해도 상관없어요. 당신 내려주고 나는 집으로 가면 되니까."

그렇게 해서 나는 혼란스런 상황에 빠져 허우적대면서도 나에게 멍청한 여자로 비치지 않기 위해 쿨하게 보이려고 무진 애를 쓰던 그런 여자와 섹스를 하고 같이 잠이 드는 불쾌한 경험을 하게 되었다. 정확히 아침 6시 30분이 되자 휴대전화로 맞춰놓았던 알람이 울렸다. 침대에서 일어나 어느 것 하나 익숙한 것 없는 이 방의 어둠 속에서 멜리키앙의 학교로 가기 전 집에 들러 샤워를 하고 깨끗한 옷으로 갈아입어야겠다는 일념으로 재빨리 옷을 주워 입었다. 파니인지 레슬리인지도 깨어났음을 확인하고는 침대로 다가가 약간은 의무감에서, 사랑스럽기보다는 우정어린 손길로 그녀의 머리를 쓰다듬으며 속삭였다.

"그럼, 갈게요. 깨워서 미안해요. 고마웠고, 행운을 빌어요. 내가 문 잘 닫고 갈 테니까, 다시 자요."

그녀는 반쯤 잠이 덜 깬 상태였지만 여전히 어중간하게 질책하는 듯한 어조로 물었다.

"우리 적어도 전화번호 정도는 주고받을 수 있지 않나요?"

나는 솔직하게 대답했다.

"이봐요, 파니. 솔직히 말해서 그러지 않는 게 좋겠어요. 그럴 필요는 없다고 생각해요, 난. 당신에게 개인적인 감정이 있어서 그러는 건 절대 아니지만, 이 정도에서 끝내는 게 좋을 것 같은데. 서로 기분 좋게 즐겼고, 그럼 된 거잖아요. 내 생각은 그래요."

그녀가 물었다.

"내 이름은 파니가 아니에요. 왜 나를 파니라고 부르는 거죠?"

나는 정정하며 말했다.

"아, 미안해요. 어…… 레슬리, 맞죠?"

그러자 그녀가 화를 냈다.

"아니요, 레슬리도 아니에요. 넬리라구요."

나는 "미안해요."라고 말하면서 구두끈을 마저 졸라맸다.

그녀는 침대에서 몸을 일으켜 앉더니 이불을 끌어올려 가슴을 가리고는 아무 말 없이 나를 뚫어져라 쳐다보았다. 그리고는 마지막으로 이런 말을 던졌다.

"당신이 자주 하는 말처럼 개인적인 감정이 있어서 그러는 건 절대 아니에요. 나는 인종차별주의자가 아니거든요. 그런 것과는 거리가 아주 멀죠. 나도 흑인 남자친구나 당신 같은 혼혈인 남자친구를 몇 번 사귄 적이 있어요. 그때마다 느끼는 건데, 왜 그런지 모르겠지만 당신들은 여자와의 관계에서 절차를 무시하던데 원래 당신들 문화가 그런 거예요?"

　대학 진학을 위해 바칼로레아를 본 이후로 고등학교에 발을 들여놓은 적이 없었다. 그런데 16년이란 시간이 흘렀음에도 교외에 있는 고등학교의 학교 현판, 철문, 담장, 운동장, 규정된 크기의 시설들, 일정한 수의 나무들, 시간표, 사감선생, 교사와 교실은 예나 지금이나 그대로라고 생각했지만 학생들의 모습은 엄청나게 달라졌다는 느낌이 들었다. 어쩌면 학생들이 사실 그렇게까지 변하지 않았는데, 아이들은 단지 우스꽝스러운 몸짓에 자기들만의 음악을 듣고 그 나이 또래의 순진함과 반항기 있는 청소년일 뿐인데, 내 느낌에는 그들 모두의 풋풋한 젊음이 나의 나이 들어가는 모습을 비웃는 것 같았다.

　학교 정문을 들어서자 여기저기 무리지어 있는 아이들이 보였다. 아무런 개성이 없는 아이들, 후드티와 트랙수트를 입은 랩퍼들, 여자아이들, 물 빠진 줄무늬 청바지를 입은 귀여운 멋쟁이들, 멋진 운동화, 베컴처럼 젤을 잔뜩 발라 닭 볏처럼 세운 헤어스타일, 몸에 쫙 달라붙는 티셔츠와 배낭이 눈에 들어왔고, 나는 그들의 모습을 보자마자 이런 생각이 들었다.

'저 아이들은 TV에서 〈라 누벨 스타〉 프로그램을 보겠지. 드라마도 볼 테고, 갱스터 랩이나 R&B 뮤직비디오랑 광고도 볼 거야. 내가 이해하지 못하는 표현들을 사용하고, 내가 이름조차 알지 못하는 그룹들의 노래를 MP3나 PSP에 다운받아서 듣겠지. 자기들끼리 문자를 주고받고, 메신저로 채팅을 하고, 자기들만의 홈페이지를 가지고 있을 테고 말이야. 저 아이들은 거의 인터넷이랑 같이 태어난 셈이므로 저들에게 인터넷이란 그저 일상이겠지. 우리 세대가 느꼈던 것 같은 기술적 혁명이 아니라구. 저 아이들 중에서 자기 방에서 인터넷을 할 수 있는 아이들은 이뮬eMule 사이트에 들어가 영화와 음악을 다운받느라 24시간 내내 컴퓨터를 켜놓겠지. 자기 컴퓨터의 생생한 메모리를 온라인에서 다운받은 불법 CD와 DVD로 채우면서 말이야. 어쨌거나 저 아이들은 절대 CD와 DVD는 사지 않을 거야. 우리 세대의 남자아이들에게 텔레비전이 그랬던 것처럼. 내가 그들 나이였을 때 입었던 옷이나 쓰던 말처럼, 내가 그들 나이였을 때 들었던 음악을 들려주면 아마 아이들은 배꼽을 잡을 거야. 어쩌면 배꼽을 잡는다는 말마저 아이들을 배꼽 빠지게 웃게 만들지도 몰라. 성적 표현이나 포르노 영화 같은 것들에도 아이들은 더 이상 놀라거나 당황하지 않아.

아이들은 싸구려 히트곡에서처럼 '사랑해', '너와 나는 영원히 함께하는 거야', 그리고 '넌 내 마음을 부셔버렸어'라는 일차원적인 표현들을 서로 속삭이곤 해. 또 아이들은 멋있어 보이기를 꿈꾸고, 유명해지기를 꿈꾸고, 사람들이 스타라고 말하는 팍시[14]나 세바스티앙 폴랭[15]처럼 '스타'가 되기를 꿈꾸고, 텔레비전 무대에 올라가서는 너무나 감격한 표정으로 스무 살이나 되어서는 **"제 인생에서 가장 아름다운 날이에요. 평생 이 날을 기다려왔어요. 여러분 모두 열나 사랑해요. 여러분 사랑합니다."** 라고 이야기하는 꿈을 꾸지. 팬들에게 어쨌거나 감사할 의무가 있는 범접할 수 없는 진짜 스타들처럼 말이야. 그리고는 토니&가이식의 똑 떨어지는 헤어스타일을 하고서 눈물을 흘리다가 기절하는 꿈을 꾸는 거야. 왜냐하면 스타란 너무 예민하고 '낭만적'인 사람들이니까 말이야. 셀린 디옹을 꿈꾸는 모든 아이돌 스타들이 나오는 뮤직비디오에서처럼 그렇게 자기 자신을 꿈꾸는 거지. 이게 바로 저 아이들이 원하는 거라고. 저 아이들은 미리 만들어진 감정을 가지고 있는 작은 기계들이야. 이게 바로 저 아이들이라고.'

이런 생각도 들었다.

'나에게는 저 아이들이 화성인같이 낯선 존재이지만, 그래도

---

14) 팍시(Patxi)는 2003년 스타 아카데미에서 준결승까지 진출하여 가수로 데뷔했다.

15) 세바스티앙 폴랭(Sébastien Follin)은 TV 5 기상캐스터였으며, 여러 프로그램에서 사회자로 활동했다.

저 아이들에게는 나를 사로잡는 매력이 있어. 아이들의 무감각해진 순진함, 고집스런 수동성, 구시대의 문화와 모든 것에 대한 무관심, 이 모두가 무척이나 매혹적이라고. 나를 사로잡는 건 그들의 젊음이고, 디지털 시대, 낡은 문화와 언어가 끝나는 시대, 레게 뮤지션인 로르 코시티와 〈스타 아카데미〉 시대에 살고 있으면서도 자신들이 열여섯 살이라는 것에 감동조차 하지 않는다는 사실이야. 그런 점에서는, 너무나 물질적인 동시에 너무나 시각적인 시대에 살면서도 이렇게 무덤덤하게 살아가고 있는 그들이 분명 그런 점에서는, 그 나이 때 여전히 카세트테이프를 사용했고 이제는 우리 세대의 늙은이들이나 보보스족만 관심을 보일 만한 쓸데없는 질문을 스스로에게 수도 없이 해대는 나 같은 사람보다 바로 그런 점에서는 천 배는 더 현대적이라는 거지. 왜냐하면 연설, 해설, 그리고 분석, **정신** 이런 건 다 낡아빠진 과거의 산물이니까. 그렇다고 해서 이런 말을 하는 게 씁쓸하다거나 그렇지는 않아.'

생각이 꼬리를 물고 이어졌다.

'그런 말을 하는 게 씁쓸하지는 않은데, 꼭 멍청한 늙은이같이 말을 하고 있잖아. 우리 세대 남자들이 아무리 아니라고 해도 결국에는 모두 똑같이 바보 같은 늙은이가 되는 거야. 그렇지만 뭐 어쩌라구. 그들처럼, 우리 부모님과 조부모님처럼 나도 스스로 비교하고 판단하고 애도하는 걸 어쩔 수가 없는데. 그러나 맹세컨대 난 이 젊은 아이들을 비난하는 게 아니야. 단지 그들이 나의 호기심을 자극하는 거지. 그들이 내 모습을 되돌아보게 하는 거

야. 난 자문하고 있는 거고, 이해하려는 중이란 말이지.'

그러고는 생각을 정리했다.

'바보 같은 늙은이가 되지 않는 유일한 방법은 자신의 나이를 당당하게 받아들이는 거야. 모든 것을 이해할 수 없다는 걸 받아들이는 거지. 버림받는 것을 받아들이는 거고, 모든 게 전과 같지 않다는 것을 받아들이는 것, 특히 나이 들지 않은 것처럼 행동하지 않는 것, 바로 그거라고.'

자연스러운 모습을 유지하려고 애쓰면서, 어쨌거나 더 이상 나를 자기와 같은 또래로 여기지 않는 이 모든 시선에 주눅이 들지 않으려고 애쓰면서, 고등학교 시절 겁먹던 때처럼 약간의 불편함을 느끼며 운동장 안으로 걸어 들어갔다. 그들의 탱탱한 피부와 손상되지 않은 머릿결을 흘끗 바라보고는 내 자신을 안심시키기 위해 이런 생각을 했다. '언젠간 이 아이들도 시대에 뒤떨어지게 되고 과거를 회상하며 한탄하게 될 거야. 이 아이들에게도 언젠가는 흰머리가 생길 거라고.' 그리고 마음을 다잡았다. '기만해서는 안 돼. 왜곡해서도 안 돼. 난 너무 왜곡하는 경향이 있어. 이것도 교육 문제, 사회계급 문제, 뭐 그런 거야. 문제는 항상 그런 거였잖아. 우리 때('우리 때'라!), 우리 때도 사실 그때도 똑같았지. 텔레비전에서 방영하는 일본 만화를 빠짐없이 보고, 〈오브젝티브 닐〉이라는 드라마에 나오는 말들을 흉내내고. 우리 부모님 세대의 눈에는 우리가 텔레비전만 보는 머리가 텅 빈 바보 같은 아이들이었지. 드골 세대의 어른들 눈에는 우리 부모님 세대가 괴상하게 보였을 거고, 드골 세대는 또 분명 제3공화국의 고루한 늙은이들로부터 빈축을 샀던 때가 있었을 거야. 언어와 문화, 그건 발전하는 거고, 그렇게 발전한다는 것은 아주 좋은 거지. 정말로 그럴 만한 가치가 있는 것만 시대가 바뀌어도 변하지 않는 거야. 그리고 사실 20년 동안 변한 건 운동화 디자인, 청바지 라인과 전자기술이라고. 아무것도 걸치지 않고, 젤도 바르지 않고, 전기도 없는 상태라면 우린 모두 다 똑같은 사람이야. 그렇다니까.'

멜리키앙이 홀에서 나를 기다리고 있었다. 내가 도착하자마자 바로 나를 데리고 복도를 가로질러 이동했다. 멜리키앙은 이미 모든 것을 준비해놓았다. 유리문과 게시판 같은 적절한 장소마다 A3 용지에 컬러 복사한 것을 붙여놓았는데, 거기에는 그가 선정한 영화 포스터(폴 해기스의 〈크래쉬〉)와 내 사진이 제법 그럴듯한 설명과 함께 붙어 있었다. **"배우 앙투안 막 폴라와 함께하는 영화 상영 및 토론, 11월 4일 토요일, 소강당, 9시 30분. 누구나 참여 가능."** 실제로 복도 여기저기에서 상당한 동요가 일고 있었다. 여자아이들의 웃음을 참는 모습과 과장된 몸짓, 남자아이들의 차분하지만 강렬한 호기심. 아이들은 나를 알아보고 휴대전화로 사진을 찍어댔고, 자기들끼리 나에 대해 이야기하면서 서로 팔꿈치로 쿡쿡 치기도 했다. 심지어 내 흉내를 내기도 했다. 하지만 아무도 감히 나에게 가까이 다가오지는 못했다.

"네가 우리 학교를 방문한 게 아이들에겐 이번 주의 이벤트인 셈이거든."

멜리키앙이 미소를 지으며 이 모든 사실을 인정했다.

조그만 문을 통해 아이들이 꽉 들어차 있는 소강당으로 들어갔다. 우리가 들어서자 웅성거리던 소리가 주로 여자아이들이 내는 가벼운 함성으로 바뀌었다. 감탄에서 나오는 한두 번의 짧은 휘파람 소리, 웃음소리, 히스테릭한 한두 번의 짧은 함성, 어디선가 **"진짜 잘생겼다! 맥스웰[16] 같아!"** 라고 속삭이는 소리가 들렸다. 멜리키앙과 나는 강당 가운데 학생들이 모여 있는 바로 앞으로 나갔다. 블라인드가 내려져 있었고 벽에는 영사막이 펼쳐져 있었다. 양옆에는 다리가 달린 휴대용 파티션 두 개가 쳐져 있었다. 책상 위에는 비디오 영사기 하나, 스피커 하나, DVD 플레이어 하나가 놓여 있었다.

멜리키앙에게서는 전교생이 모인 앞에서 점잔빼며 걷는 데 익숙해져 있는 듯 태연함이 느껴졌고, 내가 왔다고 해서 평소와 다르게 행동하는 듯한 느낌은 전혀 없었다. 나는 손을 어떻게 처리할지 지나치게 신경 쓰지 않으면서, 최대한 활짝 웃으며 쿨한 모습을 보이되 걸렁해 보이지 않도록 허리를 곧게 폈다. 차츰 시선을 아래로 내리고는 내가 매혹적이라는 건 아는데 내가 얼마나 겸손한지 보라는 식으로 모여 있는 아이들을 전체적으로 쭉 훑어보았다. 너무 많은 아이들로 가득 차 있어서 강당이 원래 면적의 두 배쯤 되어 보였다. 오로지 나에게로 쏠려 있는 이 모든 아이들

---

16) 맥스웰 리비에라(Maxwell Riviera)는 미국인 R&B 음악가이다.

의 몸과 얼굴에서 열기, 에너지, 자성磁性이 느껴졌고, 무대에서 공연을 하는 사람들이 관객에게서 느낀다고 하는 그 아드레날린이 생각났다. 더 이상 내 나이 때문에, 흰색의 브이넥 캐시미어 셔츠를 입은 내 나이 또래로 보이는 것 때문에 기분이 상하지는 않았다. 다만, 존경과 찬미의 대상이 되고 있는 선배 입장이라는 느낌을 받았을 뿐이다. '열일곱, 여덟 살 먹은 여자아이들이 거리에서는 날 쳐다보지도 않는데, 포스터에서 내 얼굴을 보고 내가 텔레비전에 나왔다는 말을 들었다는 것만으로 나를 성적 매력이 있는 대상으로 여기게 되다니, 굉장하네.'

멜리키앙이 말을 하려다 말고 아주 흡족한 표정을 지으며 내 쪽으로 몸을 돌렸다.

"이렇게 학생들이 많이 모인 건 처음이야. 토요일 모임이라서 평상시에는 참가하는 학생 수가 그다지……. 그런데 오늘은 다른 반 학생들도 참석하고 싶어해서 의자를 더 가져와야 할 정도였다니까."

그런 후 학생들을 정면으로 바라보고는 우렁차고 교육자다운 목소리로 모두에게 환영의 인사를 했고, 영화 제목을 다시 알려주고는 내 소개를 하면서 이렇게 말했다.

"그리고 특별히 이 영화 상영 모임에 참여해준 앙투안 막 폴라 씨께 감사드립니다. 우리와 함께 영화를 본 후 원하는 사람들을 위해서 영화에 대한 몇 가지 이야기를 함께 나눌 수 있을 거라고 생각합니다만……."

그는 다시 겸손하고 감동적인 자세로 "가능할까? 내가 좀 앞서 간 건 아니지? 내가 뻔뻔하다고 생각하는 건 아니겠지? 정말 남아 있어도 괜찮겠어?"라고 말하듯이 내 쪽으로 몸을 돌렸다. 이런 그의 행동은 좀 유명한 배우라면 어느 누구도 이런 자리에 오지 않았을 거라는 추측, 오더라도 부루퉁해 있거나 변덕을 부렸을 거라는 추측을 하게 했다. 정확히 말하자면 특별히 시간을 내어 여기까지 와서 유쾌한 모습을 보여주기 위해 나는 모든 자존심을 접고 있었던 것이다. 겸손하지 못하게 '진짜 재능이란 이런 거지.'라는 생각이 들었다.

나는 더 환하게 웃으면서 앞으로 나가 멜리키앙에게 고맙다는 인사를 하고는 가능한 많은 학생들과 차례차례 눈을 마주치며 강당에 모인 학생들에게 이야기했다. 정확한 톤으로 진심을 다해서 내가 오늘 여기에 온 것은 멜리키앙과 내가 20년 전에 같은 반이었기 때문이다, '20년 전'이라고 말하는 것이 이상하다, 왜냐하면 여기 앞에 있는 학생들을 보면서 내가 그들처럼 어렸을 때가 바로 엊그제 같다는 생각이 들기 때문이다, 오늘 이 자리에 있게 된 것이 감격적이면서도 조금은 두렵다, 많은 사람들 앞에서 이야기하는 게 익숙하지 않다, 그러므로 내가 두서없이 이야기하더라도 이해해주기 바란다, 그렇지만 초대받아서 정말 진심으로 행복하다, 여러분과 함께 영화를 볼 것이고 특히 무엇보다도 영화를 본 후에 서슴지 말고 원하는 질문을 하라, 얼핏 보기에 정말 난처한 질문이거나 상투적인 질문이더라도 주저하지 말고 질문하라고 말했다(얼핏 보기에와 상투적인이라는 단어를 사용한 것은 잘한 거야. 정확한 말로 이야기해야 학생들도 자신들이 천 배는 더 존중받고 있다고 느낄 테고, **나는 여러분처럼 말해요**라는 느낌을 주지 않아야 너를 백 배는 덜 바보로 여길 테니까).

여러분의 질문에 대답하기 위해 내가 여기에 있는 것이다, 부끄러워하지 마라, 나는 브래드 피트나 새뮤얼 잭슨도 아니고 그런 사람들과는 거리가 먼 사람이다(학생들이 브래드 피트와 새뮤얼 잭슨이 누구인지는 알고 있을지, 오히려 파브리스 에부에[17]와 로랑 도이치[18]라고 말하는 게 더 낫지 않았을까라는 생각이 잠시 들었다)라고 말했다. 비록 내가 '스타'는 아니지만 내 직업에 대해 이야기하게 되어서 기쁘고 즐겁다, 특히 학생들이 주저하지 말고 질문해주면 기쁘겠다, 우리가 심각한 주제를 놓고 토론하려고 여기에 모인 것이 아니라(어라, 이런 식으로 옆길로 새면 안 되는데) 모두 같이 기분 좋은 시간을 보내기 위해 모인 것이다, 이게 내가 하고 싶은 말이다라고 덧붙였다.

〈크래쉬〉는 극장에서 개봉했을 때 이미 본 영화였다. 오만한 실패작에다 괴상하기까지 한 영화라고 생각해서 그런지, 이런 영화에 많은 사람들이 열광하고 2006년 아카데미 작품상까지 받았다는 사실에 평소와 달리 나는 화가 났었다. 이 영화는 내가 실패

---

17) 파브리스 에부에(Fabrice Eboué)는 스탠딩 코미디로 유명한 프랑스 코미디언이다.
18) 로랑 도이치(Lorànt Deutsch)는 헝가리 출신의 프랑스 배우이다.

와 졸렬함(기회가 있을 때마다 주저하지 않고 증명해 보였고)을 확신했던 몇 안 되는 영화 중 하나이고, 항상 날카롭고 조직적으로 깎아내리려고 애쓰던 몇 안 되는 영화 중 하나이지만 이런 내 의견을 끝내 받아들이는 사람은 아무도 없었다. "그 영화는 아카데미상을 세 개나 수상했다고, 아카데미상은 세자르상처럼 아무나 받을 수 있는 그런 상이 아니야, 미국에서는 아무 영화에나 상을 주지 않아, 미국 사람들이야말로 무엇이 수준 높은 영화인지를 안다니까."라는 구실을 늘어놓으면서 말이다.

그럴 때 내 반응은 이런 식이었다.

"맞아, 네 의견에 100퍼센트 동의해. 아카데미상은 아무한테나 주는 상이 아니라는 데 전적으로 동의한다구. 하지만 그런 점에서 말이야, 편집광처럼 보이고 싶지는 않지만 바로 그런 점에서 이 영화가 과대평가되었다는 생각이 들고, 아카데미상 수상이 순전히 정치적 논리라는 생각이 든단 말이야. 이 영화는 겉으로 보기에는 도발적인 것 같지만, 사실은 아주 합의적인 영화라구. 미국에서는 이 영화를 모든 사람들이 좋아했다는 거잖아. 흑인, 백인, 아시아인, 그리고 남아메리카인들 마음에 들게 만들어진 영화이니까. 사회적인 상황에서 보면 좋은 영화였지. 9·11 테러 사건 이후 아랍과 테러에 대한 강박관념이나 기타 등등의 것들을 조금 완화시키기에는 좋았다구. 미국 사람들이 좋은 게 좋은 거라는 식으로 합의를 선호할 수도 있겠지만, 꼭 그렇다고 믿어서는 안 돼. 오 제이 심슨 사건을 봐."

한 마디로 말해서 평행선 같지만 결국에는 서로 교차되는 모든 등장인물의 운명, 초자연적인 현상으로 끝나는 결말, 맨 마지막에 나오는 주제를 함축한 노래까지 〈크래쉬〉는 〈매그놀리아〉를 은근히 모방한 것이라는 게 내 논점이었다.

　또 한 번의 관람이 지금까지의 이런 내 생각을 바꾸어놓지는 못했다. 영화가 끝나고 모두가 현실 감각을 되찾는 과정에서 발생하게 되는 웅성거림이 잠시 일다가 가라앉자 멜리키앙이 강당의 불을 켜게 하고는 영상기기의 전원을 껐다. 재잘거려야 할 아이들이 침묵을 지키고 있는 모습이 꽤나 역설적으로 느껴졌다. 왜냐하면 나는 영화의 질과는 상관없이(그래도 토론을 하기에는 더할 나위 없이 훌륭한 영화이지) 보나마나 학생들은 진저리가 났을 게 뻔했고, 2006년 현재 열일곱 살인 청소년이라면 심각한 내용에 대화투성이에다 특수 조명도 없는 영화를 어두운 곳에서 큰 화면으로 2시간 이상 집중해서 보지는 못한다고 생각했기 때문이다. 2 지금 현재 열일곱 살인 청소년이라면 유튜브에 있는 선명도 낮은 뮤직비디오나 다양한 동영상이 아니면 참아낼 수 없다고 말이다. 학생들이 이런 종류의 제약에 직면해 있는 게 나쁘지 않다는 느낌과 그들의 눈에는 내 자신이 더 이상 아무 짝에도 쓸모없는 가치와 결부되어 있는 것으로 비춰진다는 수치스런 감정이 동시에 내 안에 자리하고 있었다.

　학생들의 태도로 보아서는 영화가 그 어떤 감흥도 불러일으키지 않은 것 같았지만, 모두가 여전히 나의 등장이 일상적인 학교

95

생활에 변화를 주었으면 하는 바람으로 나를 바라보고 있었다. 멜리키앙은 누구 이야기하고 싶은 사람이 있는지, 그리고 질문할 때는 자리에서 일어나는 것을 잊지 말라고, 그게 더 예의바른 것이라고 말했다.

한 세네갈인(아니면 말리인) 학생이 나에게서 잠시도 눈을 떼지 않으면서 발언권을 요청했다.

"죄송한데요. 그냥 궁금해서 그러는데, 어디 태생이세요?"

"어머니는 프랑스 분이세요. 니스 지방 토박이이시죠. 그리고 아버지는 콩코르딘 분이시구요. 그게 어디에 있는 나라인지 여러분이 알지 모르겠네요."

"월리도 거기서 왔어요."

질문했던 학생이 엄지손가락으로 자기 오른쪽에서 머리를 숙이고 있는 한 학생을 가리키며 말했다.

"우와!"

나는 그에게 웃어 보였다.

"꼼웨 요 두잉 티 프레?"[19]

그쪽 나라 사람들이 하듯이 머리를 약간 뒤로 젖히고 억양을 넣어서 한 마디 던졌다. 그러자 친근감을 느낀 흑인과 아랍계 아이들의 웃음소리가 들렸고, 백인 아이들의 느슨하지만 호의적인 미소가 보였다. 단지 내가 방금 보여준 것과는 달리 그리 썩 잘하

---

19) "이봐, 어떻게 지내?"

지 못하는 크레올어[20]의 세계로 윌리가 나를 이끌지 않기를 간절히 바랐다.

"뭐, 좋아요."

그 아이가 내 인사를 받았다. 수줍어하는 귀여운 모습에는 예기치 않았던 이런 친근감으로 우쭐해하는 마음이 묻어 있었다.

분위기가 한결 부드러워졌다. 나의 소박함과 솔직함이 제대로 먹혀들었고, 전체적으로 학생들은 이 자리에 있는 것에 대단히 만족하는 것 같았다. 멜리키앙이 분위기를 몰아 영화에 대해 어떻게 생각하는지, 영화가 마음에 들었는지를 물었고 특별히 하고 싶은 이야기가 있으면 하라고, 그러기 위해서 우리가 여기에 모인 것이라고 말했다.

"전 이 영화가 인종차별적인 영화라고 생각해요."

코트디부아르인 아니면 베냉인으로 보이는 학생이 먼저 말을 꺼냈다.

처음에 발언을 한 학생이 둘 다 흑인이라는 게 기뻤다.

"인종차별적인 영화라고?"

멜리키앙은 자신의 놀라움을 숨김없이 드러냈다.

"인종차별적이라니? 설명해봐라, 쿠아메."

---

20) 유럽이 해양 세력을 확장하던 시대의 식민지였던 국가에서 사용하기 시작한 언어이다. 적도 부근과 카리브해, 남미 남동부 해안, 서아프리카 해안, 인도양에서 찾아볼 수 있으며, 프랑스어나 영어가 각 지역의 고유 언어와 섞이면서 다양하게 변천되었다.

'코트디부아르인이었군.'

"모르겠어요. 영화에서 내내 '당신네 흑인들, 당신네 백인들, 당신네 중국인들'이라고 하잖아요. 계속 그 이야기만 해대니까 다른 것에 대해서는 아무것도 생각할 게 없는 사람들 같아요."

제대로 본 것이다. 이 영화의 문제점 중 하나는 시나리오의 시퀀스와 대화의 80퍼센트가 인종 간의 대립 문제나 인종차별적인 말들로 체계적으로 구성되어 있다는 것인데, 그래서 소화하기 어려웠다.

"하지만 그게 바로 영화의 주제이니까 그런 거지."

내 느낌에 멜리키앙이 한 말은 자신의 비판 감각의 한계를 드러내 보이는 것이었다.

쿠아메는 굳이 자기 의견을 더 전개하지 않았다. '됐어, 그만하지. 어쨌든 내가 선생은 아니니까'라는 식으로 어깨를 으쓱하며 시선을 떨구었다.

내가 끼어들지 않을 수 없었다.

"나도 쿠아메 너와 거의 같은 생각이야. 그게 어쩌면 영화의 주제일지는 모르지. 하지만 실생활에서 우리 모두가 인종차별에 대해 이야기하고 모든 사람이 서로에 대해 선입견을 가지고 있는 게 사실이라고 해도, 그렇다고 해서 이 영화가 보여주고 싶어하는 것처럼 그게 우리 대화의 주요 주제는 아니잖아."

쿠아메는 공감하는 듯 고개를 끄덕였고, 멜리키앙은 다른 모든 사람들처럼 좀 긴장을 풀 수 있으면 좋으련만 기분이 상해서는 보일 듯 말 듯 입을 삐죽거렸다.

그러더니 이렇게 덧붙였다.

"그리고 이 영화에 나오는 일은 미국에서 벌어진다는 걸 염두에 둬야지. 어쩌면 그곳에서는 진짜 그런 일들이 일어나는지도 모르잖니."

어쩌면 맞는 말인지도 모르지만 주제에 대해 뭐라고 덧붙이는 사람은 아무도 없었고, 그의 지적은 부당하게 수포로 돌아가고 말았다.

한 아랍인 학생이 손을 들었다.

"그래, 나심."

"저도 동감이에요. 이 영화는 인종차별적인 영화예요. 왜 하필 아랍인이 못된 사람으로 나오죠? 왜 하필 그 사람이 폭력적인 사람으로 나오냐구요?"

"왜 아닌 척하고 그러서. 아랍 사람은 죄다 그렇구면."

다른 아랍인 학생이 자신은 아랍인이 아닌 양, 말로는 표현할 수 없는 빈정거림으로 그 학생의 말을 끊었다.

강당에 있던 모든 사람들이 일제히 와 하고 웃음을 터뜨렸고 나도 같이 웃었다. 그의 말을 들으니 축구 선수 지단이 마테라치를 머리로 들이받은 사선에 대해서 라디오 프랑스가 월드컵 결승 다음 날 실시한 길거리 인터뷰에서 열을 올리며 말하던 알제 사람이 떠올랐다. 그 사람은 "지단은 자존심도 강하고 과격한 게 진짜 알제리 사람이죠."라고 말하며 감탄해 마지않았다. 그리고 나는 속으로 '그래, 알제리 사람들이 폭력을 참 좋아하지. 그것보다 더한 말이 뭐가 있겠어? 그들끼리 그렇게 이야기할 때나 혹은 흑인들이 자기들끼리 그렇게 이야기할 때는 문제가 되지 않지. 그런데 백인이 감히 그런 말을 하면 그때는 왜 상황이 완전히 달라지는 걸까? 왜 흑인이나 아랍인이 '치사한 백인'이라고 하는 것과 아랍인이 '치사한 흑인'이라고 하는 것은 백인이 '치사한 흑인' 혹은 '치사한 아랍인'이라고 하는 것만큼 심각하게 여겨지지 않는 걸까? 자기들이 하는 말보다 백인이 하는 말이 더 가치가 있다는 것을 흑인과 아랍인들이 은연중에 인정한다는 것인가?'라는 생각을 했다.

"그 아랍인이 나쁜 사람으로 나온 건 아니지."

멜리키앙이 내용을 바로잡아주었다.

"맞아. 처음에는 그 사람이 꽤 공격적이었지만 마지막에는 얌전해지잖아. 그리고 결국에는 그 사람도 다른 사람들처럼 마음씨 좋고 인간적인 사람이 되잖니. 게다가 이 영화의 교훈 중 하나는 좋은 사람, 나쁜 사람이 따로 있는 게 아니라는 거야. 어떤 인종이든 간에 모든 사람은 장점만큼이나 단점을 가지고 있다는 것을 보여주는 거지. 그게 바로 영화가 말하고자 하는 것 같은데, 그렇지 않니?"

이렇게 말하고는 주위를 둘러보며 자기 의견에 동의하는 눈빛이 어디에 있나 겸손하게 찾기 시작했는데, 이런 그의 겸손함이 나를 감동시켰다. 자기 일을 중시하고 학생들을 위해 무척이나 애쓰면서 진심으로 그들을 존중해주는 진지한 선생님을 만난 그의 학생들은 정말 운이 좋은 아이들이었다. 나는 진심으로 멜리키앙이 좋은 선생님이라고 생각했다. 그리고 학생들을 위해서 오늘 이 자리에 나를 초대하여 그들에게 내 실물을 직접 보여준 것은 그 무엇과도 비교할 수 없는 일이었다.

"게다가 이건 여담인데, 누구 이 인물의 모국어를 식별해낸 사람 있나? 여러분이 생각하기에 그 사람은 어느 나라 사람일까?"

'전혀 모르겠다는, 관심도 없다' 는 분위기의 침묵이 흘렀다.

"페르시아어란다. 그는 이란 사람이구."

자기만 느낄 수 있는 소박한 즐거움을 만끽하면서 멜리키앙이 정답을 알려주었다.

아이들의 반응은 냉담했다.

"이왕 이야기가 나왔으니까, 이란 말고 페르시아어가 공식어로 사용되는 다른 나라는 어디가 있는지 알고 있는 사람?"

어떤 질문을 던져도 소용이 없었다. 아이들은 꿈쩍도 하지 않았다.

"아프가니스탄이 있지. 아프가니스탄 하면 뭐가 떠오르지?"

이 질문을 듣자 멜리키앙이 무엇을 과시하려는 건가, 혹시 '여러분 중에는 아랍인이 많죠. **나는 아랍인이라는 것이 자랑스럽습니다. 프랑스는 엿이나 먹으라죠.**' 라는 식으로 거들먹거리는 사람이 무척이나 많지만, 아프가니스탄에서 어떤 언어를 사용하는지에 관심 있는 사람은 단 한 사람도 없군요. 그리고 여러분에게 그걸 가르쳐줄 사람은 나 같은 골루아인[21]이어야만 한다는 거죠.' 뭐 이런 식으로 생각하는 것은 아닌가 하는 궁금증이 들었다.

잠시 침묵이 흐른 뒤 쿠아메가 다시 '내가 어릴지는 모르지만, 오늘 토론의 주인공은 바로 나라구요.' 라는 듯 뽐내듯이 손을 번쩍 들었다.

"알았어요. 조금 전에 제가 왜 그렇게 이야기했는지 알았다구요. 인종차별이랑 그런 거에 대해서 말이에요. 그러니까 그……그걸 뭐라고 하죠, 영화 만드는 사람이요?"

멜리키앙이 답하기 전에 재빨리 '프로는 너지만 선생은 나야. 그러니까 내가 대답하지.' 라는 의미의 눈길을 나에게 던졌다.

"연출가 혹은 감독이라고 한단다."

"맞아요, 감독이요……. 감독이 분명 백인일 거예요."

"그래, 맞아."

내가 바로 확인해주었다.

"그러니까 사실 전, 제가 생각하는 건 감독이 자기가 속으로 생각하는 걸 숨김없이 이야기하려고 배우를 쓰는 거라는 말이죠. 왜냐하면 그게 흑인들은 모두 총을 가지고 있고 사람들을 위협할 생각만 한다, 흑인들은 모두 건달처럼 말한다, 아랍인들은 모두 흥분해서 안절부절못하는 사람들이다, 건달이 아닌 건 백인들밖에 없다, 이런 모든 것을 감독이 감히 대놓고 이야기하지는 못할 테

---

21) 프랑스 사람을 말한다.

니까요."

'잘했어, 쿠아메.' 그 아이는 흑인과 백인이 같지 않다는 것을, 말도 안 되는 이상주의적인 소리는 들을 필요도 없다는 것을 태어날 때부터 잘 알고 있는 젊은 아프리카인의 본능으로, 자기만의 표현으로, 자기만의 감각으로 하나의 시각을 갖게 된 것이다. 아마 백인으로 백인의 나라에서 대단히 만족스러워하고 있는 영화 잡지 《카이에 뒤 시네마》의 백인 보보스족 비평가라도 이런 시각에 대해서는 생각해보지 않았을 것이다.

"그럼, 경찰로 나오는 인물은 어떻지?"

멜리키앙이 반박에 나섰다.

"어쩌면 이 영화에서 최악의 인물일 수도 있는데, 그 사람은 백인이잖아. 그리고 상원의원의 부인, 싸우고 있는 두 명의 젊은 흑인들을 무서워하고, 남미 출신의 열쇠공이 자기 집 열쇠를 복사해 가지고 있다가 집을 털었다고 생각하는 그 여자는? 그렇게 친절하지도 않은데다 선입견으로 가득 차 있잖아. 그런데 그 여자도 백인이잖니, 안 그래?"

멜리키앙이 모두와 홀로 대항한다는 점 때문에, 그의 피부색이 상황에 맞지 않는다는 이유로 옛 동창과 자기 학생들로부터 은밀한 공격을 당하고는 있지만, 본디 착하고 용감한 백인이라는 점 때문에 나는 슬며시 걱정이 되었다. '정말이지 흑인들에게는 무슨 말을 못 한다니까. 인종차별 문제만 나왔다 하면 자기들을 변호해줄 때도, 자기들 편을 들어주려고 할 때도 완전히 편집증 환자가 된다니까. 자기들이 그 주제에 대해 독점권이라도 가지고 있는 것처럼 말이야.' 이런 생각을 하고 있는 그가 머릿속에 선명하게 그려졌다.

비록 그가 아주 진실하기는 하지만 선천적으로 백인이 인종차별에 대해 말하기에는 전혀 좋은 입장이 아니라는 것을, 무슨 말을 하든지 그 말 자체가 아주 파렴치해 보일 수 있다는 것을 그는 이해할 수가 없었으므로 걱정이 되었다. 쿠아메가 막연하게나마 말하려고 했던 것은 선악 이원론이라는 비난을 절대 받지 않기 위해서 자기 영화에서 친절한 흑인과 나쁜 백인 그리고 나쁜 흑인과 친절한 백인이 있음을 보여주는 데 열의를 다한 폴 해기스 같은 타입, 만사를 너무 좋게만 보려는 이런 타입은 백인이라는 자신의 처지를 흑인의 처지와 쓸데없이 바꾸는 일은 절대 하지 않을 거라는 것이다. 그리고 영화를 촬영하는 동안 그가 추구하고자 했던 것은 그렇게 선입견을 고발하려는 게 아니었다는 것, 하지만 흑인이나 황인종과 마찬가지로 백인들도 결국에는 그에 대해서 "이 해기스라는 사람 진짜 멋진데, 진짜 멋져. 아주 용감해. 이렇게 민감한 문제를 이렇듯 정확한 시선으로 한 치의 양보도 없이, 전혀 선악 이원론으로 나누지 않고 다루다니, 그리고 모든 사람들로 하여금 자기 자신을 되돌아보게 만들다니 말이야. 이 사람이야말로 무색無色 인종이야. 바로 미래의 인간이라고." 라고 말한다는 그런 이야기였다.

쿠아메가 자기 방식으로 말하고 싶었던 것, 자기 이름과 이 강당에 모인 모든 흑인 아이들 그리고 이런 것에 대해서 생각해보지 않은 사람들의 이름마저 걸고 말하고 싶었던 것, 그가 말하고자 했던 것은 이렇게 열정적으로 인종차별을 고발하는 백인은 필연적으로 다른 무엇보다 자기 자신이 가지고 있는 선입견에 대항해서 싸우는 백인이라는 것이다. 왜냐하면 현대 백인 사회에서 백인이 흑인보다 더 가치 있다고 생각하는 것이 용납되지 않고 극악무도한 것으로 선언된다는 것, 현재 대부분의 백인 사회에서 인종차별이 이 정도까지 죄악시된다는 것, 그것은 백인 사회가 언제나 백인이 실질적으로 흑인보다 더 낫다고 생각하기 때문인 것이다. 백인이 인종차별을 죄악시하면서 벌이고 있는 것은 인종차별에 대항하는 투쟁이 아니라 자기 자신에 대항하는 투쟁인 것이다. 〈아메리칸 히스토리 X〉에서처럼 감독이 미국 스킨헤드의 인종차별적 사고에 대해 비판한다고 하면서 전체적으로는 흑인에 대한 자신의 의견을 표현하는 약간은 그런 것이다. 홀로코스트에 대한 기억을 가지고 있는 독일인들과 비슷한 것이라고도 할 수 있다.

게다가 프랑스 내에서 백인 프랑스인들이 잘 모르고 있는 것은 만사를 좋게만 보려는 백인 프랑스인들의 눈에는 흑인이나 아랍 이민자들보다 르펜[22] 같은 사람이 정치활동을 하는 내내 훨씬 더

---

22) 장 마리 르펜(Jean-Marie Le Pen)은 프랑스의 정치가로, 극우파 정당인 국민전선(FN)의 창시자이자 총재이다.

괴물로 여겨졌다는 것이다. 사람들이 주장하는 것은 르펜이 골수 프랑스인이라는 것이고, 선입견을 수용하는 부류의 프랑스인들을 자신들이 그런 사람들과 비슷하다고 생각하는 것만으로도 치를 떠는 부류의 프랑스인들과 대립시킨다는 것이다. 상당수가 백인 프랑스인으로 구성되어 있는 인종차별 반대 시위 행렬 속에서 이민자들은 "타도하자, 르펜!"을 외쳤다. 하지만 그런 그들의 외침은 르펜의 주장에 분노했기 때문이 아니라, "이리 와서 우리와 함께 여러분의 권리를 옹호하세요."라고 말하는 백인들을 언짢게 만들지 않기 위해서였다. 이민자들에게 르펜은 문제가 되지 않았고, 그들의 관심사는 다른 데 있었다. 그들은 르펜을 이해했고, 우리가 생각하는 것 이상으로 존경하기까지 했다. 정확히 말해서 르펜은 자신의 선입견을 숨기는 위선적인 행위는 하지 않았으니까. 그래서 디유도네[23] 같은 사람이 그에 대해서 상당한 호의를 보이고 있는데, 사실 판에 박힌 증오의 감정을 뛰어넘어 르펜의 솔직함에 매료되어 있기 때문이다. 나는 콩코르딘에서 "프랑스 사람들은 어떻게 그렇게 많은 외국인들을 자기 나라에 받아들이는 거지?"라는 소리를 얼마나 많이 들었던지. 외국인, 그들은 인종차별을 이해할 수 있다. 외국인, 그들은 인종차별, 그게 자연스러운 것임을 알고, 인간이 원래 그렇게 생겨 먹은 것임을 안다. 너무 신중하게 처신하는 통에 과연 자기 영화에 나오는 흑인, 남

---

23) 디유도네(Dieudonné)는 프랑스의 배우로, 정치적인 발언도 서슴지 않는 독설가로 유명하다.

미인, 중국인들을 그렇게나 존중하는 것일까 싶은 의심이 들게 만드는 폴 해기스처럼 자신이 인종차별주의자가 아닌 척 그렇게 애쓰지 않는다.

아프리카와 아프리카 사람들을 희화할 때면 세네갈에서 짐바브웨에 이르기까지 모든 사람들을 같은 얼굴에 같은 옷을 입고 똑같은 윤리관에 똑같이 비참하고 똑같이 부패하고 어디서나 타는 듯이 내리쬐는 태양이 있는 곳으로 한데 싸잡아 이야기하면서 전혀 세심한 주의를 기울이지 않는 〈블러드 다이아몬드〉, 〈인터프리터〉, 〈로드 오브 워〉, 〈사하라〉 같은 부류의 대부분의 최신 할리우드 영화에서처럼, 인종차별이라는 주제에 세심하게 신경을 썼다고 하기에는 상당히 거리감이 있는 007 제임스 본드 마지막 편인 〈카지노 로얄〉이 다시 생각났다. 〈카지노 로얄〉 앞부분에 다니엘 크레이그가 공사장에서 흑인 무기 중개상을 뒤쫓는 장면이 나온다. 추격 장면에서 그 흑인은 믿어지지 않을 정도의 신체적 묘기를 완수해가며 뛰어오르고 건너뛰며 탑형 크레인을 고양이처럼 유연하게 빠져나간다. 그는 선조로부터 물려받은 흑인의 특징인 근육과 유연성을 이용한다. 제임스 본드는 그를 집요하게 뒤쫓는데, 공사장의 설비를 적절히 이용하며 간신히 거리를 유지한다. 흑인이 더 빠르게 달릴 때? 제임스 본드는 불도저를 이용해 따라잡는다. 흑인이 맨손으로 기중기 꼭대기까지 올라갈 때? 제임스 본드는 화물용 엘리베이터를 타고 따라잡는다. 흑인이 이리저리 두리번거리며 출구를 찾을 때? 본능적으로 공사장의 구조를 파악한 제임스 본드는 지름길을 이용한다. 요컨대 백인의 전유물인 지적 민첩성 대 흑인의 신체적 민첩성의 대결인 것이다. 코트디부아르인 배우 이삭 드 번콜도 우간다의 부패한 게릴라병 역할로 이 영화에 등장한다. 그는 체 게바라식의 베레모 차림에 습하고 어두컴컴한 삼림지대에 있는 사령부에서 핀볼게임이나 하며 놀면서 군대다운 체계라고는 찾아볼 수도 없는 자기 부대에 열 살짜리 아이들을 서슴지 않고 영입하는 인물을 연기한다. 특별한 경우에는 정장 차림에 넥타이도 매지만, 힘센 영장류가 쓸 법한 오래되어서 길이 잘 든 자기 투창이 있어야만 백병전에서 안심을 하는 그런 인물이다.

사자, 얼룩말, 기린과 또 어떤 동물이 나오는지 잘 기억나지 않지만 어쨌거나 주인공들이 늘 비슷비슷한 틀에 박힌 생활을 하는 뉴욕의 동물원을 탈출하여 야생 본연의 터전을 찾아 아프리카로 떠나기로 결심하는 내용의 애니메이션 〈마다가스카〉도 생각났다. 그들은 우연히 우스꽝스러운 군주에게 제물을 바치고 흥청망청 즐길 생각만 하는 지각없는 여우원숭이들이 살고 있는 마다가스카르에 이르게 된다. 이곳에서 해변과 대초원을 만끽하며 지내고 싶은 마음이야 굴뚝같지만 그들의 원시적인 본능은 이미 퇴색해버린 상태였고, 그곳에 있는 그 무엇도 뉴욕과 문명을 대신하지 못한다. 그래서 그들은 다시 뉴욕으로 돌아가기로 결심한다. 좀 억지스러워 보일지도 모르지만, 영화에 나오는 얼룩말과 사자와 기린을 1970년대 가나나 나이지리아로 돌아가려고 시도했던 많은 사람들처럼 아프리카로 돌아가려고 결심했다가 결국 포기하고 다시 미국으로 되돌아오는 아프리카계 미국인으로 대입해서 생각해볼 수도 있을 것이다.

그렇다. 쿠아메가 제임스 본드 마지막 시리즈를 봤는지, 〈마다가스카〉를 보면서 나와 같은 해석을 했는지는 알 수 없다. 하지만 짐짓 '**선생님이 보여주는 영화에는 관심없다구요.**' 라는 태도를 보이면서 그가 말하고 싶었던 것은 대체적으로 그런 것이라고 나는 확신한다.

내 소속사 매니저인 클로드가 신청해줘서 어렵사리 등록하게 된 헬스클럽 로틴저의 연간 회원권을 구입하는데 나는 4천 유로나 지불했다. 그 점이 그곳을 좀더 자주 이용하지 않는 것에 대해 약간의 죄책감을 느끼는 이유 중 하나이다. 등록할 때만 해도 이런 호사를 누릴 수 있게 되었다는 게 너무나 기뻤고, 이로 인해서 파리 생활이 훨씬 감미롭고 원활해질 것이라고 지나치게 확신했던 나머지 그곳에 가기 위해서 매번 지하철을 타야 한다는 단순한 사실이 사람을 맥 빠지게 하리라는 것을 신중하게 고려해보지 않았다. 처음에는 이런 생각이었다. '매일 또는 이틀에 한 번, 적어도 3일에 한 번은 가야지. 자전거를 타고 가거나 조깅하면서 가야지. 지하철로 일곱 정거장, 별 거 아니네.' 기타 등등. 하지만 딱 세 번 가고 나서는 매일 아침 집에서 낡은 티셔츠에 팬티 바람으로 샤워도 하지 않고 머리 손질도 하지 않은 채 거실을 헬스클럽 삼아 프랑스 앵포 라디오 방송을 크게 틀어놓고 150유로짜리 웨이더 벤치에서 운동하는 것을 더 좋아하게 되었다.

오후 3시에 오디션이 있던 그날은 운동하러 가려고 억지로 애쓸 필요가 없었다. 완전히 머리를 비우고 싶은 마음이 앞서서인지 뒤척이며 잠을 제대로 이루지 못한 것도, 아침에 눈을 뜨기 힘든 것도, 날씨가 좋지 않은 것도, 운동 가방을 준비해야 하는 것도, 또 지하철을 타고 일곱 정거장을 가야 하는 것도, 그 어느 것도 방해가 되지 않았다. 그래서 2시 30분이 되기 전에는 나오지 않겠다는 생각으로 오전 10시 30분경 로틴저 앞에 도착했다. '이곳을 나올 때쯤이면 긴장이 완전히 풀려 있겠지. 조용히 택시를 타고 클레베르 가街에 있는 슬림필름에스 사무실로 가면 되겠군.'

로틴저의 호텔 같은 회전문으로 들어설 때마다, 야간 근무를 한 직원들이나 제복을 입은 종업원들과 다른 접수원들 앞을 지날 때마다, 수놓은 터키식 카펫이 쫙 깔려 있고 샹들리에와 신선한 백합 꽃다발이 헬스장까지 놓여 있는 긴 복도를 걸을 때마다, 내가 이 모든 호화스러움에 넋을 잃고 쳐다보는 것을 들키지 않으려고 너무 빨리 걷거나 얼굴을 너무 들지 않으려고 애쓰곤 했다. 나를 스쳐 지나가는 제트기족 회원들이 부러웠다. 토즈 구두에 블레이저코트를 입은 50대의 이 미국 사람들과 브라질 사람들, 카타르 사람들은 세계 여기저기 호화로운 곳에서 돈에 구애받지 않고 편안하게 즐겼으며, 신용카드를 마구 긁어대면서도 한도 걱정을 하지 않았다. 로틴저 헬스클럽 회원권, **뉴욕 스타일**의 380유로나 하는 폴 스미스 구두, 2200유로의 41인치 삼성 평면 TV, 435유로짜리 8기가 아이팟, 콘란 매장에서 산 2800유로의 **아스펜** 소파, 프낙[24])에서 12개 묶음으로 산 DVD, 레스토랑, 택시, 그리고 모든 종류의 아이디어 상품들 이 모든 것이 일시적인 허세이며 신기루라는 것을 잘 알고 있었다. 그래서 이런 비정상적인 소비에 대해 생각할 때마다 커지는 불안감과 죄의식을 일소하기 위해 이렇게 말하곤 했다.

"무분별한 소비를 못 할 건 또 뭐야? 인생은 짧고 젊음은 특히 더 그런 거야. 그리고 넌 배우잖아. 저 이름 모를 배 나온 비즈니스맨들이 가지고 있는 모든 종류의 플래티늄 카드를 가질 만큼은 된다구. 적어도 그들만큼 사치할 권리가 너에게도 있단 말이지."

어쨌거나 헬스클럽 안내 데스크 여직원들이 나를 바라보는 눈빛에는 '나이도 그렇게 많지 않고 얼굴도 잘생긴데다 아프리카 쪽 피가 약간 섞인 내가 이런 곳에 오다니 누군지 유명한 사람임에 틀림없는데 도대체 누구지?' 라고 생각하고 있음이 여과 없이 드러났다. 내 회원카드에 적힌 이름을 봐도 그들 머릿속에 뭔가 떠오르는 것은 없지만, 그 여직원들이 분명 나를 텔레비전에서 봤다고 확신하고 있음이 느껴졌다. 돈 많은 흑인이라, 도대체 뭐 하는 사람일까? 가수? 운동선수?

---

24) 프낙(Fnac)은 프랑스의 대형 도서 음반 매장이다.

나는 라커룸에 들어가기 전 1시에 90유로짜리 지압 마사지를
받기로 예약해놓았다. 아이팟에 녹음되어 있는 패럴, 블랙 아이
드 피스, 아웃캐스트와 랄로 쉬프린이 작곡한 영화 〈용쟁호투〉의
오리지널 사운드 트랙을 들으면서 시속 14킬로미터로 러닝머신
45분, 벤치프레스 40킬로그램으로 15회씩 8세트, 팔 운동으로 각
각 덤벨 바이셉 컬 14킬로그램으로 15회씩 6세트, 삼각근 운동으
로 인클라인 벤치에서 다시 덤벨 킥백 12회씩 5세트, 처음에는 기
구를 이용해서 그 다음에는 기구 없이 복근 운동 250회를 계속했
다. 근육이 잔뜩 부풀어오른 상태에서 에메랄드빛 해수 수영장
풀 안의 방수 라이트에서 뿜어져 나오는 부드러운 광선 속에서
지친 체력을 회복하며 자유형으로 천천히 열 바퀴를 돌았다. 그
러고 나서 터키식 사우나에 15분간 들어갔다가 차가운 물로 샤워
를 하고 로틴저의 숫자들이 수놓아져 있는 타월 천으로 된 가운
을 걸쳤다. 거의 1시가 다 되어가고 있었다.

마사지를 해주던 여자는 특별히 예쁘지는 않았다. 하지만 마사
지실의 상쾌함, 딱 알맞은 밝기의 어슴푸레한 빛, 스테인리스 금
속으로 만든 묵직한 버너에서 퍼져 나오는 유칼립투스 에센스 오
일, 전구 램프 안에 있는 밀랍 덩어리가 천천히 녹아드는 것을 상
상하게 만드는 완전한 정적, 금속성이 느껴지지 않으면서 정적의
깊이를 더해주는 마사지 공의 진동, 감겨진 내 눈 위 어디에선가
들려오는 부드럽고 규칙적인 숨소리를 내는 이 여자가 열심히 움
직이고 있는 손가락 아래에서 팬티만 걸치고 있는 내 탄탄한 몸,

그녀가 입고 있는 면 블라우스에서 나는 깨끗한 섬유유연제 냄새, 이 모든 것이 강렬하고 선정적인 느낌을 불러일으켰다. 만약 그녀가 내 엉덩이 안쪽 고환 근처를 몇 초만 더 주물렀다면 내 성기가 단단해졌다고 그녀에게 서슴지 않고 말했을 것이다.

알리에노르 샹플랭과 처음으로 맞닥뜨린 순간, 나는 화면을 통해 보여지는 그녀의 풍부한 표정과 매력이 실물에서 뿜어져 나오는 파워와는 전혀 비교가 안 된다는 생각을 했고, 정말이지 아무나 여배우, 진짜 여배우가 될 수 있는 것은 아니라는 바보 같은 결론을 내렸다. 아니 좀더 정확하게 말하자면 아주 훌륭한 배우는 역설적이게도 실제로 보는 것보다는 영화 스크린에서 제대로 된 역할을 만났을 때 관객에게 더 쉽게 다가간다는 것을 알았다. 왜냐하면 알리에노르 샹플랭 같은 유형의 여배우는 실제로 보면 풀리지 않는 수수께끼 같은 존재이니까.

사무실에는 클로드, 니콜라 라레라 감독, 그리고 제작사 측 사람 한 명과 알리에노르 샹플랭, 그녀의 매니저인 모드 시트봉이 앉아 있었다. 모드 시트봉은 고액의 개런티 협상에 익숙한 듯한 태도 때문인지 나와 알리에노르 샹플랭의 관계처럼 클로드와는 완전히 다른 세계에서 일하는 사람처럼 보였다. 유명인들을 볼 때면 현실감이 없고 '현실 세계의 사람들'과는 너무도 다르다는 느낌이 드는 걸 피할 순 없지만, 내가 보기에 알리에노르 샹플랭은 어떤 사람을 대하건 간에 자신의 본능적인 접근법을 그대로 간직하고 있는 것 같았다. 그래서 서로를 소개할 때 호기심 가득한 눈으로 나를 쳐다보고 있다는 느낌이 들었다. 나에게 보이는 이런 작은 관심에는 틀림없이 내 피부색이 상당 부분 차지하고 있음을 나는 너무나도 잘 알고 있었다. 유명인들 세계에서도 백인들은 양심의 가책 때문에 나 같은 사람들에게 더 개방적이고 더 관대해지기 마련이니까.

그렇지만 그녀에게서는 너그러운 면이라고는 전혀 찾아볼 수 없었고, 유명한 여배우에 대해 상상할 수 있는 아름다우면서도 소박한 이미지를 연출하기 위해 어떻게 해서라도 호의적으로 대하려는 의지도 전혀 보이지 않았다. 냉담하면서 다른 곳에 정신이 팔려 있는 듯한 표정의 그녀는 물론 나를 만나는 것보다 더 중요한 일이 수없이 많다는 태도였는데, 매혹적이라기보다는 불안해 보였고 눈빛에서 살짝 드러나는 이런 당황스러움이 잠시 예전의 이자벨 아자니를 상기시켰다. 비록 두 사람 사이에 닮은 구석이라고는 전혀 없었지만. 그녀를 바라보며 '도대체 어떤 남자가 이런 여자와 가까이 할 수 있을까?'라는 생각을 했다. 그리고 그녀와 섹스를 하는 맷 데이먼이 자연스레 머릿속에 그려졌다. 그 정도로 그녀에게도 약간은 할리우드를 연상시키는 힘이 있었다. 결국 이 날 오디션 때문에 우리 둘이 만나게 됨으로써 나도 조금은 할리우드의 끝자락을 부여잡게 된 것이라는 생각을 하지 않을 수 없었다.

우리는 모두 마주 놓여 있는 두 개의 소파에 앉아 있었다. 한쪽에는 나와 클로드, 다른 쪽에는 나머지 사람들이, 그리고 그들 가운데에 조용하지만 파워가 느껴지는 알리에노르 샹플랭이 소파 깊숙이 몸을 약간 묻은 채 앉아 있었다. 라레라가 나에게 읽어보고 준비하라고 했던 장면에 대해 어떻게 생각하느냐고 질문하면서 바로 본론으로 들어갔다. 제작사가 그 말도 안 되는 저작권을 핑계로 클로드에게 영화 대본 전체를 건네주지 않는 바람에 그 장면들은, 아주 솔직히 말하자면 그것에 대해서 뭐가 어떻다는 생각을 하기 어려웠다. 나는 답변을 하면서 모순되어 보일지도 모르는 위험을 무릅쓰고 허세를 좀 부렸다.

내가 완벽한 백인 배우가 아닌 만큼 선택의 여지없이 피부색 문제를 다시 화제에 올려야만 한다고 말하고는 그것에 대해 미리 양해를 구했다. 그리고 정확히 말하자면 누가 되었건 분명 백인이 맡을 수도 있는 역할에 나를 생각해준 것에 대해 감사하다는 말을 꼭 하고 싶다고, 피부색이나 흑인이라는 구실보다 극중 인물, 즉 사람에 초점이 맞춰져 있는 시퀀스를 읽어본 것은 처음인 것 같다고 말했다. 아시다시피 시나리오 전체를 다 볼 수 없었던 관계로 자료가 너무 부족하여 브뤼노라는 인물이 나에게는 좀 막연하다고, 사람들이 내게 뭘 기대하는지, 이 영화에서 혹시나 주어지게 될 내 위치가 어떤 것인지는 잘 모르겠지만 그 '흑인' 이 미국 영화에서처럼 나이트클럽에서 주정꾼이나 쫓아내는 사람도 아니고, 딜러도 아니고, 흥청거리기 좋아하는 약간은 낙오자인 사기꾼 친구도 아니고, 백인 여성의 불행한 성생활에 종지부를 찍는 종마도 아니고, 야심찬 경찰 보좌관도 아닌 그런 장면들이 굉장히 마음에 든다고, 그리고 이런 이유에서 부르키나파소나 모로코 혹은 다른 그 어떤 나라의 영화든지 사람들이 자기 식의 사고방식이 아닌 다른 사고방식으로는 어떻게 생각하는지 꼭 알고 싶어하지 않는 것처럼, 사람들이 프랑스인의 사고가 아닌 다른 사고로는 어떻게 생각하는지 절대 깊은 관심을 보이지 않는―비판하려는 것은 아니지만―그런 현대 프랑스 영화에서 그것은 중요한 것 같다고, 어쨌거나 이런 무관심, 아니 이런 무지는 아주 타당하고 아주 인간적인 것 같다, 우리는 더 이상 사람들에게 다른 사람들의 입장이 되어보라고 요구할 수 없다, 프랑스에서 순수 프랑스 사람들을 위해 순수 프랑스 사람들에 의해 만들어진 영화에 나오는 흑인들을 생각해보면 여배우 중에서 아이사 마이가가 늘 예쁘장하고 '백인 사회에 완전히 동화된' 흑인 역할을 하듯, 흑인은 한 마디로 대동소이한 '흑인' 역할을 한다고, 일반적으로 백인이 '흑인' 에 대해 가지고 있는 시각에서 보았을 때 반드시 '흑인' 이어야 하는 역할이 아닌데도 흑인 배우를 선택한 경우에는 그에 대한 근거를 댈 수가 없다고, 그렇다고 이런 이유로 영화에서 흑인 배우들을 충분히 볼 수 없다는 불평을 해서는 안 된다고, 프랑스의 길거리와 지하철에서 보는 흑인들의 수를 고려해볼 때 이건 물론 비정상적이지만, 만약 흑인들이 흑인이 나오는 영화를 보고 싶어한다면 자신들이 그런 영화를 만들면 되는 것이므로 백인 감독들이 이 문제에 더 주의 깊은 관심을 갖지 않는다고 비난할 수는 없는 것이라고 말했다. 모두가 자기 코앞만 내려다보느라고 주위를 둘러보지 못하고 있다고, 정확히 말해서 지금까지 이야기한 이 모든 이유에서, 이렇게 오래 본론에서 벗어난 이야기를 해서 죄송하지만 내가 너무 말을 많이 하는 것 같은데, 정확히 말하자면 이런 모든 이유에서 라레라 씨의 작품 속에 나오는 브뤼노는 흥미로웠고 특히나 개혁자로 보였는데, 그건 내가 읽어본 장면에서는 그의 피부색이나 출신에 대해 생각하게 하는 게 아무것도 없었기 때문이라고, 이렇게 말해도 될지 모르겠지만 이 브뤼노가 '단지 피부색이 짙은 사람'으로 나오기 때문일 것이라고 말했다. 하지만 어쩌면 내가 잘못 생각하고 있는 것인지도 모르지.

아무도 내가 '구실', '종지부를 찍다', '타당한'이라는 단어를 쓰리라고는, 프랑스 영화에서 흑인의 위치에 대해서, 게다가 영화와 전반적인 상호문화성의 어려움에 대한 뭔가 정확한 내용까지 몇 문장으로 명확하고 설득력 있게 종합적으로 정리할 것이라는 기대는 하지 않았음을 잘 알 수 있었다.

(이 이야기를 하는 동안 클레르 드니와 알레한드로 곤잘레스 이냐리투의 영화에 대해, 콜테스[25])의 작품에 대해, 자신들의 고정관념의 틀에서 벗어나려

는 이 세 사람의 진정한 의도에 대해, 타인에 대한 그들의 진정한 관심과 그들의 올바른 관찰력에 대해 이야기하고 싶었다. 타란티노나 코엔 형제의 영화에 나오는 흑인들에 대해 이야기하고 싶었고, 스파이크 리 영화에 나오는 백인들, 특히 〈25시〉에 나오는 에드워드 노튼에 대해, 스파이크 리가 흑인을 어떻게 그렸는지 그리고 흑인들을 어떻게 인식했는지에 대해 이야기하고 싶었다. 흑인 착취 영화에 나오는 백인들의 이미지에 대해서 그리고 또 영화 〈법정〉에서 압데라만 시사코가 본 백인 변호사들의 이미지에 대해서 이야기하고 싶었다. 하지만 그럴 때가 아니었고, 그런 이야기를 하면 결국 라레라를 곤란하게 만들 뿐이었다. 그리고 다시 한 번 말하지만 주제에서 벗어난 이야기는 이미 충분할 정도로 많이 한 상태였다.)

라레라는 생각하는 듯 고개를 끄덕였다. 두 가지 생각이 들었다. 우선은 그가 지적인 면에서 대수롭지 않은 배우에게 최고의 여배우를 뺏기는 것을 그리 달가워하지 않을 거라는 점. 다음으로는 그가 감히 나에게 시인하지는 않지만, 내가 그의 브뤼노라는 인물에 대해 이런저런 생각을 지나치게 많이 했다고 생각할 것이라는 점. 왜냐하면 라레라는 이 모든 것에 대해 단 1초도 생각하지 않았을 테고, 비록 내 분석에 뭔가 중요한 게 있다고 제대로 평가했더라도 어쨌거나 그건 자신과는 아무 상관도 없는 문제였으니까. 나는 그 틈을 타서 내 장광설이 알리에노르 샹플랭에게 어떤 효과가 있었는지 확인해보았다. 그녀는 아무 내색도 하지 않았

---

25) 콜테스(Koltès, 1948~1989)는 프랑스의 극작가이다.

지만 눈에서는 매료된 듯 희미한 미소가 보였고, 내 시선과 가끔 한 번씩 마주치는 그녀의 시선은 여전히 냉담했지만 마주치는 횟수가 더 잦아졌고, 마주치는 시간도 더 길어졌다. 클로드는 주로 모드 시트봉을 겨냥해서 마치 "당신한텐 알리에노르 샹플랭이 있을지 모르지만, 이 친구를 찾아낸 건 바로 나요. 꽤 괜찮지 않소? 그래요, 물론 흑인이지. 하지만 영화에서 흑인이라, 그게 바로 미래의 가치 아니요?"라고 말하는 듯한 태도를 보였다.

"어쨌거나……."

라레라의 비위를 맞추기 위해(그리고 조금은 충동적으로) 나는 한마디 덧붙였다.

"대본의 나머지 부분을 정말 읽어보고 싶습니다."

"그게 말이죠……."

라레라가 눈에 띄게 당황하면서 변명하기 시작했다.

"대본 전체를 보내지 않은 건 수정해야 할 장면들이 아직 남아 있기 때문입니다."

클로드가 그 문제에 대해 다시 쓸데없는 이의를 제기할 준비를 하고 있을 때 알리에노르 샹플랭이 자리에서 벌떡 일어나더니 빨리 테스트를 하자고, 여기서 오후 시간을 다 보낼 수는 없다고 말했다. 나는 바보같이 그녀의 눈짓을 곧이곧대로 받아들이기 시작했던 터라, 이 말이 조금 전까지 보여주던 자신의 눈짓을 갑작스레 부인하는 것으로 보였다. 라레라, 모드 시트봉, 클로드와 나는 조금은 모욕적인 이 상황을 우리 중 누군가가 완화시켜주겠지 하는 막연한 기대 속에서, 자기에게 그 막중한 임무가 떨어지는 것을 막으려는 의도로 서로에게 미소를 지어 보이며 멍하게 앉아 있었다.

분명히 말해서 조금은 그녀가 원망스러웠고, 나 스스로에게 이 영화에 출연하기 위해 비굴하게 굴지는 말아야 하는 타당한 이유를 제시하고 있었기 때문에 라레라가 준비한 디지털 비디오카메라 앞에서 대본을 읽기 시작했을 때 알리에노르 샹플랭 앞인데도 전혀 꿀리는 느낌이 들지 않았다. 순식간에 역할 속으로 빠져 들어가는 그녀의 놀라운 능력에 나는 아주 태연스럽게 대응했다. 처음에는 대사를 읽는 것 같았지만 곧 말이 미끄러지듯 저절로 흘러나왔다. 내 자신이 물 흐르듯이 가볍고 민첩하게 느껴졌으므로 분명 뭔가를 즐기는 군주처럼 여유롭게 대사에 몰입하는 인상을 주었을 것이다. 대사에 연연하지 않았을 뿐만 아니라 오히려 대사 몇 개를 바꾸기까지 했다.

알리에노르 샹플랭이 나의 거침없는 모습 앞에서 어느 정도 고집을 부리지 않을까, 내가 자기와 같은 수준이 아님을 제대로 느끼게 해주지 않을까, 게다가 대본 읽는 걸 바로 중단하지 않을까 하는 우려를 어느 정도는 했었다. 그러나 내 기대와는 전혀 다르게 재즈 음악가가 하모니의 급격한 변화에 적응하듯이 내가 만들어놓은 변화에 즐거워하며 대응했다. 이렇게 브뤼노가 된 나의 입에서 "영원한 나의 사랑, 매일매일의 내 사랑이라고 쓰여진 문자를 오래전부터 너에게 보내고 싶었어. 하지만 그게 옛 여자 친구가 나에게 보냈던 문자라는 사실을 너에게 고백하고 싶진 않았어."
라는 대사가 나오고, 알리에노르의 입을 통해 클레르가 "이야기
하길 잘 했어. 어쨌거나 제법 멋진 말장난이 너답지 않다고 말했
을 거야."라고 답했을 때, 우리의 대화는 셰익스피어 작품에 나오
는 대사의 어조를 띠고 있었다.

우리 둘 사이에는 금세 연기를 넘어 서로에게 뭔가 환상과 본
능을 자극하는 공감대가 형성되었다. 약간은 주크-러브[26]에 맞
춰 탱고를 추는 것과 같다고 할까. 아니 더 평범하게 말하자면 우
리 두 사람의 몸이 첫 포옹을 할 때 함께 물결치는 것과 같은 그런
상태였다. 잠시 데이비드 린치 감독의 최근작에서 로라 던과 저
스틴 서룩스가 영화를 찍는 배우로 나오는 장면이 떠올랐다. 영
화 속에서 두 배우는 카메라 앞에서 사랑하는 연인을 연기하다가
실제로 연인의 감정에 빠지기도 했다.

그러나 대본 읽기가 끝나자 알리에노르 샹플랭은 대본을 탁자
위에 내려놓고 의자에 꼿꼿이 앉아서는 우리 사이에 그리 대단한
일이 벌어졌던 게 전혀 아니라는 듯 근접할 수 없게 만드는 후광
을 잽싸게 다시 펼치더니 더 이상 날 쳐다보지 않았다. 가까이 다
가왔다가 갑작스레 무관심하게 변해버리는 이런 변화가 일부러
꾸민 태도가 아니라 독특한 그녀 성격의 단면이라는 것을 느낄
수 있었다. 혹은 끊임없이 연마해온 이런 거리감이 오히려 이미

---

26) 프랑스령 서인도제도의 대중음악.

지로 먹고사는 연예인들 고유의 '노웨어 투 랜드nowhere to land' 신드롬이며, 스크린과 카메라에서 벗어나자마자 모든 종류의 과도한 상태(폭군 행세, 약물 복용, 신경쇠약, 호텔 난장판 만들기)를 통해 일상으로의 복귀를 보상받으려는 시도, 즉 자기 자신과 자신이 연기했던 인물을 더 이상 확실하게 구분짓지 않으면서 어떤 대가를 치르더라도 욕망과 꿈을 실현하는 사람으로 남으려는 그런 시도이리라. 어쨌거나 사람을 그렇게 치켜세웠다 내렸다 하는 여자는 정신 건강에 너무나 치명적이라고, 적어도 그녀와 사랑에 빠지는 그런 위험한 짓은 하지 않겠다고, 그 정도만 해도 득이라고 생각했다.

이상하게도 라레라는 대본 읽은 것에 대해 아무런 코멘트를 하지 않았다. 클레르와 브뤼노가 광장에 있는 장면으로 넘어갈 필요가 없다고 판단했는지 카메라를 끄고는 클로드와 나에게 오늘 찍은 것을 제작자에게 보여주고 결과를 알려주겠다고만 했다. 나는 더 알려고 하지 않으리라 굳게 다짐하면서, 그가 편안하게 몰입하는 내 모습에 매료되어 나에게 당장 그 역을 주리라 상상했었던 대본 읽기의 몇몇 순간들을 다시 떠올려보았다. 그의 그런 반응이 전혀 좋은 결과를 예고하는 게 아니라는 생각이 그때 들었고, 어쩌면 〈화이트 스터프〉의 흥행으로 인해 내가 상상했던 것만큼 내 자신이 그렇게 재능이 있는 게 아닐지도 모른다는 생각에 일종의 현기증마저 느껴졌다.

그리고 클로드와 함께 슬림필름에스 사무실을 나오면서 그때까지도 내가 순전히 영화 때문에 그 역을 맡고 싶어하는 것인지, 알리에노르 샹플랭을 다시 만나고 싶어서 그 역을 원하는 것인지 알 수가 없었다. 아니면 모든 것을 다 잊고 〈화이트 스터프〉 홍행의 마지막 열기를 만끽하며 너무 씁쓸해하지 않으면서 또다시 쥐꼬리만한 보수를 위해 텔레비전 드라마나 찍으러 이리저리 뛰어다니기로 체념한 채, 배우로서의 내 미래에 대해 지나치게 고민하지 않고 콩코르댕으로 가고 싶어하는 것인지 여전히 알 수가 없었다. 이런 경우이건 저런 경우이건 아쉬울 게 없을 거라고 어떻게 해서든지 내 자신을 설득하고 싶었다.

그래서인지 새벽 2시쯤 알리에노르 샹플랭이 나를 깨웠을 때 특별히 들떠 흥분하지는 않았다. 휴대전화 벨 소리가 잠결에 들렸는데, 처음에는 전화벨 소리가 꿈속에서 들려오다가 나중에 진짜로 휴대전화가 울리고 있다는 것을 알았다. 그때 왠지 모르지만 시차 때문에 마리-파스칼이나 토마 형에게서 걸려온 전화일 거라는 생각은 털끝만큼도 들지 않았는데, 정말이지 터무니없게도 알리에노르 샹플랭일 것이라는 확신이 들었다. 그리고 실세로 전화를 한 사람은 그녀였다. 게다가 아직 반은 잠에 취해 있는 상태에서 나누는 대화의 이상야릇한 성향을 이용해서는 순간 내 말이 아주 건방져 보일 수 있다는 생각은 하지도 못하고 나는 "신기하네요. 당신일 줄 알았거든요."라고 말했다.

대답 대신 그녀는 히스테릭하게 웃어댔다. 대개의 경우 술이나 코카인을 과다하게 복용했다고 생각할 수도 있었지만, 그보다는 잠시 정신착란 증세가 나타났을 가능성이 더 높아 보였다. 우리의 시선이 처음 마주쳤을 때부터 알리에노르 샹플랭은 격식 차리는 말을 하는 여자가 아니라는 것을, 암호화된 언어를 사용하는 여자라는 것을, 사람을 곤란하게 만드는 말을 하고 평범한 대화는 절대 용납하지 않는 여자라는 것을 짐작했었다. 또 그녀가 "자는데 깨운 건가요?"라는 말을 하지 않았으므로, "제 전화번호는 어떻게 알았죠?"나 "좀 전에는 잘 가라는 인사도 하지 않더니 전화를 다 하고 웬일이죠?"라는 식의 말은 묻지 않았다.

비록 100퍼센트 멀쩡한 정신으로 전화를 한 것은 아니라서 그 행동의 진실성 여부가 상당히 의심스러웠지만, 그녀가 나에게 전화를 했다는 것만으로도 기분이 날아갈 것 같았다. 지금 당장 자기 집으로 와달라고 요청하는 태도에 주저하는 기색이라고는 전혀 없었고, 최소한의 감정도 드러내지 않으면서 지극히 무미건조한 표현만을 사용했다. 그때까지 나는 남자들이 지레 겁을 먹고 예쁜 유명 여배우들에게 대시를 하지 않기 때문에 그런 여자들은 키스 한 번 제대로 못 하는 쓸쓸하고 우울한 사람들일 거라고 생각했었다. 그리고 그 순간, 이전의 수많은 다른 남자들처럼 나도 아주 일시적으로 그녀의 변덕을 만족시키기 위한 상대에 지나지 않을 것이라는 생각이 들었다. '그런데 사람의 마음을 한순간에 녹여버리면서도 감히 한 발짝도 다가갈 수 없게 만드는 이런 사람의 약점은 뭘까? 이런 인간의 순수함과 나약함을 제대로 드러낼 수 있는 건 뭐지? 아버지? 할머니? 첫사랑?'

불현듯 상대방의 반응이 시들해지자 처음으로 내 나르시시즘이 막 와해되는 것을 느꼈지만 거기서 그대로 물러서지는 않았다. 그녀가 7구에 있는 어느 집 주소와 출입문 코드를 알려주자 내 입에서는 기다렸다는 듯이 "갈게요."라는 말이 튀어나왔다. 벌떡 일어나서 옷을 입고 이를 닦고 머리를 손질하고 페니스를 씻고 향수를 뿌린 후 택시를 불렀다. 택시 안에서 윗도리 안주머니에 콘돔이 있는지를 기계적으로 확인하는 순간, 알리에노르 샹플랭과 섹스를 한다는 사실에 흥분해서는 너무 빨리 사정하게 되지는 않을까 하는 두려운 생각이 들었다.

눈에 잘 띄지 않는 곳에 위치해 있는 것만으로도 알리에노르 샹플랭이 사는 건물에 높은 신분의 유명 인사가 살고 있음을 짐작할 수 있었다. 지나다니는 차도 없고, 근처에 지하철이나 상점도 없는 외딴 도로. 입구 마당 안에 거주자들의 이름이 적혀 있는 목록에는 정확히 다섯 명의 이름이 있었는데, 왠지 부터 나는 난해한 이름들이었다. 리쉐-포토스키, 르그랑, 바르네. 4층에는 샹플랭이란 이름은 없고 대신 노르만이라는 이름이 적혀 있었다. 노르만이 누구였을까? 애인? 가명? 아니면 샹플랭이 가명이었나?

알려준 대로 4층에서 벨을 눌렀다. 하지만 알리에노르가 문을 연 것은 1분이 훨씬 지나서였다. 화장기 없는 맨 얼굴에 신발을 신지 않았는데도 여전히 키가 커 보였고, **세사미 스트리트** 티셔츠에 청바지를 입고 있었다. 휴대전화를 귀에 대고 대화에 집중하면서 완벽한 영어로 이야기를 하고 있었는데, 적어도 자기만큼 유명한 사람이거나 어둠의 권력자와 통화하는 게 아닐까 하는 상상을 해보았다. 나를 슬쩍 쳐다보고는 곁방이 있어 보이는 작은 거실에 가 있으라고 고갯짓을 하고는 어떤 종류의 이야기가 오가고 있는지 파악할 틈도 주지 않고 사라져버렸다.

사진도 없고, 책도 없고, 골동품도 없고, 간단히 말해 이렇다 할 개성이 없는 이 럭셔리한 방에는 정말이지 상상력을 자극할 만한 것이라고는 아무것도 없었다. 방이 여기저기로 연결되어 있는 것 같았지만 문이 모두 닫혀 있어서 단지 아파트 전체가 얼마나 넓은지, 특히 알리에노르 샹플랭이 얼마만큼이나 사람들을 자기 집에 들이지 않는지를 상상하게 만들 뿐이었다. 열을 내는 것이라고는 필립 스탁 디자인의 반투명한 붉고 푸른색의 **미스 K** 램프 두 개가 있었고, 재즈 선율이 나지막이 흐르는 가운데 소파 앞에 놓여 있는 낮은 흑단 테이블 위에는 조 말론 향초, 모르는 브랜드의 보드카 한 병, 마젤란 진, 리예,[27] 작은 얼음 그릇, 나선 모양으로 깎은 노란 레몬 껍질이 두 개의 입실롱 칵테일 잔과 함께 놓여 있었다. 이 세 가지 술이 그 유명한 제임스 본드 음료인 **베스퍼**를 만들기 위한 기본 구성이라는 것을 이해하기까지 얼마 동안 머릿속에서 리예라는 이 단어를 뒤적여야 했다. 예측 불가능할 것으로 생각되는 배우치고는 그렇게 독창적이지는 않네.

---

27) 프랑스에서 아페리티프로 마시는 와인이다.

129

알리에노르 샹플랭이 드디어 모습을 나타냈고, 이미 익숙한 사이인 것처럼 문을 닫으면서 나에게 말을 걸었다.

"〈화이트 스터프〉 봤는데."

호기심이 발동했지만 나는 자아도취가 심한 사람으로 보이고 싶지 않은 마음이 컸던지라 이렇게 시작된 대화에 의도적으로 바로 반응을 보이지 않았다. 그녀가 스스로 더 이야기하기를 조용히 기다리는 사람처럼 굴었다. 그녀는 내가 앉아 있는 소파 맞은편 의자에 앉아서 1, 2초 정도 아무 말도 하지 않았는데, 나의 이런 의도적인 침묵 행위를 도전으로 받아들이고는 말을 이었다.

"장-미셸은 어떤 사람?"

"꽤 괜찮죠. 좋은 사람이에요. 아이디어도 좋구요. 자기 인물에 대한 분석이 정확하고 배우들에게 자신이 원하는 것을 분명하게 이야기해주니까 의사소통도 잘 되고. 좋은 사람이에요."

"기자들한테 하듯이 나에게 그렇게 예의성 멘트만 늘어놓을 필요는 없어."

그녀는 퉁명스럽게 말을 던졌다.

"내가 알고 싶은 건 당신이 그 사람을 좋게 생각하느냐 아니냐 하는 거야. 자기 생각을 이야기해보라구."

나보다 대여섯 살 아래인 그녀 앞에서 나는 꼬마아이처럼 잔뜩 주눅이 들어 있었다.

"그게 그러니까, 그렇지. 주말마다 그 사람이랑 같이 어울리고 싶은 생각은 없으니까. 촬영 시작하면서 두 번인가, 세 번 정도 통화했는데 진화를 주고받은 건 그게 다구. 홍보 때문에 한두 번 같이 방송에 출연했고, 그게 다지, 아마. 둘의 관심사가 꼭 같다고는 할 수 없는 그런 거라고나 할까."

"그러니까 멍청한 사람이다 그런 뜻이네?"

"그렇게 말한 적은 없는데."

그녀에게 용감하게 대들 자신이 없었던 나는 소심하게 내 자신을 변호했다.

"왜 나한테 〈화이트 스터프〉에 대해 어떻게 생각하느냐고 묻지 않지?"

"그냥……."

"자존심이 센 거야, 그렇지?"

"뭐, 그런 건 아니구. 하긴 그런 편이라고 할 수 있지. 상당히 그런 편이지."

"거기다 우리가 서로 제대로 알지도 못하는데, 내가 이 한밤중에 왜 우리 집으로 오라고 했는지도 묻지 않았잖아?"

"선뜻 물어볼 엄두가 나질 않더군. 그런 질문을 하면 날 너무 평범한 놈으로 생각할 것 같아서 말이야."

나도 편하게 말을 놓으려고 애썼다. 그녀는 아주 자연스럽게 직설적인 어조로 계속 질문을 했다.

"내가 당신이랑 자고 싶어한다고 생각해?"

"어, 그래. 그럴 거라고 생각했었지. 맞아."

"왜 그럴 거라고 생각 '했었지'야? 지금은 그렇게 생각하지 않나 보지?"

"이봐, 사람 참 난처하게 만드네."

나는 마침내 항의하기 시작했다.

"나이도 나보다 대여섯 살 어리면서, 맞지? 근데 꼭 아이한테 다그치듯이 그러고 있잖아. 지금 날 가지고 노는 것 같은데 웬만하면, 웬만하면 그만 하지. 아무리 당신이 천성적으로 직선적인데다 위협적이고 남들보다 잘났다고 해도 말이야. 어떻게 장단을 맞춰야 할지 모르겠는 게 내 솔직한 심정이야. 난 그냥 좀더 솔직했으면 좋겠어. 이런 얘길 안 할 수가 없었어. 대화를 시작했을 때부터 완전히 가시방석이었으니까 말이야."

그녀는 그 어떤 망설임도 특별한 동정심도 보이지 않은 채 나를 바라보았다. 내 마음 상태가 어떤지에는 관심도 없었다. 만약 나에게 문제가 있다면 그걸 해결하는 것은 내 몫인 것이다. 그러더니 짓궂게 물었다.

"편하게 해줄까?"

"어떻게 해줄 건데? 마약이나 뭐 그런 거라도 주려고?"

"빙고!"

그녀의 흥분한 모습이 조금은 사춘기 소녀 같아 보였다. 의자에서 벌떡 일어나 옆방으로 사라지더니 조그만 빨대와 접혀 있는 투명한 종이 두 개를 가지고 돌아왔다. 두 개의 종이 중 하나에 하얀 가루가 들어 있었다. 마약을 실제로 보기는 처음이라 내 심장은 쿵쾅거렸다.

"나 한 번도 해본 적 없는데."

섹스에 대해 한창 이야기하는 중에 "그래, 나 숫총각이다. 그래서 뭐?"라고 말하는 것처럼 떨리는 마음으로 과시하듯 그렇게 말했다.

"어렵지 않아."

그녀는 그리 놀라는 내색을 하지 않으면서 말했다.

"영화에서처럼 하면 돼."

그리고 실제로 낮은 탁자 위에 하얀 가루를 조금 부었다. 두 번째 종이에서 면도날을 꺼내 능숙한 솜씨로 각각 4~5센티미터 되게 나란히 선을 그어 네 줄로 나눴다.

"각자 두 줄씩, 한쪽 콧구멍에 한 줄씩 넣는 거야. 중간에 숨을 내쉬지 않게 조심하면서 빨대로 한꺼번에 쭉 코로 들이마셔. 안 그러면 여기저기 다 튀니까."

마약, 나는 한 번도 그것에 손을 대본 적이 없었다. 그냥 관심이 없었으니까. 그건 화학물질이니까. 코의 연골과 뉴런이 망가지니까. 그리고 마약을 한다는 생각만으로도 설명할 수 없을 정도로 우울해졌으니까. 나는 자신의 건강에 신경을 쓰는 사람이고, 가능한 한 약이라면 아스피린조차 피하는 사람이었으니까. 나는 자연 치유법을 선호하고 대마초나 담배도 피우지 않고 운동과 자연을 좋아하고 단순하고 합법적인 삶과 욕구를 좋아하는 사람이었으니까. 마약은 음울하고 너무 더럽고 탁하고 어둡고 아주 우울한 것인데다 2프랑을 주고 살만큼 매혹적인 것이라고 생각하

133

지 않으니까. 기분을 좋아지게 하는 데 그게 필요하지 않았으니까. 마약과 관련해서 내 머릿속에 떠오르는 모든 기이한 모습들은 차치하더라도 그건 쾌락을 추구하는 타락한 사람들, 우울증에 걸린 사람들, 행복하지 않은 사람들, 나약한 사람들, 자기 주변마저 의기소침하게 만드는 사람들을 위한 환각제라고 생각했으니까. 나는 가까이서건 멀리서건 이런 것들과 연루되고 싶지 않았으니까. 사람들이 나를 앞뒤 꽉 막힌 멍청이, 바보나 촌스런 놈으로 여긴다 해도 상관없었으니까. 한 마디로 말해 나는 관심이 없었다.

마약에는 손대고 싶지 않았고, 마약을 나에게 권하려고 애쓸 필요도 없음을 늘 알려왔었고, 게다가 내가 풋사과처럼 아주 깨끗한 사람이라는 게 얼굴에 쓰여 있었는지 이제까지 나에게 마약을 권한 사람은 단 한 명도 없었다. 그런데 잘 모르겠다. 알리에 노르 샹플랭처럼 유명하고 재능 있고 매혹적인 사람이 나에게 마약을 이렇게 자연스럽게 권하는 것을 보니 신뢰가 갔고, 또 '이게 불결한 것이라고 하기에는 이 여자가 너무 유명하고 너무 빛나잖아. 그리고 네 나이에 마약을 조금 해봤다고 해서 망가지진 않을 거야. 경험 삼아 해보지 뭐. 적어도 그게 어떤 건지는 알 수 있잖아. 또 마약에 대한 개념은 생기겠지. 그게 어떤 건지 제대로 알고 이야기할 수 있을 테고, 좀더 조예 깊은 눈으로 〈스카페이스〉를 다시 볼 수 있을 거야. 사람들이 하는 말처럼 그걸 하면 이 여자랑 할 때 덜 두려울 거다, 그걸 하면 성욕이 마구 생기고 무지 오래 한다,

뭐 그런 건 생각하지 말자고. 내일 뷔트-쇼몽 공원에서 적당히 조 깅 좀 하고 백리향 에센스를 잔뜩 들이마시고 나면 부작용에 대해 서는 더 이상 걱정 안 해도 될 거야.' 라고 생각했다.

그래서 숨을 내쉬지 않도록 조심하면서 좀 서투른 솜씨로 양쪽 콧구멍에 한 줄씩 마약을 훅 들이마셨는데, 청소년 시절 대마초 를 나눠 피웠을 때 전혀 아무런 느낌도 들지 않았던 것처럼 완벽 하게 자기 조절이 가능하다는 생각이 들었다. 알리에노르 샹플랭 은 나보다 훨씬 더 능숙한 솜씨로 해치웠는데, 늘 하는 일인 양 미 적거리는 기색이라고는 전혀 찾아볼 수 없었다. 그녀는 탁자에 붙어 있던 남은 가루를 조심스럽게 집게손가락으로 닦아서는 영 화에서처럼 잇몸에 발랐다. 면도날을 정리하고는 내 의사 따위는 물어보지도 않고 베스퍼를 만들어주었는데, 그녀의 동작은 이렇 게 유명, 보통 사람들과는 전혀 다른 삶을 살고 있는 사람에게 서 볼 수 있으리라고는 상상도 하지 못할 정도로 너무나 능숙하 고 자연스러웠다.

나는 상대방의 잔이 준비되기 전에 먼저 잔에 입을 대는 것을 무례하게 생각하고 있음을 의식적으로 드러내 보이면서, 〈카지노 로얄〉 리메이크에서 제임스 본드와 베스퍼 린드[28]가 몬테네그로 로 향하는 기차 안에서 만났을 때 나눴던 대화의 수준에 대해 감 히 한 마디 해야겠다는 결심을 하며 잔을 받아들었다. 기회는 이

---

28) 원래 여주인공의 이름은 베스퍼 그린이다.

때다 싶어 알리에노르 샹플랭에게 에바 그린을 아는지 묻자 그녀는 안다고, 심지어 그녀가 자기 친구라고 말했던 게 기억난다.

미국 신문에 게재할 탐방 기사를 준비하던 사진작가인 친구와 함께 그녀가 이미 가본 적이 있는 콩코르딘에 대해 우리가 어느 순간 언급했던 기억이 난다. 내가 그 사실에 감동했던 것과 최근 몇 년 간 콩코르딘에 대한 탐방 기사가 그리 많지 않았기 때문에 그 친구라는 사람의 이름을 알아맞혔던 것도 기억이 난다. 그녀에게 "**사진작가인 친구**라고 그냥 아무 사진작가인 것처럼 말하는데, 혹시 그 사람 피에르−노엘 르 퓌르 아니야?"라고 물었던 것도 기억난다.

재능 있고 성공한 꽃미남인 피에르−노엘 르 퓌르가 비록 맷 데이먼은 아니지만, 알리에노르 샹플랭을 품에 안을 정도의 역량은 충분한데다 그녀와 나란히 《부아시》[29] 표지에 나올 정도이니, 그들이 분명 비−베이 비치에 있는 **힐스 엔젤스** 방갈로에서 같이 잤을 거라는 상상을 한 기억이 난다. 지금은 거의 기억도 나지 않는 것들에 대해 내가 많은 이야기를 했던 것도 기억난다. 어느 순간 일어나서 화장실로 갔고, 그곳에서 거울을 보며 아직도 거울 속의 내 눈을 똑바로 쳐다볼 수 있음을 확인하고는 '바보 같은 소리는 하지 않았어. 잘 버텼다구. 말도 잘하고, 이야기도 잘 들어주고. 베스퍼 때문에 머리가 약간 어지럽기는 하지만 그래도 넌 아

---

29) 프랑스 연예 소식 잡지이다.

직 멀쩡해. 그래, 오늘 밤에 넌 분명히 할 거야. 그래, 넌 저 여자랑 섹스를 할거라구.' 라고 생각했던 일이 기억난다.

　소파에서 내가 먼저 키스를 시도한 것과 알리에노르 샹플랭처럼 이렇게 유명하고 매혹적인 여자와 키스를 한다는 사실에, 그녀의 치아가 약간 짧았음에도 불구하고 평소 키스할 때 드는 느낌과는 차원이 달랐음을 알게 되었던 것을 기억한다. 그럴 때 키스의 효과는 더 이상 테크닉, 입술의 두께, 침의 맛이나 키스하는 상대의 혀에서 느껴지는 탄력의 문제가 아니라 상대가 내뿜는 아우라의 문제임을 알게 되었던 것도 기억한다. 내 인생이 절정에 다다르고 있는 중이라고 생각했던 것을 기억한다. 또 상대가 제아무리 스타라고 해도 그래도 역시 난 남자라고 생각했던 것과 인류가 생성된 이래로 여자의 욕망을 싹트게 하고 유지하고 만족시킨 것은 남자라고 생각했던 것을 기억한다. 그녀가 내 손길과 내 키스에 완전히 몸을 맡기고 있다는 확신이 들었건만, 콘돔을 끼고 일을 벌여야 할 순간에도 발기가 되지 않아 몹시 당황했던 기억이 생생하다. 얼마나 난처하고 창피했던지 알코올과 마약이 뒤섞이는 바람에 몽롱해졌던 정신이 순식간에 맑아졌다. 그녀의 고조되었던 흥분이 가라앉는 것을 느꼈을 때, 물건을 일으켜 세워보려고 열심히 놀리던 손짓을 멈추고는 너무 긴장했나 보다는 말을 서슴지 않고 내뱉으며 변명을 해댔다. 이런 주장이 얼마나 허망한 것인지를 알면서도 "평소에는 이런 적이 한 번도 없는데."라는 말을 덧붙였다.

그녀는 "괜찮아."라고 신경질적으로 차갑게 대답하면서 옷매무새를 가다듬었는데 그런 냉담한 대답이 나의 굴욕감을 한층 더 가중시켰다. 나는 다시 옷을 추슬러 입고는 집으로 돌아가야겠다고 말했다. 그녀가 자고 가라는 말은 하지 않았으므로 우리는 서로 작별 인사를 나눴고, 그녀가 하품을 하면서 아무렇지 않은 듯 내 등 뒤에서 문을 닫아버리자 나는 마지막 쓰레기차와 첫 청소차가 지나갈 시간에 여명으로 인해 더 압도적으로 다가오는 7구의 이 귀족 거리를 그렇게 다시 서성이게 되었다. 입술이 평소와 다르게 바짝 말랐고, 콧물이 멈추질 않아 내 몰골은 완전히 술독에 빠졌다 나온 것보다 더 추하게 느껴졌다. 어쩌다 스쳐 지나가는 사람들, 적어도 나의 참담한 실패에 대해 아무것도 모르는 사람들 앞에서 침착하게 보이기 위해 나는 외투 깃을 세웠다. 그러고는 무턱대고 큰길가 쪽으로 걸어갔다. 이날 밤의 일이 평생 뼈에 사무칠 것이고, 세상의 모든 여자와 키스를 한다 해도 절대 이 악몽에서 구원받지 못할 것이라고 생각하면서 결연함을 가장한 발걸음으로 알리에노르 샹플랭이 사는 건물에서 도망치고 있었다. 맷 데이먼과 피에르-노엘 르 퓌르를 생각하면서 "그 사람들은 진짜 남자야. 적어도 자기 물건을 세워서 집어넣을 줄은 알잖아."라고 중얼거렸다. 내 자신이 아무 짝에도 쓸모없는 인간으로 느껴졌고, 그녀가 내 영화에 대해 어떻게 생각하고 있는지 여전히 모르고 있다는 것에 생각이 미치자 내 자신이 더없이 한심하게 느껴졌다.

"그래?"

어머니는 상당히 놀라워하셨다.

"네. 그냥 장난 삼아 하는 별 볼일 없는 연애 상대, 그런 거죠, 뭐. 사실 이야기를 꽤나 많이 했죠. 근데 정말 웃긴 여자예요, 진짜 이상해요."

샐러드 그릇에 코코넛을 아주 열심히 갈아 넣고 있는 모습에서 내가 그날 밤 일에 대해 이야기하는 것을 얼마나 거북해하는지가 여지없이 드러나고 있었다.

"한밤중에 너에게 전화해서 자기 집으로 오라고 했다고? 어머, 정말 뻔뻔하구나, 그 여자. 새우 페이스트 지금 더 넣어야 하는 거 아니니?"

내가 별로 힘들이지 않고 꾸며내는 이야기와 연예인들에 대해서 어머니가 보여주는 이런 진정한 무사무욕無私無慾이 부러웠다. 게다가 나를 열광하게 만드는 환상 같은 것에 쉽사리 속아 넘어가지 않고, 더 단순하고 더 중요한 것에 정신을 집중할 수 있도록 어머니의 그런 성향의 상당 부분을 나에게 물려주신 것에 감사했다.

"아니요, 절대 안 돼요. 페이스트는 그릇에 그대로 놔두세요. 필요할 때 말씀드릴게요. 공심채는 씻어놓으셨어요?"

어머니 집에서 요리할 때면 나는 짐짓 권위주의에 가까운 태도를 보이는 아주 특별한 즐거움을 느끼곤 했다.

"그래, 준비됐어. 네가 말한 대로 줄기를 잘라놓았다. 그럼 두 사람 다시 볼 거니?"

"그럴 리가 있겠어요. 아시다시피 아무 일도 없었는데, 전혀 아무 일도 없었다구요. 마늘 두 쪽만 갈아주실래요? 그리고 냄비 뚜껑 좀 열어주세요. 밥물에 코코넛 간 걸 더 넣어야겠어요."

"그래, 그 스페인 애는 아직 소식이 없니? 혹여 그 아이한테 전화한 건 아니겠지?"

"아니요, 이젠 괜찮아요. 어느 정도 마음도 정리됐고, 더 이상 그렇게 생각나지도 않아요."

자존심 때문에 그녀에 대한 나의 향수를 최소화하려는 것은 아니었지만 그녀에 대해 말할 때면, "더 이상 엘비라를 생각하지 않는다. 엘비라는 정리된 일이다."라는 말을 입 밖으로 낼 때면, 그게 실제로 나를 한 발 뒤로 물러서게 만든다는 느낌이 들었다.

"말하자면 때가 됐던 거야. 그리고 그 애는 내 맘에 썩 안 들더

라. 이제 너희가 헤어졌으니까 하는 말인데, 내 생각을 말해도 기분 나쁘지 않겠지? 그래, 사실 그 아이가 진짜 예쁘긴 하지. 그 점에 대해서는 말이 필요 없어. 정말 굉장한 미인이야. 하지만 네가 그 아일 데리고 왔을 때 그 아이가 아주 너그러운 아이라는 느낌은 안 들었거든. 물론 난 그 아이를 모르지만 귀걸이 사건은 아직도 기억하고 있단다. 하나를 보면 열을 아는 법이잖니. 자, 이제 정말로 새우 페이스트를 넣어야 할 때인 것 같은데. 지금 아니면 너무 늦어. 그럼 네 소스는 아무 맛도 안 날 거야."

"아니요, 엄마. 아직 아니에요. 제가 넣으라고 할 때 넣으세요. 제가 할 줄 안다니까요. 엄마는 소스를 어떻게 만들어야 하는지 모르시잖아요. 할 줄 안다고 자신하시지만, 엄만 엄마 방식대로 익히면서 언제나 전혀 상관없는 양념들을 더 집어넣으시잖아요. 맛이 없다는 말은 아니지만 엄마가 만드시는 건 **가이야르** 소스가 아니에요. 가이야르에는 생강이 안 들어간다구요. 엄마, 공심채 좀 불에 올려주실래요?"

"애, 네 아빠한테 자기 친구들을 집에 초대했을 때 내가 가이야르를 만들 줄 알았는지 몰랐는지 물어봐라. 내가 콩코르딘에는 가본 적도 없다고 했더니 아무도 믿으려고 하지 않았단 말이야."

어머니가 정감어린 말로 아버지를 부를 때마다, 미소를 짓게 하는 이런 말투로 어머니가 '네 아빠'라고 말할 때마다 어려서 아버지가 무아시로 나를 보러 왔을 때 다시는 우리 곁을 떠나지 말았으면 하고 바라던 일이 생각나고는 했다.

"그건 모두 엄마를 꼬시려고 한 말이죠. 엄마도 잘 아시잖아
요. 콩코르딘 남자들이 어떤 사람들인지. 이제 페이스트 넣으셔
도 돼요. 잘 풀어주세요. 그리고 생선은 그대로 두세요. 괜히 휘
저으면 다 식어버려요. 엘비라에 대해서는 엄마 말이 맞아요. 그
래요, 그 아인 너그러운 아이는 아니었어요. 아주 이기적인데다
자기도취가 심했죠. 하지만 다른 좋은 점도 있었기 때문에 그게
그렇게 문제가 되지는 않았다고 생각해요. 엄마가 말씀하신 것처
럼 이기적이고 자기도취가 심하고 너무 어리긴 하지만, 모르겠어
요. 그래도 계산적이지 않고 아주 매력적인 자발성 같은 게 있었
다고 할까. 어떻게 설명해야 할지 모르겠네요. 잘 모르겠어요. 그
냥 그 아이랑 있으면 좋았어요. 종종 사람을 짜증나게 했지만 속
이 그렇게 복잡하지 않았고, 사람들이 생각하는 것보다 훨씬 더
비판적인 아이었죠. 어쨌든 생각하면 할수록 제가 그 아이의 미
모를 그리워한다는 생각이 들어요. 모르겠어요. 근데 솔직히 엄
만 벌써 그런 걸 다 알아보셨단 말이에요?"

"그래, 그 아이가 예뻤지. 내가 도대체 몇 번이나 더 말해야 되
겠니? 그런 이야기 해봤자 가슴만 아플 텐데 그래도 듣고 싶다면
어쩔 수 없지. 근데 아주 솔직히 말해서 그게 말이다, 그 아이 허
리가 그렇게 날씬하지는 않았잖니. 꾸부정하게 걷고 다리도 좀
짤막한데다가 좀 지나치다 싶을 정도로 말랐고 말이야. 너에게
이런 말을 하는 건 가끔은 이런 종류의 이야기를 듣는 게 도움이
된다는 걸 엄마가 알기 때문에 그러는 거야. 날 원망하는 건 아니

겠지? 어쨌거나 예쁜 게 중요한 건 아니거든. 내가 늙고 못생겨졌기 때문이라거나 질투를 해서 이런 말을 하는 게 아니야. 사실이 그러니까 하는 말이지. 사랑에서 중요한 건 마음씨 착한 거, 너그러운 거, 남에게 베풀 줄 아는 거, 자신이 주의 깊은 사람으로 보이는 법을 아는 거, 그리고 자기 자신만 생각하지 않는 거란다. 이런 것들이 바로 시간이 지나도 누군가를 기억하는 장점들이지. 가장 귀한 여자는 바로 친절한 여자라는 걸 너도 알게 될 거다. 문제는 얼굴이 예쁜 여자들은 너처럼 그렇게 우러러 받들고 공주 취급을 해주면 자기가 정말 공주인 줄 안다는 거야. 라 퐁텐 우화에 나오는 왜가리처럼 콧대 높게 20년을 살다가 나이 마흔이 되면 전보다 생기도 없어지고 자기를 쳐다보는 사람들의 시선도 줄고 구혼자도 모두 떨어져나가 개밥의 도토리 신세가 되는데, 그때서야 모든 걸 깨닫게 되지. 하지만 그때는 이미 너무 늦어. 이엄마 지금 내가 무슨 말을 하는지 알고 있단다, 애야. 그렇게 오랫동안 미셸을 거만하게 대했던 걸 내가 얼마나 후회하고 있는지 너도 알잖니. 대체로 너무 예쁜 여자들은 자기만 알지 남에게 베풀 술을 몰라요. 게다가 엄마는 네가 그 스페인 여자애랑 만나면서 아주 빨리 그런 사실들을 알아차렸을 거라고 확신해. 하지만 그걸 인정하기에는 네가 너무 사랑에 눈이 멀어 있었던 거지."

어머니 말이 맞았다. 엘비라를 객관적으로 비난하는 말을 들으니 좋았다. 그럴 때마다 자동적으로 내가 정신적 소외에서 극복되는 효과가 있었다. 게다가 나는 기분이 너무나 좋아져서 그게 더 이상 나를 아프게 하지 않는다는 것을 더 증명이라도 하려는 듯 이야기를 좀더 진행시켰다.

"그리고 스페인…… 스페인! 상상이 가세요, 엄마. 여행사 앞을 지날 때마다 피학대 음란증 환자처럼 포스터에서 파리–바르셀로나 프로모션 상품을 찾아보지 않고는 그냥 지나칠 수도 없다니까요. 우리 사이가 끝났다는 걸 받아들이지 못한 것처럼 말이에요. 아주 돌아가시겠어요."

출입구 쪽에서 문이 닫히는 소리와 서랍장 위에 열쇠를 내려놓는 소리, 외투를 벗는 소리, 옷들이 서로 부딪치는 소리, 거실의 쪽판 마루를 힘차게 내딛는 발걸음 소리가 들렸다. 장–폴이 돌아온 것이다. 어머니가 프라이팬 쪽으로 고개를 숙이는 모습에서 아주 미세하게나마 긴장하고 있음이 느껴졌다.

"굴 소스, 지금 넣을까?"

장–폴이 왔다고 해서 어머니와 내가 주방에서 아기자기하게 만들어놓은 이 좋은 분위기가 바뀌는 것은 전혀 아니라는 것을 나에게 납득시키려는 것처럼, 어머니는 아무 일도 없다는 듯이 그렇게 물었다.

"네, 그러세요."

우리의 속내 이야기가 잠시 중단될 때마다 그러듯이 나는 별 감정 없는 목소리로 대답했다.

잠시 침묵이 흘렀고 장–폴이 들어오면서 얼굴을 찌푸렸다.

"어이쿠야, 냄새 한 번 지독하네! 메뉴가 뭐야? 이런, 앙투안이

144

구나! 벌써 왔니? 잘 지내지?"

활기 넘치는 친절한 목소리와 미소, 과도하게 흥분하는 모습, 꽉 잡은 손, 5~6센티미터의 키 차이를 줄여보려는 듯 들어올린 상반신과 지나치게 꼿꼿한 몸가짐, 솔직함의 표시로 보이고 싶었겠지만 오히려 수컷의 도발로 보이는 상대의 눈을 뚫어져라 쳐다보는 시선, 장-폴의 이런 모든 행동은 나에 대한 감정이 그리 편치 않음을 드러냈다. 그가 자기 영역 표시를 하듯 엄마 입술에 키스를 했는데, 내 앞에서 남자가 엄마 입술에 키스를 할 때마다 '어렸을 때는 저런 게 정말 싫었지만 이젠 괜찮아.'라고 생각하곤 했다.

그는 프라이팬을 쳐다보고 나서 의심스러운 눈길로 냄비 뚜껑을 열어보고는 나에게 계속 말을 건넸다. 그는 자신이 던지는 말이 갖는 인과관계를 전혀 깨닫지 못하고 있음이 분명했다.

"그래, 내일 떠난다고 했지? 아, 참. 요즘 포르-가르시아 프랑스 영사관 앞에서 데모하는 거 봤니?"

"그래요? 무슨 데모요?"

어머니가 장-폴과 나 사이의 어색한 분위기를 완화시키기 위해 가벼운 어조로 끼어들었다.

"뉴스 못 봤소? 프랑스 대사관이 콩코르딘의 비자 신청을 일제히 거절했어. 게다가 내가 제대로 이해한 거라면 곧 선거가 있을 거라더군. 몇백 명의 젊은이들이 데모를 하던데, 리슈테르에 있는 대사관저에 돌을 던지고 그랬나 봐. 물론 현지 정부가 군대를 출동시켰는데, 짐작하다시피 자기네들 멋대로 행동하나 보더라

145

구. 아직 사망자는 없지만 분위기가 험악해지는 것 같아."

"어머, 난 그런 얘기 전혀 못 들었는데."

어머니가 걱정스러워하며 말했다.

"넌 뭐 들은 거 있니, 앙투안?"

"네, 오늘 아침 라디오에서 들었어요."

장-폴이 내 쪽으로 몸을 돌렸다.

"프랑스 측 태도가 좀 창피하다고 생각지 않니?"

그는 내가 과연 어떤 말을 할지 궁금해하면서 물었다.

"아니요. 전 그들이 옳다고 생각하는데요."

"그들이 옳다니 무슨 말이냐?"

그는 비분강개할 태세였다.

"아저씨, 제 입장 아시잖아요. 카나리아 군도랑 같이 세네갈인과 말리인 청소년 범죄자들에 대해 이미 이런 토론을 했었잖아요. 그곳의 모든 젊은이들이 텔레비전을 보면서 유럽을 꿈꾸고, 한 장의 비행기 표나 밀입국 서류를 마련하기 위해 자신의 전 재산을 탕진하는 그 사람들의 선택이, 그러니까 그게 옳은 건 아니라고 생각해요. 사람들이 그곳에서 목숨을 부지하는 것보다 비참한 생활을 해도 여기서 사는 게 낫다고 생각하고, 또 자신의 운을 시험하는 걸 천 배는 더 좋아한다는 건 알죠. 하지만 그건 해결책이 아니잖아요. 아무것도 해결되지 않는다고요. 더 모욕적인 상황이 발생하게 되고, 서구의 온정적 간섭주의가 계속 유지될 테고, 변두리에서는 시한폭탄이 터지게 된다는 그런 말이에요. 이

데올로기적인 측면에서 봤을 때 전 개인적으로 그게 더 큰 재앙을 초래한다고 봐요."

"각자 자기 집에 있어야 한다, 그거냐?"

"너무 과장하시네요. 무조건 획일적으로 일반화시켜서 말하면 안 되죠. 하지만 약간은 그런 거예요, 맞아요."

"자, 두 사람 또 정치 이야기 시작하려는 건 아니죠."

어머니가 한숨을 내쉬며 말했다.

"앙투안, 어쨌든 조심하면 좋겠다. 좀 진정될 때까지 기다렸다가 비행기 타는 게 낫지 않겠니?"

"너무 늦었어요, 엄마. 날짜를 변경할 수가 없거든요. 그리고 꼭 가서 아버지를 봐야 돼요."

나는 약간은 일부러 '아버지'를 강조해서 말했다.

"내가 이해하지 못하는 건……."

장-폴이 재미있다는 듯 조금 전 이야기를 계속 이어갔다.

"네가 그렇게 이야기를 한다는 거야. 넌 전혀 유대감이 느껴지지 않는 거니? 너도 어쨌거나 결국 반은 그 사람들과 같잖니, 안 그래?"

"반은 그 **사람들과 같잖니**." 그가 병원에서 "세상이 거꾸로 됐어. 니콜의 아들, 알지? 배우인 그 흑인 애 말이야. 근데 그 애가 인권 따위는 완전히 나 몰라라 하더라구! 사람들이 보수적이고 우파인데다가 이기주의의 괴물일 거라고 생각하는 백인 의사인 내가 말이야, 내가 그 아이한테 훈계를 해야 한다는 게 상상이 가

나?"라고 말하며 인턴들 앞에서 으스대는 모습이 아주 선명하게
그려졌다.

대답 대신 나는 프라이팬이 올려져 있는 가스 불을 조용히 끄
는 것으로, 냄비 안의 쌀이 어떤 상태인지 확인하는 것으로, 준비
가 다 되었으니 그들이 원할 때 식사를 시작하자고 알리는 것으
로 만족했다.

"냉장고에 스테이크 남아 있나?"

장-폴이 무례함을 억지로 꾸며내며 어머니에게 물었다.

"딱 까놓고 말해서 밥 빼고는 내 입맛에 별로 맞을 거 같지 않
아서 말이야."

　말로는 표현할 수 없는 분명한 욕구와 막연한 우수의 중간쯤
되는 여행의 실감이 가장 강렬하게 느껴지는 때는 루아시 공항으
로 향하는 고속도로에서였고, 해가 뜨기 전의 아침이나 늦은 저
녁에 더욱 그랬다. 공항 근처에서 택시 창문을 통해 춤추는 듯 다
가오거나 30초마다 점프대에서 뛰어오르는 것처럼 끝도 없이 하
늘로 솟아오르는 수많은 자동차의 헤드라이트 불빛을 바라보면
서 드디어 비행기를 타러 가는구나, 이제 2~3시간만 지나면 편안
히 앉아 있을 수 있겠구나라는 생각이 드는 것만큼 좋은 것도 없
었다. 그리고 가끔 루아시 공항과 나를 태우지 않고 여기저기로
떠나는 보잉기들을 뒤로하고, 미어지는 가슴으로 단단한 땅에 발
을 붙인 채 어슬렁거리며 근처를 산책하는 일이 생길 때면 꼭 장
드 라 빌르 드 미르몽의 시구가 떠올랐다.

난 항구에서 태어났다네 그리고 어린 시절부터
그곳을 거쳐 무척이나 다양한 나라들이 지나가는 걸 보았다네
바람에 귀 기울이며 언제나 떠날 태세였건만
내 마음은 한 번도 바닷길을 나서지 못했다네
항구는 남자에게 위험한 향수를 뿌리니
노고勞苦 앞에서 내 마음이 유약하고 무기력하기를
내 마음이 저 멀리서 불어오는 향기 속에 잠들기를
신이시여, 당신이 원하시듯 전 항구에서 태어났습니다

하지만 얼마 전부터는 파리 상공을 쉬지 않고 선회하는 여러 대의 비행기를 볼 때면 노벨 화학상 수상자인 이브 쇼뱅의 인터뷰 내용이 생각났다. 대충 요약하면 지금부터 20년 혹은 30년 뒤에는 연료 부족과 그 밖의 여러 가지 예측 가능한 이유로 사람들은 아마도 오늘날처럼 쉽게 그리고 멀리까지 여행을 할 수 없을 것이라는 내용이었다.

그때 나는 모두가 걱정하는 기후 온난화 때문에, 롤랜드 에머리히의 〈투모로우〉 때문에, 앨 고어의 〈불편한 진실〉 때문에, 신문, 텔레비전, 라디오, 그리고 내가 다른 사람들처럼 카페에서 벌이던 모든 토론 때문에 인정컨대 독창적인 사고를 할 수가 없었고, 지금이 인류의 마지막이라고, 우리는 인류의 마지막 남은 몇 해를 살고 있는 것이라고 아주 진지하게 믿지 않을 수 없었으며, 하루도 빠지지 않고 그런 것들에 대해 생각했다. 어쩌면 다른 사

람들보다 더 순진하게 그리고 더 확고하게 진짜로 그걸 믿었던 것이 바로 나의 독창성이었을 것이다.

'어렸을 때는 물론이고 비교적 최근까지도 계절이 바뀔 때면 넌 순진하게 하늘에 떠 있는 비행기를 쳐다보면서 **와, 비행기다**라고 속으로 외쳤었지. 이제는 재생 불가능한 에너지와 회복할 수 없는 온실효과 이야기 때문에 비행기를 볼 때면 이런 질문을 하지. **저 비행기의 마지막 비행은 언제일까? 내일? 한 달 후? 1년 후? 10년 후?**' 이런 생각을 하는 것이 나의 독창성이었다.

'우리는 어쩌면 내일 당장 모두 질식해 죽을 수도 있는데, 예전 순진했던 시절에 그랬던 것처럼 계속 비행기를 타고, 저축을 하고, 아이를 만들고, 경력 쌓기를 원하고, 부자가 되기를 원하고, 소유하고, 새 자동차를 사고, 데이트를 하고, 소비하고, 여전히 더 높은 마천루를 세우고, 미래에 대해 꿈을 꾸지.' 라는 생각을 하는 것이 나의 독창성이었다.

어쨌거나 비록 그게 터무니없는 이야기이기는 했지만, 좀 거창하게 말하자면 서양 세계의 착오에 대해 깊이 생각해보는 계기가 되었다. 저축, 경제 성장, 사람들을 바보로 여기는 광고 캠페인, 여름휴가와 해변 용품에 대해 떠들어대는 것이 갑자기 시대에 좀 뒤떨어진 것처럼 여겨졌다. 발전에 대한 집착도 마찬가지였다. 예를 들어 길거리에서 귀에 블루투스 기기를 꽂고 현대 테크놀로지를 이용하는 걸 너무나 만족스러워하는 사람이 지나가는 모습을 보면 절대 소형화 시대에, 테크놀로지가 눈에 보이지 않는 것들을 만들어내는 이 시대에 대부분의 사람들이 여전히 아이디어 상품과 물건에 어떤 중요성을 부여하고 있다는 것에 놀라곤 했다. 이런 사람은 지금부터 5년 후에는 자신이 가지고 있는 블루투스를 20배는 더 작고 20배는 더 성능이 좋아진 무엇인가로 바꿀 것이고, 또 그 5년 후에도 마찬가지일 것이라는 생각을 했다. 그리고 현대화를 추구하려는 욕망 속에서 그가 무의식적으로 지향하고 있던 것, 즉 그와 세계 사이를 연결해주는 모든 매개에서 결국 벗어나게 되는 무無의 상태에 이르기에는 여전히 뒤처져 있음에도 불구하고 매번 자신이 절대 시대에 뒤처지지 않는다고 느낄 것이라는 생각을 했다.

이런 이유에서 스필버그의 미래 공상영화 〈A.I.〉에서 현대 인류가 소멸된 후 몇만 년이 지나고, 자코메티가 만든 조각상처럼 생긴 큰 머리와 수척하게 마른 몸에 입도 없고 성별도 없고 털도 없고 뭐라 정의할 수 없는 색깔의 거의 투명한 피부를 가진 완전히 동일한 존재들로 구성된 작은 집단이 나타나는 마지막 장면들이 계속 떠올랐다. 그게 바로 인류 절대 자립 시대의 인간의 모습인 것이다. 그들에게는 더 이상 아무것도, 도시도, 차량도, 책도, 기계도, 인터넷도, 옷도, 분명 침대도, 탁자도, 접시도, 집과 돈도, 과거의 이 모든 실용적이고 너무나 거추장스럽고 번쩍이는 싸구려 물건도 필요가 없다. 자기 동족들과 촉각을 이용한 접촉을 통해 정보를 나누고, 아주 강력한 인터넷 역할을 하는 뇌로 인해 더 이상 언어 소통을 할 필요조차 없다. 어쩌면 더 이상 탐욕이라는 감정도 없는, 간단히 말해서 인류가 다다를 수 있는 최상의 상태에 이르게 되는 것이다.

내가 루아시 공항 근처에 올 때마다, 최첨단 휴대전화를 들고 있는 사람이나 단지 메르세데스를 타고 있는 사람, 정장에 넥타이 차림을 한 사람, 브랜드 옷을 입은 사람을 스쳐 지나갈 때마다, 광고 포스터를 볼 때마다, 전기선이나 평면 TV를 볼 때마다, 라디오에서 증권 소식을 들을 때마다, 그리고 러시아워의 도시나 시외 인도에 겹겹이 세워져 있는 차들을 볼 때마다 조금은 의식적으로 우리가 살고 있는 세상이 앞으로 어떻게 될지 모르는 가치에 집착하는 구시대적 세상이라는 생각이 들곤 했다.

나는 택시비를 지불하고 여행 가방을 비스듬히 둘러맨 채 루아시 공항의 2 터미널 안으로 들어가서는 에어프랑스 카운터로 향했다. 아이팟에서는 디온 워윅이 버트 바카락의 음악에 맞춰 부르는 〈워크 온 바이Walk On By〉가 흐르고 있었다. 그녀는 이렇게 노래하고 있었다. "Foolish Pride is all that I have left / So let me hide / The tears and the sadness you gave me / When you said goodbye."

공항 인터넷 카페에서 이 가사와 노래의 압축 파일을 엘비라에게 보낼까 하는 생각을 아주 잠깐 했다. 하지만 한편으로는 이런 내 의도가 쓸데없다는 생각이 들었고, 다른 한편으로는 그녀가 이런 스타일의 음악은 좋아하지 않을 것이라는 걸 알고 있었으므로 마음을 고쳐먹었다.

잠시 후 탑승 대기실에 앉아서 하이메와 나이르가 부른 1970년대 브라질 히트곡인 〈소브 오 마르Sob o Mar〉를 듣고 있었다. 타임코드에 정확히 2분 37초라고 표시되는 순간, 부드러운 갤럽 리듬으로 단음계의 깊은 현악기 음이 두 가수의 목소리에 이어 연주되었는데 갑자기 끝없이 맑은 하늘 속으로 내던져지는 느낌이 들었다. 소름이 쫙 돋으면서 내 의지와 상관없이 아무런 이유도 없이 내 모든 감정과 서글픈 감정이 다시 한 번 엘비라의 얼굴과 미소 위로 겹쳐졌다. 바로 짐 캐리와 케이트 윈슬렛이 나오는 미셸 공드리의 영화 〈이터널 선샤인〉을 떠올리며 미래에는 과학이 너무 가슴 아픈 추억을 만들어준 사람, 특히 여자에 대한 기억이 차지하고 있는 부분을 우리 뇌에서 한번에 지워버릴 수 있다면 정말 편리하겠다는 생각을 했다.

2

BEAU RÔLE

에메르손은 공항 출입문 바로 앞에서 나를 기다리고 있었다. 그는 새로 산 운동화에 선글라스를 끼고는 불법 고물 택시들 사이에서 눈에 확 띄는 멋들어진 미쓰비시 L200 더블 캡 픽업트럭에 기대 서 있는 모습을 나에게 보여주게 된 것에 무척이나 으쓱해하고 있었다.

"와아! 이 차, 네 거야?"

연출하느라 애쓴 에메르손의 노고가 헛되지 않도록 나는 탄성을 질렀다.

"아니, 다비드 거야. 나에게 빌려줬어."

에메르손은 매우 정확한 프랑스어를 구사하고 있었지만 억양이 달랐고, 아주 미미하기는 하나 은연중에 튀어나오는 그의 어법이 일상생활에서 프랑스어를 사용하지 않는다는 사실을 말해주고 있었다.

"다비드? 아 그래, 기억난다. 자기 나라에서 낡은 클리오를 헐값에 사가지고 와서 파는 그 벨기에 녀석? 자기 차와는 절대 떨어지지 않을 것 같아 보이던데……."

차마 "자기가 무슨 〈마이애미 바이스〉의 두목이나 되는 것처럼 머리에 구역질나는 포마드나 잔뜩 처바르고, 널 완전 바보 취급하는 그 왕고집쟁이 자식?"이라는 말은 하지 못했다.

"이건 다비드 개인 차가 아니라 회사 차야. 개인 차는 렉서스 RX400인데, 컨테이너로 미국에서 직접 가져왔어. 완전 까만색에 유리는 죄다 선팅했구, 가죽 시트에 컴퓨터랑, GPS, DVD도 있어. 직접 타봤는데 와, 진짜 죽이더라……."

"다 썩어빠진 클리오를 팔아서 그런 고급 차를 살 수 있었단 말이야?"

"함부로 말하지 마. 다비드를 우습게 봐선 안 된다구. 그냥 쪼그만 사업이 아니라니까. 여기선 달라, 형!"

에메르손은 오프로드 차를 운전하면서 다비드를 찬양하기 시작했다.

"자동차는 언제나 기본이잖아, 그렇지 않아? 리슈테르에 창고가 있는데 얼마 전에 포르 가르시아와 비-베이에도 지점을 하나씩 냈어. 1월에는 생트-그라스에 또 하나 낼 거야. 거기에다가 이제 부동산에도 손을 대기 시작했어. 크리크 도로 땅 30헥타르를 구입해서 호텔을 짓고 있는 중이야. 부동산 업체를 하나 설립하고 있고, 항공 회사도 하나 설립하고 있어. 중고 소형 세스너 두 대를 사들였는데, 그건 북부지방으로 빨리 이동하고 싶어하는 사업가들을 위한 거래. 알다시피 도로는 상황이 점점 더 나빠지잖아. 이게 다 다비드가 하는 일이라구. 큰형도 다비드랑 같이 일하고 있어. 형이 이야기할 거야, 두고 봐."

거만함에 가까운 확신에 차서는 앞에 펼쳐진 도로를 보며 한 손으로 핸들을 돌리는 모습을 보니 꼭 에메르손이 다비드인 것 같았다.

"그럼 넌 지금 회사에서 하는 일이 뭔데?"

"나? 그게 그러니까, 다비드가 시내에 있는 중앙 창고의 품질 관리원 일을 맡겼어."

"월급은 많이 줘?"

내가 아픈 데를 찌르고 말았다.

"그럭저럭. 불평하면 안 되지."

정확히 말하자면 불평할 게 있지만 감히 그럴 수 없다는 듯이 말했다.

"있잖아, 모두가 거기서 일하고 싶어한다구. 모든 사람들이 말이야! 창고에서 취업 면접이 하루에 30건, 50건씩 있다니까. 형은 상상도 하지 못할 걸. 젊은 사람들이 하루 2달러를 벌기 위해 치열하게 일할 태세라니까. 뭐, 다비드에게 티에리와 세바스티앙이라는 프랑스 동업자가 두 명 있기는 하지만, 그 바로 뒤가 벤 형과 나란 말씀이지. 그리고 비-베이 쪽 일이 예상대로 잘 풀리면 우리 월급도 올려줄 거야. 다비드가 큰형과 작은형한테 그랬어. 잘될 거야, 비-베이 말이야. 분명히 잘될 거야. 그리고 어쨌든 월급 안 올려주면 우린 그만두면 되는 거고."

다비드, 다비드, 다비드. 아버지가 그렇게 말씀하시는데도, 형과 벤이 나름 영향력이 있는데도, 자기만의 티셔츠와 매끈한 말콤 엑스나 투팍 모자를 가지고 있는데도, 이 모든 것에도 불구하고 에메르손이 그런 녀석 앞에서 스스로 자기 자존심을 굽히는 것은 단지 그가 어리거나 순진해서 그런 것만은 아니라는 생각이 드니 맥이 좀 빠지기 시작했다. 무지하게 돈만 많고 보잘것없는 천한 백인들이 남의 땅에 와서 막대한 권력을 휘두르는 것, 그게 세상의 이치임에는 틀림없었다. 다비드 같은 사람들이 자기보다 훨씬 활기차고, 훨씬 재미있고, 훨씬 좋은 교육을 받은 내 형제들과 같은 사람들의 운명을 좌지우지한다는 건 분노와 품위라는 것이 실제로 존재한다손 치더라도 실은 그냥 단어에 불과하다는 것이다.

"다시 오니까 좋다."

대화의 주제를 바꾸기 위해 나는 숨을 내쉬듯 이렇게 말했다.

시차로 인한 피로감을 누그러뜨리며 차창을 통해 포르-가르시아의 변두리, 금속판으로 된 가옥들의 지붕 위로 쏟아져 내리는 햇빛, 여기저기 널린 쓰레기장, 뼈대만 남은 자동차들, 길 위로 위험하게 얼기설기 얽혀 있는 전깃줄, 비닐봉지 투성이의 덤불 사이로 난 좁은 인도를 맨발로 걸어가고 있는 사람들, 밖으로 사람들이 삐져나올 정도로 꽉꽉 들어찬 만원 버스의 엉덩이에서 가

속 페달을 밟을 때마다 시커멓게 뿜어져 나오는 디젤 연기를 바라보았다. 차창 밖으로 지나가는 이 모든 것들을 바라보고 있자니 일곱 살인가, 여덟 살 때 텔레비전이나 라디오에서 모르는 나라의 이름을 들으면 바로 어머니에게 묻곤 했던 생각이 났다. "엄마, 저 나라는 부자나라예요, 가난한 나라예요? **현대적**이에요?" 어머니가 "가난한 나라란다, 우리 아기. 아니, 저긴 현대적이지 않아."라고 대답할 때마다 "저 나라 사람들은 흑인이에요, 백인이에요?"라고 물어보고 싶었다.

사실 어머니가 내 질문에 대답할 필요는 없었다. 나는 이미 그 답을 알고 있었으니까. 어머니가 나에게 한 나라의 가치란 그 나라가 얼마나 부자인지 혹은 얼마나 현대적인지로 정해지는 것이 아니라고 설명할 필요도 없었다. 어머니는 원래부터 유리한 쪽에서 태어났기 때문에 아주 많이 너그러워질 수 있는 사람이라 그렇게 말한다는 것을 잘 알고 있었기 때문이다. 결이 고운 밝은색의 긴 머리카락을 가진 어머니가 내 머리카락이 아름답다고 이야기할 때처럼 말이다. 사실 어머니의 그런 말이 내 입에서 나도 엄마 같은 그런 머리카락을 갖고 싶다는 말이 나오지 않게 하기 위해서라는 것을 내가 뻔히 알고 있음을 어머니는 단 한순간도 짐작조차 하지 못했지만. 샤워를 하면서 온 몸에 비누칠을 하고는 "엄마, 봐요. 나 백인 같죠."라고 말했을 때, 어머니가 난처해하면서도 순진한 척 "왜 그런 말을 하니?"라고 묻는 것처럼 말이다.

"영화는 언제쯤 볼 수 있는 거야?"

"DVD로 가져왔어."

"벌써 DVD로 나온 거야?"

"아니, 아직. 제작사에서 하나 복사해줬어. 몇 달 후면 출시될 거야."

"얼마 전에 텔레비전에 나오는 거 식구들이 봤다는 얘기 들었어? 영화에서 같이 연기하는 여자, 여친이야?"

토마 형이나 벤과는 달리 에메르손에게는 부러워하는 기색이라곤 전혀 없었다. 단지 아무 근거 없는 본능적인 호기심과 감탄만이 느껴졌다. 왜냐하면 에메르손과 같이 조금은 경제적으로 여유 있는 가정에서 태어나 지금까지 콩코르딘에서 살면서 가끔은 시장에서 〈엑스 맨〉이나 〈록키 발보아〉 같은 할리우드 블록버스터 영화의 불법 복제 DVD를 사는 데 5~6달러를 쓸 수 있는 스물두 살의 청년들에게 '영화'라는 단어가 아직도 조금은 동경의 대상이 될 수는 있었지만, 반대로 프랑스 영화 하면 떠오르는 것이라곤 고작 〈택시〉 시리즈와 1990년대 중반까지 루이 드 퓌네스와 클로드 를루슈의 모든 작품과 알랭 들롱의 주요 작품을 수집했던 우리 아버지의 오래된 비디오테이프 정도가 전부였다.

"그럼, 이제 유명해진 거야?"

"아니, 그 정도는 아니야."

"길거리에서 사람들이 막 사인해달라고 그래?"

"한두 번 그런 적은 있었지."

"그게 다야? 더 없었어?"

"없었어. 하지만 요즘에는 사람들이 조금씩 알아보더라. 예를 들면 어제 저녁 파리 공항에서 탑승하기 바로 전 짐 검사할 때 여승무원 한 명이 나를 알아보더라구. 그리고 비행기 탔을 때 기장도 나를 알아보고는 비즈니스 석으로 옮겨주기까지 했어."

"그래?"

드디어 구체적인 이유를 설명할 차례가 왔다.

"응, 그런데 그게 흑심이 있었더라구. 비행하는 동안 나한테 작업을 걸더라니까. 메일 주소랑 뭐 그런 걸 물어보잖아."

"게이였단 말이야?"

"그래."

"우웩!"

밝은 노란색으로 칠해진 집의 커다란 남쪽 벽이 길가 저 멀리에서부터 눈에 들어왔고, 그 위에 토마 막 폴라의 이니셜인 TMP가 각각 1미터 50센티미터 정도 크기의 네온관으로 새겨져 있다. 나는 그런 사소한 것으로 형을 판단했을 백인의 수를, 형이 벌여놓은 자그마한 여러 가지 사업을 굴러가게 하기 위해 오프로드 차량으로 태우고 다녔을 관광객의 수를, 형과 악수를 하면서 분명 '이 사람 터무니없이 거만하구먼. 자기가 뭐라도 되는 줄 아는 모양이지? 자기 집 앞에 이니셜을 새겨놓다니 정말 웃기 놈이야. 아프리카 독재자 같잖아.' 라고 생각했을 예전의 동업자와 타지에서 온 초대 손님의 수를 헤아려보았다.

그리고 '그런데 형은 저게 별 도움이 안 된다는 걸, 형 이미지에 해가 된다는 걸 모르는 걸까?' 라고 생각하는 내 자신이 몹시 원망스럽기도 했다. 그것은 두 가지 이유에서였다. 우선 형은 미적 감각이나 자부심과 도덕심에 관해 서양의 규범이 변하는 것에 맞춰 자기 고향에 있는 자기 집에서 자신의 취향을 바꿀 필요는 없었으니까. 형은 자신의 이름, 가족의 이름, 자기 아버지의 이름, 장남이자 권위 있는 가장이라는 자신의 위치를 자랑스러워했고, 자기 자신을 높이 평가하는 것이 형의 문화에서는 죄악이 아니라 그 반대였으니까. 그리고 역설적이게도 백인들이 형 뒤에서 수군거리는 것들이 형이 백인들에 대해 키워왔던 모든 콤플렉스를 넘어서 형을 진정 자유로운 남자로 만들었다는 것을 본인은 모르고 있었으니까.

특히 나 자신이 이 이니셜을 우스꽝스럽게 생각한다는 것이 원망스러웠다. 내가 본능적으로 백인들처럼 생각한다는 것이 원망스러웠다. 내가 형과 비슷하기 때문에 형을 이해하는 것이 아니라 자기암시라는 엄청난 노력을 해야만 이해할 수 있다는 것이 원망스러웠다.

마찬가지로 정원에 들어섰을 때 형의 정원이 그 지역에 사는 백인의 정원과 다른 점이 본능적으로 눈에 들어오는 것이 원망스러웠다. 보통 콩코르딘에 사는 백인 거주민의 정원에는 자동차가 들어갈 자리가 정확히 마련되어 있었고, 정기적으로 울타리 벽을 다시 칠하고 나무들을 손질했으며, 장마철에 물웅덩이와 진흙탕이 생기지 않도록 땅을 덮는 잔디나 자갈밭이 있었고, 자동차 수리에 필요한 각종 도구와 부품을 넣어두기 위해 자물쇠로 잠그는 창고가 있었다. 그리고 모든 것은 하루 최대 10시간 일하도록 노동청에 신고가 되어 있고, 공무원보다 두 배나 많은 월급을 받으면서 전기가위나 2~3미터짜리 호스, 네모난 빈 휘발유통이나 0.5리터짜리 오일통을 여기저기서 슬쩍 빼돌릴 수 있는 솜씨 좋은 경비원이자 정원사인 남자가 도맡아서 항상 그 상태를 유지했다.

매일 물로 깨끗이 닦아 잘 보이도록 현관 앞에 있는 공간에 줄세워놓은 자동차들과 4륜 오토바이, 실외기 아래로 물이 뚝뚝 떨어지는 작은 에어컨 상자, 재활용이 안 되는 고철이 여기저기 널려 있는 광, 비늘 모양으로 칠이 벗겨진 담벼락 아래에 넓게 퍼져 있는 곰팡이, 관리인들이 모퉁이에서 피웠던 화덕의 재, 낡은 타이어 더미, 수리해야 하는데 손도 대지 않은 채 테라스 앞에 놓아둔 구형 접시 안테나, 앙상한 팔걸이의자, 예비로 놓아둔 기름통, 마당을 검게 더럽히는 휘발유 기름 자국이 있는 형의 정원은 다른 사람들보다 조금 더 부르주아인 콩코르딘 사람의 여느 정원과 흡사했다.

일반인보다 조금 더 부르주아인 콩코르딘 식구들은 백인들보다 집 안을 깨끗이 청소하고 위생적으로 유지하는 방법을 더 잘 알고 있으면서도 자신들이 부리는 사람에 대해서는 백인들만큼 배려를 하지 않는지라, 이 집의 정원과 테라스는 옛날부터 저택에 상주하면서 일주일 내내 상시 부역을 제공하고도 급료로는 고작 1년에 한 번 가족을 방문하러 갈 때 쌀 포대나 택시 브루스 표를 받는 게 전부인 두세 명의 가정부가 하루에도 몇 번씩 번갈아가며 쓸고 닦았다. 생색 한번 내는 법 없이 형과 벤의 아이들을 정성스레 돌보고 재우고 먹였던 것처럼, 매일 아침 10시에 간식을 챙겨서 아이들을 학교에 데려다줬던 것처럼, 낮 12시에 아이들을 학교에서 데려오고 오후 5시에 간식을 준비해주었던 것처럼, 아버지와 큰어머니가 일주일 혹은 이주일씩 큰형 집에 머물 때마다 늙어가는 별난 아버지의 극히 사소한 변덕과 큰어머니의 비위를 맞췄던 것처럼, 큰어머니의 철두철미한 감시하에 매일매일 집 안 모든 방의 바닥과 창문을 청소하고 두 개의 욕실을 문질러 닦고, 하루에 두 번 모든 가구와 식기의 먼지를 닦고 하루에 세 번씩 잔뜩 쌓이는 평균 여덟 명분의 더러워진 접시와 컵을 비롯해 식기와 매 식사 때마다 그라탱을 해먹은 기름진 냄비와 프라이팬을 씻고 정리하고, 여덟 명이 쓰는 모든 이불과 베갯잇을 매주 바꾸었던 것처럼 가정부들은 하루 종일 정원과 테라스를 정성스럽게 쓸고 닦았다. 그들은 우리 식구들의 옷을 빨아 주방 뒤꼍에 매어놓은 줄에 널어 말려 다림질하고 향수를 뿌려서는 무엇 하나 흠 잡을 데 없이 완벽하게 정리해놓았다. 주방에서는 요리사가 장을 봐와서는 아침 8시부터 흰콩을 고르고 야채와 과일을 다듬고 쇠고기나 염소고기를 정성껏 소스에 절여놓았다. 콩코르딘에서는 가혹한 사회석 위계질서가 자존심이자 자기 찬양과 같은 것이었기 때문에 잠시 머무르다 가는 외국인들 이외에는 어느 누구도 이런 것들을 충격으로 받아들이지 않았다.

들어서자마자 선글라스를 벗어 든 에메르손을 따라 나는 거실로 들어갔다. 텔레비전이 켜져 있는 가운데, 모두가 느슨하고 지루한 분위기 속에서 텔레비전에 곁눈질을 하고 있었다. 더운 바람이 문틀에 고정되어 있는 투명한 대형 커튼을 느긋하게 부풀리고 있었고, 점심에 먹고 남은 음식들이 냄새를 풍기는 가운데 가정부들이 저 안쪽에서 나의 일거수일투족을 지켜보고 있었다. 밖에서는 빗자루가 굽도리 널에 부딪히는 소리가 들렸고, 거실에는 석고로 된 두 개의 작은 그리스풍 이동식 기둥과 소파 위에 수놓아 걸어놓은 프라고나르의 〈책 읽는 여자〉, 위풍당당한 TV 세트 위에 늘어선 전투 대형으로 정리되어 있는 《리더스 다이제스트》 모음집, 컬렉션으로 나온 아가사 크리스티 전집, 《다빈치 코드》 영문판과 미셸 몽티냑의 《나는 먹으면서 살 뺀다》와 같은 장식품들이 흉물스럽게 떡 하니 자리를 차지하고 있었다.

리슈테르의 당신 집에서처럼 큰아들 집에서 편하게 지내고 계시는 아버지와 큰어머니가 보였고, 형과 벤, 파트리시아와 마를렌 외에도 두 개의 소파 중 하나에 양복을 입은 낯선 남자 한 명이 아버지 옆에 앉아 있었는데, 잔뜩 흥분한 채로 지나치게 골몰해 있는 모습이 남자들 사이에서 심각한 토론이 벌어지고 있음을 말해주고 있었다. 구명 튜브를 찾듯이 눈으로 찾아 헤맸지만 그 자리에 없었던 마리-파스칼을 제외하고는 그곳에 있던 모든 사람들이 내 쪽으로 고개를 들었다.

난 별 의미 없는 미소를 지어 보이고는 예의바른 초대 손님이면 누구나 그렇듯이 지나다니는 데 방해가 되지 않도록 가방을 벽에 나란히 기대어놓았다. 누군가 텔레비전의 소리를 줄였고, 이 집에서 내가 더 이상 이방인이 아니라는 것을 보여주기 위해서 나는 망설이지 않고 곧장 아버지 쪽으로 몇 발짝 움직였다. 아버지는 담배를 입에 문 채 "아, 앙투안!" 하며 무슨 연극이라도 하듯이 한 마디 던졌다. 눈에 띄게 피곤해 보이고 니코틴 중독으로 초췌해진 모습에도 불구하고 갈채라도 받으려는 듯 일어나서 평소처럼 나를 따뜻하게 안고 가족 상봉의 기쁨을 제대로 보여주었다. 그러고는 바로 소파로 돌아가 앉아서는 다시 멍한 표정이 되어버렸는데, 가식적으로 보여준 아버지의 열정이 너무나 짧았기 때문에 실망감이 드는 건 어쩔 수 없었다. "괜찮으세요? 여기 계시니까 좋으세요? 다들 잘 돌봐드리나요? 뭐 필요한 거 없으세요?"라는 내 질문에 아버지는 공들여 준비한 몹시 괴로워하는 표정으로 이렇게 답하는 듯했다. "아니, 괜찮지 않아. 하지만 그런 말은 하지 않으련다. 그리고 네가 내 건강을 걱정해주는 것도, 내 입원비를 내준 것도 고맙지 않아. 그런다고 내가 허리라도 굽힐 거라 생각하면 오산이다. 왜냐하면 난 바위 같은 사람이니까. 왜냐하면 내 나이 이제 일흔이 다 되었지만, 나에게도 어린 시절과 젊은 시절이 있었고 나름 화려한 이력이 있었거든. 어린 시절 내가 당한 모욕에 대해서는 이제까지 한 마디도 하지 않았지만 무덤까지 가지고 갈 생각이다. 백인 학생들이 다니는 학교에 들어갈 수 있을 정도로 좋은 성적을 받는 날부터 학교에서 앞이 막힌 신발을 신을 권리가 있었던 가난하고 '발전된' 식민지 시대의 어린 시절이었지. 1947년 4월에 찍은 학교 사진을 보면 30여 명의 백인 학생들 중 유일하게 나만 흑인이야. 1956년 우리 축구팀은 남태평양 배 쟁탈전에 참가하여 승리를 거뒀었지. 나는 60년에 우리나라가 해방이 된 후 프란츠 파농[30]과 얼마간 서신을 주고받기도 했어. 파리에서 유학생활도 했고, 61년에는 씨앙스-포[31]에서 학위도 받았지. 콩코르딘의 부활, 민족적 긍지, 이겨내야 할 식민지의 충격과 되찾아야 하는 정체성, 공산주의적 해결책에 대한 글도 썼고, 리슈테르 대학에서 강연도 했었단다. 65년에는 베이주州 국회의원 첫 임기를 맡았었는데, 그때 도리스를 만나 가정을 꾸렸고 토마가 태어났다. 71년 파워스 정권하에서는 국무장관을 지냈다. 파리에서 네 엄마를 만나게 되어 네가 태어났지만, 물론 네 엄마 말고도 수없이 많은 여자들을 만났었다. 너처럼 나로부터 합법적으로 인정받지 못한 자식이 한두 명 더 태어났지만, 난 그 비밀도 죽을 때까지 간직할 생각이다. 파스토르 정권하에서 74년에 옥살이를 하고 사면을 받았지만 파산을 하는 바람에 생페테르로 유배를 가게 됐지. 엑슨 사우스 인디스의 인사부에서 몇 년을 일하고 나서 파스토르가 와해되자 리슈테르로 돌아와 의회로 돌아가서는 84년까지 윌리엄슨 정권하에서 두 번째 직위로 예산부 일을 담당했었지. 맞아, 그해에 에메르손이 태어났어. 상

---

30) 프란츠 파농(Frantz Fanon, 1925~1961)은 프랑스의 심리학자, 철학자, 혁명가이다.
31) 시앙스 포(Science-Po)는 파리 정치학교로, 프랑스의 엘리트 양성기관인 그랑 제콜 중 하나이다.

원의원을 지낸 후 99년 랑브르데트의 쿠데타가 일어나기 전까지 번영을 되찾은 듯했었고, 심지어 나는 대통령 선거에 진출할 의사까지 보였단다. 암에 걸리는 바람에 스위스에서 항암치료를 받은 후부터는 개인적으로나 재정적으로 쇠퇴기를 걷기 시작했지만 말이다. 다소 어긋난 야망, 술책, 타협, 배신, 공공자금의 횡령, 뇌물과 비겁한 행위로 점철된 인생을 보낸 게지. 격투를 벌이기 위해서 그리고 격투가 진행되는 중에도 무당과 성자들 간에 결탁이 이루어졌고, 92년 트라비스의 암살에도 물론 자금줄을 댔었지만 내가 살아 있는 한 아무도 확신하지 못할 게다. 모욕을 당한 적도 여러 번이고, 여기저기서 부당 이득도 취했었지. 이 모든 걸 불평 한 마디 하지 않고 겪어낸 지금은 말이다, 더 이상 내 세상이 아닌 신세계가 되어버렸어. 결국 국가와 체계가 나를 추월해버리는 시기가 된 거라고, 은퇴할 시기가 되어버린 거지. 선임자들이 당연히 가져야 하는 이 휴식이라는 게 아직 생생한 늙은 독재자를 격리시키고, 어떤 활동도 하지 못하게 강요하고, 수동적으로 만들고, 권태롭게 만들고, 독살스럽고 변덕스럽게 만드는 그런 시대가 된 거야. 우리 세대의 별 볼일 없는 녀석들 두세 명이 아직도 가끔씩 차렷 자세를 하며 나를 '장관님'이나 '의원님'이라는 호칭으로 부르는데, 시림들이 나뿐만 아니라 다른 사람에게도 부여하는 이 모든 허풍스런 호칭을 들으면 내 가슴은 여전히 두근거린다니까. 이 모든 험난한 세월을 견뎌내는 동안 나에 대한 도리스의 마음은 변치 않았지만 상처를 받았을 테고 복수심이 생겼겠지. 합법적인 자식으로 인정은 받았지만 태어나면서부터 내 독재주의와 이기주의에 짓밟혀온 세 명의 내 아들들과 내가 미리 물어보지도 않고 ― 거의 1년에 반을 ― 집에 와 있을 때마다 탐탁지 않을 텐데도 나를 참아내고 존중할 수밖에 없는 내 며느리들에게 관심을 강요하고 자잘한 것까지 보살핌을 받고 있지. 오로지 손자들에게만은 한없이 부드러워져서 때로는 그녀석들이 나에게 버릇없이 굴어도 너그럽게 받아주는 내 모습에 너희들 모두가 어리둥절해하지. 요즘에는 앙투안 너도 나에게 존경과 관심과 사랑을 보여주더구나. 어쨌거나 앙투안 네 가치와 성공은 내 잘 알지만, 그렇다고 해서 너에게 엄지손가락을 들어 보일 만큼 내가 그렇게 호락호락하지는 않을 게다. 왜냐하면 난 자존심이 있으니까. 왜냐하면 난 나니까. 그리고 또 어쩌면 나는 네가 흑인이라기보다는 오히려 백인이라고 생각하니까. 사실 넌 반은 백인이니까 흑인이 아니잖니. 이런 이유 때문에 나는 너를 증오하면서도 찬미하지. 네 아버지인 것이 자랑스럽기는 하지만, 너는 절대 다른 형제들과 같을 수가 없어. 그리고 이제 이 모든 것을 겪은 넬슨 막 폴라는 불평을 하지 않을 의무와 함께 침묵을 지킬 권리가 있단 말이다. 비록 모든 사람들이 내 눈빛 저 깊은 곳에서 **내가 죽은 후에 무슨 일이 일어나건 알 바 아니다**라는 표현을 읽어낼 수 있다고 하더라도, 비양심적이라 해도 나는 너희들 그 누구에게도 아무 말도, 죽을 때까지 아무 말도 하지 않을 게다."라는 식으로 말이다.

완벽한 수동성으로 비유되는 자신의 모습을 부인하려고조차
하지 않는 큰어머니는 좀더 떨어져 있는 식당 안에 놓여 있는 니
스 칠한 나무 식탁에서 쿠션을 깔고 팔꿈치를 댄 채 소처럼 앉아
있었다. 가족 내에서의 지위와 나이, 무게로 인해 큰어머니에게
는 내가 다가갈 때 자리에서 일어난다거나 눈을 들어 쳐다보는
최소한의 노력조차 면제되어 있었으므로 내가 다가가서 고개를
숙여 안아드려야 했지만, 큰어머니가 나에게 생기 없는 의연한
태도를 보이는 것은 본인의 의지가 아니라는 것을 알고 있었다.
그건 큰어머니가 손끝으로 조화가 꽂혀 있는 꽃병의 깔개를 신경
질적으로 만지작거리는 모습으로 추측할 수 있었다.

"꼼웨 요, 마망?"[32]

꼭 그래야 하는 것처럼 큰어머니를 '마망' 이라고 부르면서, 꼭
그래야 하는 것처럼 적당한 애정과 존경심으로 안아드렸다.

통통하고 단단한 몸을 적당히 힘주어 안을 때마다 큰어머니의
심장이 가볍게 빨라지는 걸 느끼는 게 좋았고, 아버지의 영광스
러운 시기만큼 최악의 비밀을 함께한 지난 40년간 학대받은 여성
스러움이 여전히 메아리쳐 울리는 게 좋았고, 자기 몰래 그것도
백인 여자와 아이를 낳았다는 원망이 잠시나마 흐려지는 게 좋았
다. 나도 잠시 동안이기는 하지만 큰어머니가 본인이 보여주려고
하는 만큼 실제로 나쁜 사람인지, 큰어머니가 보이는 악의의 선

천적인 부분과 후천적인 부분이 정확히 어디까지인지 늘 자문할 정도였다.

마를렌과의 관계는 달랐다. 마를렌에게는 네 살이라는 나이 차로 인해 늘 내게 부여되는 약간의 지배력을 한껏 만끽하며 애매한 감정 없이 웃어 보였다. 그녀는 지나치게 짧은 원피스가 엉덩이 위로 올라가지 않도록 두 손으로 조심스럽게 잡고 일어나서는 파운데이션과 갓 땋은 인조 머리털 냄새를 풍기며 나를 안았다. 최근 젊은이들 사이에서는 원피스와 땋은 머리가 유행이었다. 그녀 또한 유행을 따르고 있었는데, 서른한 살이라는 나이가 유행을 완전히 포기하기에는 좀 이르기는 했다. 사실 요즘 슬슬 살이 붙기 시작하고, 걱정이 있을 때면 미소가 억지웃음이 되고마는 그녀에게서 스무 살 안팎이었을 때는 그녀도 도발적인 여자였고, 나이트클럽을 드나들며 옷을 사들이고, 남자들 특히 미국인 선원들을 사귀면서 두세 번의 낙태를 했다는 상상을 하기는 힘들다.

그 이후 벤과 우리 부모님을 만나 학업을 중단한 뒤 벤과 결혼하면서 방황을 끝내고, 로비를 낳고는 주유소를 관리하며 시간을 보내고, 그 뒤 테리를 낳은 후에는 살림에만 전념하고, 나름 이름 있는 집안의 며느리로서 시어머니에게 대항할 권리도 대꾸할 권리도 갖지 못하는 그녀 모습과 맹목적인 연대감에서 "그런 바보 같은 소리 하지 마. 어쨌거나 내 아버지이고, 내 어머니야."라고 소리치는 벤의 모습이 그려졌다. 리슈테르에 있는 시댁 식구들과 함께 주일에 교회에 가서 예배를 보고, 가족끼리 식사를 하고, 포르-가르시아에서 자기 가족끼리 일요일에 식사를 하고, 크리스마스와 가족들 생일을 챙기고, 몇 킬로그램 더 살이 붙고, 옷에는 더 이상 관심을 갖지 않게 되고, 더는 남자들의 시선을 끌지 못하게 되고, 좋은 남편인 것처럼 자기 아내들과 외출한다는 인상을 주려는 세 명의 남자와 두 명의 동서와 함께 1년에 한 번 나이트클럽에 가고, 가타부타 말할 권리도 없는, **뭐가 불만이야? 돈도 있고 자동차도 있고 다 있잖아. 네가 원하는 건 다 가졌잖아. 우리 가족이 없었으면 네가 어떻게 됐을지 알지?**, 그리고 서른 살이 되자마자 열다섯 살은 더 나이 들어 보이게 되고, 꿈은 벌써 오래전에 사라져버렸고, 이상하게도 그렇게 싫어하는 시어머니의 얼굴 표정을 닮아가기 시작한, 그건 세대교체가 확실히 이루어진 악순환이지만 그런 모습의 그녀가 머릿속에 그려졌다.

마지막으로 소파 끝에 파트리시아가 앉아 있었다. 짐작컨대 아무 생각 없이 골랐을 어깨가 훤히 드러나는 옷을 입고 있었다. 자기와 인사할 차례가 되자 그녀는 내게 5년 후 에메르손과 결혼해서 아이를 낳고 나면 더 이상 자신을 허락할 수 없을 것이라는 순진함을 가장한 눈짓을 다른 사람들이 알아차리지 못하게 살짝 보내면서 일어났다. 내 입술에 키스하고 싶은 유혹을 뿌리치기라도 하듯이 어린아이같이 성급하게 자기 볼의 끝부분, 거의 귀를 내밀다시피 하면서 내 볼에 입맞춤할 때는 감격에 겨워 한껏 미소 짓고 싶은 것을 억누르고 있음이 느껴졌다.

마를렌과 큰어머니의 눈에도 조금은 그렇게 비춰지듯이 파트

175

리시아의 눈에는 내가 일종의 접근할 수 없는 꿈, 잘생기고 부드럽고 정중하고 멋있고 부자인데다 무엇이든지 다 있는 꿈의 나라에 살고 있는 남자로 구현되는 것이 기분이 좋았다는 것을 인정하지 않을 수 없다. 남자는 다 거칠고 마초가 아니라는 것을 보여주는 증거가 되는 게 좋았다. 다른 모든 남자들을 구제하는 동시에 밀쳐내는 남자로, 법칙을 확정짓는 예외로 통하는 것이 좋았다. 그들의 절망을 강조하고, 내 형제와 아버지를 헐뜯어서라도 그들을 조금은 꿈꾸게 만드는 것이 좋았다.

파트리시아와의 인사가 채 끝나기도 전에 나는 남자들이 앉아 있는 소파 쪽으로 고개를 돌렸다. 특별한 애정이 없는 눈길로 나를 바라보고 있다가 내가 그렇게 빨리 고개를 돌리라고는 전혀 예상치 못했던 형과 벤 그리고 아버지 셋은 마치 아무것도 보지 않았다는 듯이 한 치의 오차도 없이 기계처럼 동시에 발치에 놓인 작은 탁자 위의 흩어져 있는 서류 쪽으로 시선을 떨구었다.

"정말? 형이 선거에 나간다구요? 유세도 하고? 그거, 멋지네!"

다른 말은 생각이 나지 않았다. 시장이 된 형이라, 도저히 상상할 수가 없었다. 어쨌거나 NYPD라고 쓰여진 후드티셔츠에 금목걸이, 박박 민 머리에 헤비급 권투 선수 같은 체격의 형은 믿음직한 시장의 모습은 아니었다.

"그래."

왠지 모르게 형이 내 말에 대꾸를 하지 않음에도 불구하고 나는 계속 대화를 이어나가려고 애쓰고 있었다. 자아도취적인 도전에서 그런 것일까? 아니면 진짜 형과 가까워지고 싶다는 명목에 의해 그런 것일까? 비록 형보다는 내가 스스로에 대해 더 객관적인 시각을 가지고 있고, 더 교양이 있었지만 그가 내 형임에는 변함이 없었고, 고집 세고 양보할 줄 모르는 형이지만 그런 형의 성격과 능력이 나를 매료시켰고, 형의 환심을 사고 싶은 마음이 들게 했다.

"그럼……."

앉으라는 말이 없었는데도 일단 내가 좀 어설프게나마 다른 사람들과 함께 소파에 자리를 잡자 양복 차림의 남자가 다시 형에게 말을 걸었다.

"그럼, 위 멕 윗 봇 지 티-셔츠?"[33]

"바르나비, 자네 프랑스어로 이야기할 수 없나?"

아버지가 한 손으로 거침없이 나를 가리키면서 그 남자에게 나무라는 태도를 보이며 끼어드셨다. 그런 식으로 내가 크레올어를 모른다는 것을 강조함으로써 나를 시험에 들게 했던 것이다. 내 자신을 변호하고 싶었던 나는 바로 대꾸했다.

"노 프웝, 서. 유 톡 설민 콤 유 원트. 뮌 세 더스틴 크레올. 뮌 파 리 톡 웰 밧 뮌 더스틴 프웨티 굿."[34]

"티셔츠에 관해서 말씀드리면."

큰형은 나를 궁지에 빠뜨려 꼼짝 못 하게 하기 위해서 굳이 프랑스어로 말했다.

"티셔츠에 관해서 말씀드리면 두 가지 종류가 있었어요."

---

33) "티셔츠 가격이 얼마나 하지?"
34) "괜찮아요, 아저씨. 편하게 말씀하세요. 저 크레올어 알아들을 수 있어요. 말은 잘 못하지만 이해는 꽤 잘하거든요."

"맞아요."

실력 있는 선거운동 보좌역을 하고 싶어하던 벤이 말을 받았다.

"두 종류 다 사진하고 슬로건을 프린트한 거예요. 첫 번째 건 좋은 면으로 된 건데, 천 개 이상 만들면 한 장당 2달러 10센트예요. 그리고 두 번째 건 덜 질긴데 한 장당 1달러 20센트구요."

"두 번째 걸로 내일모레까지 천 장 주문했어요."

형이 말했다.

"왜 첫 번째 걸로 하지 않았니?"

구석에 앉아 계신 아버지가 투덜거리셨다. 그러고는 몸을 일으켜 형 쪽으로 고개를 돌리셨다.

"넌 사람들이 바보인 줄 아니?"

분명 나에게 깊은 인상을 심어주려는 듯 **바보**라는 말을 프랑스 사람들이 하는 것보다 더 프랑스어답게 발음하려고 하면서 화를 내셨다.

"콩코르딘 사람이라면 옷의 질이 어느 정도인지 알 수 있다는 것을 알고 있잖니. 그걸 좋아한다는 걸 말이다. 좋은 소재로 만든 옷을 입고 모양내는 걸 얼마나 좋아하는데. 그 사람들에게 중요하다는 걸 알면서, 왜 그들에게 두 번째 티셔츠를 입히려는 거냐? 선거에서 지고 싶다, 이거냐?"

형은 화를 참으며 대답했는데, 이런 참을성은 아버지 앞에서만 보이는 모습이었다.

"그게 아니구요, 아버지. 티셔츠에 돈을 덜 쓰면 그 차액을 다른 곳에 쓸 수 있으니까요. 예를 들어서 음향에 쓸 수도 있고, 아니면 현수막을 추가로 더 만들 수도 있구요."

아버지는 약간 빈정대는 미소를 지었다.

"푸……. 네 스폰서라는 게 고작 그 정도냐? 천 달러 주면서 감 놔라 배 놔라 별 참견 다 해대는 놈? 그런 구두쇠랑 어울리다니 넌 아직 성공할 준비가 안 된 게로구나. 옛날에 행사를 주최할 때는 백인들이 우리한테 얼마나 인심이 후했는데……."

이렇게 내뱉는 말을 듣고 있자니 아버지에게 여러 가지 이야기를 하고 싶었다. 우선 "근데 아버지는 왜 늘 이런 식으로 우리가 하는 일은 죄다 훼방놓고 싶어하시는 거죠? 아버지는 아버지 시대를 살았으니까, 이제 우리 일은 우리가 알아서 하게 놔두세요."라고 말하고 싶었다. 또 "어쨌든 아버지의 야유는 자신의 질투와 무력함을 나타낼 뿐이라구요. 형의 선거운동에 단 한 푼이라도 내놓으셨어요?"라고 말하고 싶었다. 하지만 무엇보다도 "근데 아버지가 생각하는 백인들의 나쁜 점을 왜 그들 앞에서는 한 번도 말씀하지 않으시죠? 백인들을 있는 대로 비판하시지만, 사실은 두려우신 거잖아요. 세상에 둘도 없는 멍청이들이 있을 때에도, 제가 있을 때에도 제가 무슨 스쳐 지나가는 이방인인 것처럼 아버지는 기회만 생겼다 하면 아버지와는 전혀 어울리지 않는 건방진 파리 젊은이들의 억양을 흉내내면서 트럼프를 꺼내고, 반과거 접속법을 쓰고, 라마르틴 작품을 낭송하고, 지스카르 데스탱[35] 흉내를 내고, 파리 중앙시장에서 양파 수프를 먹던 지나간 아름다운 시절을 그리워하는 척하고 싶어하시면서 왜 그들 뒤에서는 이렇게까지 열을 올리시는데요? 아버지 자신이 웃음거리가 되고 있다는 걸 모르시겠어요? 어떡해서든지 그들의 웃음과 찬탄을 끌어내려고 코가 바닥에 닿을 정도로 납작 엎드려 계시다는 걸 모르시겠냐구요? 아버지한테 쏟고자 하는 그들의 관심에 너무나 고마워한다는 걸 그들에게 보여주려고 안달이시잖아요? 밥 말리가 노래했던 **정신적 노예**라고 다른 사람들에게는 그렇게 자주 지적하시면서 정작 아버지 자신이 그렇잖아요. 아버지, 아버지가 넘버원이라구요. 분명 초등학교 때부터 한 번도 그 상태에서 벗어난 적이 없으셨겠죠. 비극이네요. 현기증이 날 지경이에요. 그런 생각을 할 때마다 때로는 울고 싶은 마음마저 든다구요. 그렇긴 하지만 제길, 노력을 좀 해보세요. 뭔가 좀 해보시라구요. 적어도 우리를 위해서 말이에요!"라고 말하고 싶었다.

"봇 지 뮤직 알로?"[36]

바르나비가 말했는데, 프랑스어로 말하기가 힘든 게 분명했다.

"봇 지 뮤직, 보좃 라베 타완제 위드 레 파르티잔?"[37]

"네, 그쪽에서 좋다고 했어요. 그저께 가수랑 통화까지 해서 확인했거든요. 이제 남은 건 관광버스 기사가 기름값을 선불해달라

---

35) 발레리 지스카르 데스탱(Valéry Giscard d'Estaing)은 프랑스의 정치인으로, 1974~1981년까지 제5공화국 20대 대통령을 지냈다.
36) "그럼, 음악은 있니?"
37) "음악은 레 파르티장과 이야기가 된 거냐?"

는 문제인데. 어떡하지, 형? 기사한테 50달러 줄까?"

"왜 쿨 제가한테 부탁하지 않았니?"

다시 아버지가 끼어드셨다.

"쿨 제가는 프리드릭 쪽에서 공연할 거예요."

속상해하는 눈으로 형의 반응을 살피면서 벤이 안타까워했다.

"하지만 레 파르티장도 괜찮아요. 사람들한테 꽤 많이 알려졌거든요."

"하!"

아버지가 일그러진 미소를 지으며 짧게 탄성을 질렀다.

"쿨 제가가 프리드릭 쪽에서 뛴다고? 하! 그럼 말이다. 톰, 만약 쿨 제가가 프리드릭 연단에 오른다면, 너는 바로 관두도록 해라! 요 라카 설민 텍 라 펠, 스탓 크러제 지 홀 에 탈론제 디렉 인사이드!"[38]

아버지는 몹시 즐거워하고 계셨다.

"네, 하지만 저희는요, 아버지. 저흰 바비큐도 한다구요."

벤이 그 누구도 따라올 수 없을 만큼 진지하게 자신을 변호했다.

"제일 먼저 오는 500명에게는 소시지를 일인당 하나씩, 여섯 명 이상 되는 가족에게는 하나씩 더 준다구요. 프리드릭한테는 쿨 제가가 있을지 모르지만 소시지는 없잖아요. 그쪽에는 먹을 걸 아무것도 제공하지 않는다구요, 아무것도요!"

---

38) "넌 그냥 삽 들고 너 들어가 누울 자리나 파지 그러니!"

무거운 침묵이 흐르지 않을까 걱정이 되었다.

"형, 내가 뭐 도울 수 있는 일 있어요? 잘은 모르지만 비디오 프로젝터나 대형 스크린을 준비해서 뮤직비디오나 애니메이션, 축구 경기 하이라이트, 뭐 그런 거 보여주면 어떨까요? 연설 중간에 그런 거 틀어주면 괜찮을 거 같은데. 여기 사람들 그런 거 좋아하잖아요, 안 그래요? 거기에 필요한 물품 대여는 내가 도울 수 있어요. 아니면 다른 필요한 거 있으면 말해요. 나도 조금이라도 도움이 될 수 있다면 기쁠 것 같아서요."

특히나 행사 주최에 관해 가르침을 준다는 그런 인상은 주고 싶지 않았으므로 나는 슬쩍 흘리듯이 아주 겸손하게 제안을 했다.

모두 아무 말이 없었는데, 이런 분위기는 그런 종류의 자세한 것들에 대해 미리 생각하지 못했다는 당혹감과 이런 당혹감을 과연 그러한 것들이 필요할까라고 의심하는 듯한 태도로 보이게 하려는 의도를 동시에 보여주는 것이었다.

"생각 좀 해보자구."

자신의 의견을 말하기 위해 분명 형의 반응을 기다리고 있던 벤이 둥멍스럽게 대꾸했다.

아버지는 나를 자랑스러워할 타당한 이유가 있을 때마다 그랬듯이 집요하게 내 시선을 피하려고 애쓰고 계셨다.

"그럼, 넌?"

마침내 형이 내 쪽으로 몸을 돌리며 말했다.

"너 말이야, 뭘 좀 할 수 없을까?"

"뭘 하다니, 무슨 말이에요?"

"연극이나 즉석 공연, 그런 거 있잖아. 네가 그걸 뭐라고 부르는지는 모르겠지만. 넌 배우잖아, 안 그래?"

형의 말을 들으니 벌써부터 맥이 풀려버렸다. 형이 시장으로 선출되는 데 보탬이 될 만한 재미있는 뭔가를 생각해야겠다는 의욕도 없었고, 잘 해낼 자신도 없었다. 관중들 앞에 선다는 그 자체가 두려웠던 것이 아니라, 앞에 있을 관중들이 사용하는 언어를 내가 제대로 구사하지 못하는데다 내가 하는 공연의 콘셉트가 너무나 프랑스적이고 너무나 파리식이라 그들을 즐겁게 해줄 수 없을 것이라는 게 문제였다.

"어, 문제없어요."

그럼에도 불구하고 나는 당연하다는 듯이 미소지었다.

"다만, 미리 생각할 시간이 좀 필요해요. 하지만 문제없어요. 당연히 해야죠. 그런데 연설이 언제인데요? 내가 파리로 돌아가기 전이어야 할 텐데."

"토요일이야."

"아이쿠, 어떡하나. 난 18일에 떠나는데."

"아니, 이번 주 토요일, 12일이라구."

　사람들의 입방아에 오르내리지 않으면서 서로 조용히 이야기를 나누기 위해 마리-파스칼은 알리앙스 프랑세즈의 카페테리아라는 중립적인 장소에서 만나자고 했다. 이곳은 대학과 사설 학원에서 하는 수업 외에 자신이 일주일에 12시간씩 강의를 하고 있는 곳이었다. 우리의 관계는 금지되어 있는 육체적 관계를 초월하기라도 하듯 가장 은밀한 문제에 대해 서로에게 거의 성적 흥분에 가까운 전율을 불러일으킬 정도로 솔직하게 대화를 나누는 시동생과 형수 사이였다.

　내가 먼저 진날 엘비라에게서 받은 메일에 대한 이야기를 시작했다. 단순히 "안녕 앙투안, 잠이 안 오네. 그래서 컴퓨터 앞에 앉아서 정리 좀 하고 있어. 방금 포르투갈에서 찍었던 우리 사진을 보게 되었는데, 네게 아무런 소식을 듣지 못한 지 벌써 4개월이나 되었더라구. 더 이상 편지하지 말라고 했던 건 알지만, 함께했던 시간을 생각하면 좋은 친구로 남는 게 당연하지 않을까 하는 생각이 드는데, 네가 거절한다면 강요하지는 않을게. 널 생각하며, 엘비라가."라고 쓴 메일이었다.

꽤 평범한 내용의 메일이었지만, 나는 10대 소년처럼 그 글에 사랑 고백이 숨어 있는 것은 아닌지, 후회하고 있음을 거만하게 표현한 것은 아닌지 밝혀내려고 24시간 동안 단어를 하나하나 철저히 분석하려고 애썼다. 그런 내 마음을 형수에게 숨김없이 털어놓았다.

"아마 그 메일이 쓰여진 내용 그 이상의 의미가 있는 건 아닐 거라는 거 알아요. 하지만 잠이 안 온다는 사실, 우연히 컴퓨터를 정리하다 우리가 함께 찍은 사진을 보게 되었다는 사실, 그녀가 날 떠났을 때 다시는 소식 전하지 말라고 분명히 말했음에도 불구하고 나에게 글을 써보낸 사실, 이 모든 것에 뭔가 의미가 있다고 생각하지 않으세요? 그녀가 잠을 자지 않고 나에게 편지를 쓸 시간이 있다는 건 현재 남자가 없다는 이야기이거나 혹은 자기를 실망시킨 어떤 놈을 얼마 전에 떠나보내고 나를 그리워하기 시작했다는 의미라는 걸 제외하더라도 말이에요. 그리고 '너를 생각하며'라는 말이 정확히 무슨 뜻일까요? **너를 생각하며**라, 네?"

이렇게 열을 올리는 것이 정말이지 우습다는 건 잘 알고 있지만, 너무나 복받쳐오르는 감정을 정리하기 위해서 형수에게 이야기하고 싶었다고 말했다. 다만, 4개월 동안 엘비라의 메시지가 왔는지 확인할 목적으로 하루에도 수십 번씩 메일을 열어본 내 심정을 이해해야만 했다. 끊임없이 엘비라의 메시지에 대해 생각했고, 이제야 막 메일로 소식을 받았는데 그게 나의 기대를 충족시켜주었는지 아니면 나를 더 몰아붙였는지는 알 수 없었다. 여자인 형수의 의견이 필요했다. 여자로서 어쩌면 내가 이해할 수 있게 도와줄지도 모르니까. 그게 무슨 뜻이었을까? 그게 뭐였을까? 차마 말할 수는 없지만 나에게 돌아오고 싶은 마음이 있는 건가? 사악한 장난인가? 그 메일이 초래할 수 있는 결과와 절망, 슬픔에 대해서는 전혀 생각지 않은 정말이지 순수한 동기에서 우러난 행동일까? 내가 자기에게 다시는 편지하지 말라고 분명히 말했기 때문에, 제기랄!

내 마음을 안심시켜주는 듣기 좋은 말을 해주었다면 정말 좋았겠지만, 형수가 뭐라고 이야기할지는 이미 알고 있었다. 그것이 유일하게 타당한 답변이었으니까. 형수는 자신만의 간단한 표현으로 무엇보다도 너무 헛된 기대를 가져서는 안 된다고 나를 이해시켰다. 그 메일은 전혀 아무런 의미도 없다, 친구로 남고 싶은 마음일 수도 있고 엘비라가 나에게 자신을 잊지 않게 하려는 것일 수도 있다, 그리고 거기에는 사랑의 감정이 있다기보다는 엘비라가 좀 유치하고 자기도취적인 게임 같은 것을 하고 있다는 생각이 든다. 또 너무 흥분해서는 안 된다, 너무 빨리 답장을 보내서도 절대 안 된다, 좀 시간을 끌어서 기다리게 해야 한다. 여자들과는 그렇게 해야 한다.

"너무 늦었어요. 벌써 답장을 보냈거든요. 어쩔 수가 없었어요. 그리고 어쨌거나 사랑하는 데 있어서 늘 전략적으로 보이는 법을 알아야 한다는 그런 계산이 짜증나요. 왜 그냥 자기 자신으로 남아 있을 수는 없는 거죠? 왜 있는 그대로를 받아들이고 좋아할 수는 없는 거냐구요?"

형수는 내 말에 대답하려 하지 않았지만, 그녀의 침묵은 '무슨 말을 하려는지 알아요. 이상적으로는 정말 그럴듯하죠. 하지만 어디 세상 이치가 그런가요. 불공평하지만 그게 그래요.' 라는 내용의 뭔가를 의미했다.

반면 내가 보낸 메일에 뭐라고 썼느냐고 물었다. 나는 엘비라에게 그녀에게서 '미 아모르' 나 '미 꼬라존' 이 아닌 '헬로우 앙투안' 으로 시작하는 평범한 편지, 사랑의 편지가 아닌 편지를 처음 받게 되어서 기분이 이상하다는 말로 글을 시작했다고 대답했다. 사실만을 적어서, 그러나 품위 있게 써서 보냈다고 말했다. 간단히 요약하면 그녀를 잊기 위해 노력하고 있다고 했다. 친구들도 만난다고, 일도 한다고, 웃기도 하고, 외출도 하고, 춤도 추러 다니고, 기분 전환을 위해서 여러 명의 여자들과 자기도 했다고, 그게 즐거웠다고, 황홀했다고, 더 진전된 관계를 원하는 여자들도 있었지만 그녀와 내가 함께했던 시간에 견줄 만한 건 아무것도 없었다고, 목이 빠져라 마냥 기다리며 허송세월하지 않고 인생을 긍정적으로 생각하려고 노력 중이며 그렇게 되어가고 있다고, 가끔은 하루 온종일 한 번도 그녀 생각이 나지 않는 날도 있다고, 요컨대 여전히 그녀를 사랑했던 감정이 아직 남아 있지만 상처는 없다고, 치유되고 있다고, 회복되는 중이라고.

그리고 더 위선적이게도 나는 "우정어린 관계? 뭐 그렇게 하지 못할 것도 없지. 어쨌거나 만약 다시 같이 잘해보자는 이야기라면 나는 '노' 라고 하겠어. 우리 사이에는 이미 뭔가가 깨져버렸으니까 말이야. 너에 대해 생각하면 할수록 우리가 함께였을 때 내가 생각했던 만큼 그렇게 널 알지 못했다는 생각, 내가 상상했던 것 이상으로 우리가 서로에게 이방인이라는 생각이 점점 더 많이 들거든." 이라고 썼다. 여기에는 나는 널 잃어버렸지만 그게 어쩌면 그렇게 심각한 일이 아닐지도 모른다는 뜻이 함축되어 있었다. 그런 후 나는 그녀의 생활, 직장, 학업, 우리가 같이 알고 지냈던 친구들, 가족에 대해 이야기해달라는 말로, 또 사이 좋은 오랜 친구에게 하듯이 그녀의 감정적인 측면에 대해 이야기해달라는 말로 부리나케 편지를 끝맺었다. 그런 이야기를 하지 못할 것도 없지.

사실 내가 더 이상 그렇게까지 엘비라를 사랑하지 않는지도 모른다고, 그리고 내가 생각했던 것만큼 그녀를 사랑한 적이 없었는지도 모른다는 말로 내 이야기를 마무리지었다. 그녀로 인해 내 안의 감정이 여전히 동요되는 것은 지나치게 예민한 나의 감수성이 경련을 일으키는 것과 비슷했는데, 벤과 형은 이런 나의 생각하는 방식, 표현하는 방식("넌 너무 생각이 많아, 앙투안")과 더불어 나의 이런 감상주의에 대해 기회만 있으면 그건 백인들의 속

189

성이라고 지적하곤 했었다("겉은 흑인인데, 속은 백인이라. 앙투안, 넌 정말이지 현상금감이야"). 어렸을 때나 정신 못 차리며 사랑의 열정에 푹 빠지는 거지, 이젠 더 이상 스물다섯 살 때처럼 미친 듯이 여자를 좋아할 수 없을 것 같다고 말했다.

"그리고 언젠가는 다른 것에 눈을 돌리게 되고 감정이 진정되면서 상처로부터 거리를 두게 되죠. 좀더 이성적으로 차분히 운명을 받아들이면서 다시 사랑을 하게 돼요. 물론 환상을 덜 갖게 되지만 그만큼 고통도 줄어들구요. 인생이란 게 말이에요, 이런 이유에서 보면 꽤 괜찮은 것 같아요. 다행이죠."

형수는 침묵으로 동의했지만, 내 말을 들으면서 자신도 비슷한 생각에 더 골똘히 빠져들고 있음을 느낄 수 있었다. 그러더니 형수는 애인이 생겼다는 고백을 했다. 처음에는 상대의 이름을 밝히길 거부했다.

"말할 수가 없어서 그래요. 진짜예요. 절대 말 못 해요."

형수는 프랑스 사람들이 평범한 현실에 약간의 입체감을 주기 위해 풍선처럼 말을 부풀리려고 특정 부사를 강조하듯이 그렇게 말하지 않았다. 그와는 정반대로 말이란 것이 항상 그 현실성에 미치지 못하는 것이라서 그냥 판에 박힌 표현을 쓸 수밖에 없는 사람마냥 무슨 사과라도 하는 듯한 어조였다.

형수는 프랑스에서 돌아온 후로 형이 많이 변했다고, 아버지와 그 주변의 영향으로 나쁜 버릇이 생겼다고 했다.

"우리가 낭시에 있었을 때는 그이가 얼마나 착했는데요. 정말이에요. 우리 둘밖에 없었잖아요. 난 연수를 했고, 그이는 잡다한 일들을 했죠. 우린 단순하게 살았어요. 물론 돈이 많지는 않았지만 적어도 우리만의 작은 집이 있었고, 이래라저래라 참견하는 사람도 없었고 정말 조용하게 살았어요. 우리 만나러 왔을 때 우리 사이가 얼마나 좋았는지 기억하죠?"

"하지만 두 분이 '들어온' 지 벌써 7년이나 됐잖아요."라고 말하고 싶었다. 형수는 형이 벤과 에메르손을 데리고 금요일 저녁마다 나이트클럽에 가는데 여자들은 따라오지 못하게 한다고 했다.

"셋이 갑자기 말도 없이 그렇게 비-베이로 가기로 결정해도, 밤에 들어오지 않아도 뭘 했는지 우리는 물어볼 권리조차 없어요. 비-베이에서 뭘 했는지 너무나 잘 알고 있지만, 물어볼 권리가 없다구요. 나쁜 소문이 포르-가르시아에까지 들려와요. 특히 여자들과의 잠자리에 관한 이야기는 전부 다요. 그런 경우에도 누구에게 불평해봤자 소용이 없어요. 아버님은 아무것도 알고 싶어하지 않으세요. 아예 관심조차 없으시죠. 어머님에게는 말할 필요조차 없구요. 당신 아들에 관한 일이라면 어떠신지 알잖아요. 마를렌과 파트리시아는 저보다 더 엄두를 못 내고 있어요. 그런 일에 익숙해진 거죠. 프랑스에 있은 적도 없고, 저보다 훨씬 더 순종적이잖아요. 어머니랑 언니랑 여동생들은 너무 먼 곳에 살아서 상황이 나쁠 때마다 매번 전화한다는 건 불가능해요. 전화요금이 너무 많이 들거든요. 그들이 할 수 있는 거라곤 저를 동정하는 게 고작이죠. 내가 얼마나 외로운지 도련님은 모를 거예요. 그나마 부활절, 크리스마스, 독립 기념일, 생일, 부모님 결혼 50주년 기념일 등에는 방갈로에서 주말을 보내기 위해 리슈테르에 있는 부모님을 차로 모셔와서 몇 킬로그램이나 되는 고기와 야채와 쌀을 사고, 피크닉을 위해 전날부터 준비하고, 부모님, 남편, 아이들의 옷을 준비하고, 식구들의 잠자리를 위해 이불을 준비하는 이 모든 걸 동서들에게 부탁할 수 있어서 천만다행이죠. 그런데 그게 다 누구 돈인지 알아요? 아버님이 주말 가족 모임에 단 한 푼이라도 쓰신다고 생각해요? 내 월급이 거의 통째로 들어간다구요. 마를렌 월급도 그렇구요. 매번 셋으로 나눠서 부담하기는 하지만 형이랑 내가 그나마 여유가 있으니까 우리가 제일 많이 돈을 내죠. 그게 그래요, 선택의 여지가 없어요. '부모님은 신성한 거야.' 형이 하는 말이에요. 내가 번 돈을 내 가정을 위해 내가 쓰고 싶은 대로 쓸 수 없는 형편이라니까요. 매달 수업하고 받는 130달러가 아버님 담뱃값, 트럭 기름값, 형 전화요금으로 다 들어간다구요. 게다가 내가 계속 일하기 위해서 형이랑 얼마나 싸워야 하는지 알아요? 그이는 내가 집에 있기를 바라요. 내가 포르-가르시아를 좋아하지 않는다는 거, 내가 지루해한다는 거, 친구도 없고 가족도 멀리 있다는 걸 너무나도 잘 알면서 아직도 가끔 '일이 왜 하고 싶은 거야?'라고 묻더군요. 그 사람은 내가 일하도록 내버려두는 게 무슨 대단한 호의라도 베풀어주는 거라는 인상을 주고 싶은 거예요. 난 말이죠, 약간의 자유를 얻기 위해서 힘들게 일하는데 내가 번 돈이 어떻게 생겼는지 구경조차 할 수가 없

192

어요. 언니나 여동생들은 나보고 그이를 버리래요. 아이들을 데리고 프랑스에 와서 같이 살자고 해요. 지금 당장이라도 나와 아이들 비행기 표를 보낼 준비가 되어 있거든요. 내가 형에게 지겹다고, 이혼하고 싶다고 하니까 뭐라고 했는지 알아요? '가라구. 가고 싶으면 가. 난 상관없어. 난 너 필요 없어. 하지만 미리 말해두는데 워렌과 멜리사, 그 애들은 아무 데도 못 가. 떠날 거면 아이들한테 작별 인사나 하서.'라고 하더군요. 상상이 가요? 그리고 '아이들 데리고 도망칠 생각은 꿈도 꾸지 마. 애들하고 같이 움직이면 공항에선 붙잡힐 거고, 배엔 발도 못 들여놓을 거야. 개찰구에서 이미 다 알고 있을 테니까 말이야. 내가 그쪽 사람들을 다 알고 있거든. 차 타고 도망가봤자 생트-그라스에도 못 갈 걸. 내가 경찰들을 보낼 테니까.'라고 하더라구요. 내가 얼마나 프랑스를 그리워하는지 도련님은 몰라요."

형수가 프랑스에 대해 이야기했을 때, 형이랑 같이 보냈던 4년 동안 그곳에서 얼마나 행복했는지 모른다고 했을 때, 멀어지고 보니 프랑스 사람들이 우리가 말하는 것보다 얼마나 더 개방적이고 얼마나 널 인종차별적이고 상냥하고 너그럽게까지 생각되는지 모른다고 했을 때, 나에게 분명히 "때로는 프랑스인 어머니 밑에서 자란 도련님이 부러워요."라고 말했을 때, 나는 형수가 프랑스에 대해 한 말이 틀리지는 않지만, 그래도 이 가정교육이라는 것에 대해서는 과장하거나 지나치게 이상화해서는 안 된다고 말했다. 프랑스 사회가 소위 진보라는 것을 이루기는 했지만 크게 달라진 것은 없다는 말부터, 아주 어렸을 때부터 백인 직계 가족, 다시 말해서 백인 직계 가족을 포함한 사람들이 실수하지 않으려고 무척이나 조심함에도 불구하고 혼혈이라는 것, 피부 색깔이 다르다는 것을 느끼게 된다는 말부터 시작했다.

나는 그건 아주 사소한 것에서부터 시작된다고 말했다. 예를 들어 삼촌들과 할아버지, 할머니가 식탁에서 바로 앉으라고 말할 때 같은 또래의 백인 사촌들에게 말할 때보다 감지할 수 없을 만큼 더 엄한 태도와 말투로 이야기하는 것에서부터 시작된다고 말해줬다. 더 잔인하고 더 상처가 되는 식구들의 그런 눈빛과 말들은 물론 다섯 살이란 나이에는 해독할 수는 없지만 이미 본능적으로는 그게 피부색과 관련이 있다는 것, 요컨대 백인의 머릿속에는 야만적인 태도란 분명 유전자 암호 속에 새겨져 있는 것이라 식탁에서 제대로 앉지 못하는 것이 반은 흑인인 아이에게서는 분명 뿌리 뽑기 더 어려운 것처럼 보인다는 걸 느끼게 되는 것이다. 목욕하기 싫어하는 것, 여러 사람이 있는 곳에서 너무 소리내서 웃는 것, 인상 찌푸리는 것, 상스러운 말을 하는 것, 논리가 부족한 것, 의지가 부족한 것, 기억력이 부족하거나 게으른 것도 마찬가지이다. 다섯 살이 된 혼혈 아이에게 백인 식구들은 자신의 백인 아이들과 농담하듯이 그런 농담을 하지 않게 된다.

그래서 아이는 아주 어릴 때도 이미 하얀 얼굴에 밝은색 눈과 곧게 뻗은 머리카락을 가진 이 단일 블록 앞에서 조금은 소외된다는 느낌을 갖게 된다. 그 블록 안에 있는 사람들은 각자 인류가 가장 갖고 싶어하는 신체적 특징을 선천적으로 갖추고 있음을 자신 있게 과시하고, 또 자신도 모르는 사이에 그런 자신감으로부터 힘을 얻고 자신에 대한 신뢰를 끌어낸다. 크리스마스 때 사촌들에게 주는 것과 똑같은 선물을 주고, 같은 학교에 입학시키고, 같은 피아노 수업을 듣게 하고, 같은 박물관에 데리고 가고, 가족 사진을 찍을 때 빼놓지 않고, 다른 아이들에게 하는 것처럼 안아서 간지럼을 태워도 소용이 없다. 너무 짙은 피부와 너무 짙은 밤색 눈과 너무 꼬불거리는 머리카락 때문에 그 아이 자신이 가히 백인으로 느껴지지 않는 건 어쩔 수 없는 것이다.

그리고 엄마마저 자기 편을 들어주지 않는다는 느낌이 들 때면 이 모든 게 그만큼 더 당황스럽다. 아이가 세상에서 가장 사랑하는 사람은 물론 엄마이고, 엄마가 세상에서 가장 좋아하는 사람도 물론 그 아이이다. 엄마는 아이를 버릇없게 만들고, 아이를 애지중지하고, 아이를 돌봐주고, 아무도 그 아이에게 사랑을 준 적도 없는 것처럼 사랑한다. 하지만 외삼촌이나 이모 혹은 외할아버지, 외할머니가 아이에게 "여기서는 그렇게 앉지 않아. 그렇게 앉는 걸 어디서 배운 거니?" 아니면 "아니, 우리는 그렇게 말하지 않아. 불량배들이나 그렇게 말하는 거야."라고 말할 때마다 엄마가 대수롭지 않은 일인 듯 가만히 내버려둔다는 걸, 엄마가 항의하지 않는다는 걸, 엄마가 자기 형제나 부모님에게 "앙투안한테 좀더 친절하게 말할 수 없어? 야단이야 칠 수 있지. 그 애한테 좋은 예절을 가르치는 게 식구들 역할이니까. 그런데 여기가 그 아

195

이의 집이 아닌 것처럼 왜 **여기서는 우리는**이라고 말하는 거야? 내가 너희 애들한테 **여기서는 우리는**이라고 하디?"라고 하지 않는다는 걸 확인하게 된다.

게다가 엄마가 뭐라고 따지지도 않고 그냥 가만히 있는 건 문제도 아니다. 문제는 아마 비겁함에서 비롯된 것이겠지만, 엄마가 자기 가족들 의견에 전적으로 동의하기로 결심하고는 한 술 더 뜬다는 데 있다. 사실 이따금 엄마가 그들보다 더 가혹한 눈빛으로 자신을 쳐다보고 더 상처가 되는 말을 하는 경우가 있는데 그건 자신과 너무나 닮은 사람들에게, 엄마가 나보다는 그들과 더 가깝다는 생각을 하게 만드는 그 사람들에게 대항하지 못하는 게 당연하기 때문이다. 엄마의 마음속 저 깊은 곳에서는, 비록 나무랄 데 없고 상냥한 엄마이긴 하지만 엄마의 마음속 저 깊은 곳에서는 자기를 반도 채 닮지 않은 존재를 출산했다는 생각으로 공포에 떨고 있으면서도 그 사실을 결코 자인하지 않으리라는 것을 아이는 본능적으로 알고 있다.

시간이 조금 더 지나서 어른들이 자신들이 하는 말의 내용이나 의미 아니면 적어도 어조를 아이가 이해할 것이라는 짐작도 하지 못하는 상태에서 서로 나누는 대화에 그 아이의 귀가 열리는 나이가 되면, 그러니까 좀더 시간이 지나서 백인 식구들의 입에서 '아프리카', '제삼국', '식민지화', '흑인', 심지어 '이민자'와 같은 단어를 들을 때면, 그들의 온정주의적인 미소와 잘 알고 있다는 듯한 태도에서 느껴지는 분위기로 인해서 아이는 이런 단어들이 겉으로 보이는 것처럼 그리 중립적인 말이 아니라는 것을, 넓게 보면 자기와 관계가 있지만 자기와는 상관이 없는 말이라는 것을, 요컨대 이런 단어들은 백인이 아닌 자신이 쓸 수 있는 말이 아니라는 것을 이해하게 되는 것이다.

"그러니까, 그래요. 맞는 말이에요. 날 길러주고 재워주고 먹여주고 나에게 사랑을 준 것도, 오늘날의 내가 될 수 있게 해준 것도 내 백인 가족이에요. 그런데 있잖아요, 그들을 욕할 수 있는 기회를 포함해서 내가 둘 중에 하나를 선택해야 한다면 말이죠. 가끔은 내가 아직도 형이랑 아버지가 나에게 지어 보이는 표정을 더 좋아하는 게 아닐까라는 생각을 해요. 그런 표정에는 오만함과 종종 거부감이 가득 차 있기는 하지만, 적어도 멸시하려는 의도는 추호도 없다는 것을 아니까요."

"그럼, 흑인 여자들은요."

좀더 통속적인 것에 대해서 다시 이야기하고 싶었던 형수가 반쯤 미소를 지으며 내 말을 잘랐다.

"흑인 여자들은 여전히 도련님 취향이 아니에요?"

"글쎄요, 아니라고 해야겠죠. 모르겠어요. 열리지 않는 연결차 단장치 같은 게 있다고나 할까."

"엄마와는 꽤 다르다, 뭐 그런 거예요? 흑인 여자들이 무서워요? '살려줘요, 엄마!' 그런 거예요?"

"네, 그런 걸 거예요."

"잘못 생각하는 거예요."

과장되게 뭔가 암시하는 눈짓을 하며 형수가 말했다.

"아마, 뭘 몰라서 그러는 거 아닐까요?"

우리 둘 다 웃었다.

이 문제에서 교만과 동경이라는 이율배반적인 감정을 가지고 있는 대부분의 흑인 여자들이 그렇듯이 형수는 분명 나에게 백인 여자가 좀 무미건조하고 약간은 지나칠 정도로 답답하고 불평투성이에 인색하고 재미도 없고 소심하다고 생각하지는 않는지 더 진지하게 묻고 싶은 것을 참고 있었다. 형수가 그런 질문을 했다면 나는 아마도 그렇다고, 백인 여자가 어쩌면 흑인 여자보다 재미없고 속도 좁고, 예스 혹은 노라고 대답하길 힘들어하고, 나이가 들면 흑인 여자보다 주름도 더 많아진다고, 그리고 대개 엉덩이가 납작하다고, 형수 말이 맞다고 대답했을 것이다. 하지만 내가 혼혈—결국 백인 여자 눈에는 흑인이겠지—이라는 사실이 백인 여자에게는 나에게 자신의 최고 모습을 보여주게 만드는, 백인인 자신이 이번에는 반대로 흑인인 내 마음에 들기 위해 엄청난 노력을 하게 만드는, 정확히 말하자면 자신을 더 재미있고 더 대담하고 침대에서 더 과격할 것이라 상상해온 흑인 여자처럼 보이고 싶게 만드는 긍정적인 효과가 있다고 말했을 것이다. 천성적으로 백인 여자에게 끌리는, 금발을 더 선호하는—"맞아요, 그런 걸 어떡해요. 나도 어쩔 수가 없다구요."—내 기호와 더불어 이 모든 것들이 나에게는 아주 이익이라고 말했을 것이다.

"그럼 형수는요. 백인 남자 어떤데요?"

"글쎄……요……."

"설마! 애인이 백인이에요?"

"그게……."

"와아아아! 마아아알도 안 돼! 누구예요?"

형수는 백인 여자라면 홍조를 띠었을 듯한 그런 표정으로 다비드 해든스, 그 벨기에 남자라고 실토했다. 어리둥절해하는 내 모습을 보고(나는 '이해하려고 애쓸 필요 없어. 서로 다른 인종끼리 끌리는 건 불가사의한 미스터리이니까.'라고 속으로 중얼거렸다) 형수는 그 사람을 너무 성급하게 판단해서는 안 된다고, 그렇게 나쁜 사람은 아니라고, 그가 좋은 사람이라는 것을 알려면 가까이에서 겪어봐야 한다고, 적어도 자기에게 친절하고 너그러운 사람이라고 설명했다("그래서 우리 여자들이 모두 백인 남자와 사귀고 싶어하는 거예요. 어쩌면 덜 섹시할지는 모르지만 우리를 더 존중해주거든요").

내가 발설하지 않으리라 믿는다고, 그렇지 않으면 자기는 끝장이라는 말을 덧붙였을 무렵("농담 아니에요, 정말이에요. 난 심각하다구요. 도련님은 모를 거예요. 계…… **계략?** 그렇게 말하죠? 우리가 만나기 위해서 꾸며내는 기상천외한 계략이요. 무엇보다 그게 알려지면 안 되거든요"), 그러니까 마침내 다비드가 형의 포스터와 티셔츠, 소시지를 지원하는 진짜 이유를 이해하게 되었을 무렵, 스물대여섯 살 된 여자가 카페에 들어와서는 곧바로 우리 테이블 쪽으로 다가왔다. 자기 집에서처럼 편안하고 신나게 돌아다니는 모습에는 해외 파견 근무자들 특유의 거만함이 약간 묻어 있었다. 형수는 그 여자를 알리앙스 프랑세즈의 부원장이자 지금은 자기 친구가 된 상드린이라고 소개했다.

나와 이야기를 나눌 때 한시도 내게서 눈을 떼지 않는, 유혹하려는 집요한 의도라기보다는 오히려 개방적이고 솔직한 기질이 명백히 드러나는 그녀의 태도가 나는 마음에 들었다. 그녀는 형수에게서 나에 대한 이야기를 많이 들었다고 했다. 그녀는 또 내가 콩코르딘에 오다니 이렇게 대단한 일이 어디 있냐며, 이곳으로 발령받아 오기 바로 전에 우연히 〈화이트 스터프〉를 봤는데 아주 마음에 들었다고 말했다. 그녀는 수업과 행정적인 업무 외에도 지난 9월부터 알리앙스에서 라디오 방송을 진행하고 있는데, 이제 시작한 지 얼마 안 되어 아마추어로 즐기면서 하고 있고, 몇 안 되는 청취자들에게 프랑스 문화에 관심을 갖게 하는 것 외에는 다른 욕심은 없다며 인터뷰 초대를 받아준다면 정말 좋겠다고 덧붙였다.

"금요일 저녁 7시부터 8시 30분까지예요. 와주시면 정말 좋겠어요."

나는 물론 수락했다. 베르나르 멜리키앙이 그랬던 것처럼 상드린도 아무런 격식 없이 소탈하게 부탁했으니까. 우리는 콩코르딘에 있었고, 그 사실이 나에게는 중요했으니까. 비록 감정적인 이유 외에 다른 이유는 없었지만. 그러나 무엇보다도 침대에서의 화려한 정사를 상상하게 만드는 에너지로 충만한 이 여자의 건전하고 긍정적이며 의욕적인 모습이 마음에 들어서였다.

　스튜디오는 아주 단출했다. 하지만 임시변통으로 만든 방음시설, 음향 믹싱 테이블 위로 고개를 떨구고 있는 작은 전등, 웅웅거리는 에어컨을 비롯해서 특히나 밖의 허름한 둥근 천장과 식민지시대에 만들어진 테라스 위로 열대의 후덥지근하고 투명한 밤이 내려앉아 있다는 사실이 바로 옆에 있는 바다, 도로 위에서 꼬치구이를 파는 상인들의 화로, 지글거리는 레게음악 소리를 내는 미니 트랜지스터, 막 샤워를 끝내고 파티에 가기 위해 옷을 차려입고 향수를 뿌린 포르-가르시아 사람들의 모습과 더불어 편안하면서도 꿈속 같은 포근한 분위기를 자아내고 있었다.

　상드린은 모든 것을 혼자서 해결하고 있었는데, 그런 진행이 나름 매력 있었다.

　"여러분, 안녕하세요. 오늘도 '데스티나시옹 프랑스'를 청취해주셔서 감사합니다. 진행에 상드린, 기술에 도니입니다. 도니, 안녕하세요. 잘 지내죠? 오늘도 여전히 더운 하루였죠? 오늘 저녁 방송을 시작하기 전에 말씀드리는데요, 아시게 되겠지만 오늘 방송은 아주 특별한 방송이랍니다. 여러분을 위해 제가 엄청난 깜짝 선물을 준비했거든요. 초대 손님을 아시는 분들께는 엄청난 선물이죠……. 아, 이런! 비밀을 누설해버렸네. 초대 손님이 있다는 말은 하지 않으려고 했는데……. 저희 스튜디오에 아주 특별한 손님을 모셨어요. 여러분께서는 잠시 후에 그분을 만나시게 될 겁니다. 채널 고정하시고 계속 들어주세요. 또 무슨 말을 하려고 했더라? 제기랄…… 어머나, 죄송해요! 라디오 방송에서는 이런 말을 하면 안 되는데. 여러분, 죄송합니다. 원장님이 듣고 계신다면 야단맞겠는데요. 하지만 원장님은 지금 휴가 중이시니까 이 방송을 듣지 않으실 거예요, 호호호! 어쨌든 방송을 듣고 있는 어린이 여러분이 계시다면 절대 따라하지 마세요. 어린이 여러분, 그건 예쁜 말이 아니거든요. 나쁜 말이랍니다. 그것 때문에 여러분께 무슨 말을 하려고 했는지 더 이상 기억이 나질 않네요……. 아, 맞다! 여러분 중에서 알리앙스 도서관 회원이신 분들께, 특히 책을 대출하고 반납하는 걸 깜박 잊어버리신 분들께 드리고 싶은 말씀이 있습니다. 부탁드리는데, 책 좀 반납해주세요. 열람하시는 다른 분들도 생각해주셔야죠. 여러분이 책을 읽으신다는 건 정말이지 기쁜 일이에요. 하지만 도서관의 목적은 모든 사람들이 가능한 한 많은 종류의 책을 읽을 수 있게 하는 거잖아요. 그러니까 여러분이 책을 반납하지 않으시면 도서관 운영이 안 된답니다. 자, 꼭 염두에 두시기 바랍니다. 메시지 전달해드렸습니다."

그녀는 또 같은 어조로 금주의 문화 퀴즈를 냈고(《풍찻간 편지》를 쓴 프랑스 작가는 누구일까요? 정답을 맞히시는 두 분께는 삽화가 실려 있는 이 책을 한 권씩 드리도록 하겠습니다"), 방송국의 전화번호를 다시 알려주었고, 청취자 중에서 레벨 4반인 학생들에게 월요일 수업이 취소 및 대체될 것이라고 공지하고는 도니에게 나티브의 〈사랑의 색〉을 틀어달라고 부탁했다.

노래가 나가는 동안 마이크가 꺼진 상태에서 나는 "신기하네. 이 노래를 틀다니. 1997년도 노래인데. 이 노래 오래전부터 알고 있었어요? 실례가 안 된다면 1997년에 몇 살이었지?"라고 물었다. 그녀는 내가 CD가 나온 연도를 정확하게 알고 있는 것에 놀라워하며 웃었고 계산을 해보였다

"그러니까 1997년이면, 그게 내가 어, 열세 살…… 아니 열네 살이었네요."

같은 해 내가 그녀보다 열두 살이 더 많았다는 것을 깨달았다. 그 당시 그녀는 겨우 청소년이었지만, 그 사실이 그녀와 내가 오늘 밤을 함께 보내게 되리라는 기대를 갖는 데 방해가 되지는 않았다. '나이란 무시할 수 있는 개념인 동시에 끊임없이 우리를 괴롭히는 개념'이라는 생각을 했다. 우리 사이에 동그란 테이블과 두 개의 마이크가 없는 것처럼 우리는 그렇게 노래가 끝날 때까

지 대화를 나눴다. 노래가 끝난 후 도니의 사인에 따라 그녀가 다시 헤드폰을 쓰고 첫 번째 전화를 받았는데, 청취자는 몰리에르라고 답을 했다.

"아, 아닌데요. 몰리에르가 아니에요. 그보다 훨씬 더 최근의 작가입니다."

바로 뒤이어서 전화를 걸어온 두 번째 청취자는 **돈키호테**라고 답했다.

"돈키호테요? 왜 돈키호테라고 생각하시죠?"

내가 "풍차"라고 속삭이자 그녀는 "아, 네! 풍차요! 아니에요, 아니에요. 돈키호테가 아닙니다. 어쨌든 전화주셔서 감사합니다."라고 말했다.

더 이상 대기 중인 전화가 없었으므로, 마침내 내 이야기를 할 차례가 되었다("오, 청취자 여러분. 초대 손님과 제가 허물없이 이야기를 나눈다고 충격받지 않으시기를. 보세요. 꼭 시를 읊조리는 것 같지 않나요? 마이크가 꺼져 있을 때 서로 격의 없이 편하게 이야기하기 시작했거든요. 그래서 이제 다시 격식을 차려서 이야기하려니까 진짜 이상할 것 같네요").

내 소개말로 그녀는 인터넷에서 급하게 수집한 기사들과 《엘르》외에 몇 개의 잡지에서 모은 기사들로 준비한 간략한 약력을 읽어주었다. 까르푸에서의 야간 경비 근무 2년, 에손 타이 복싱 챔피언전에서의 은메달 획득, 코스트 호텔에서의 웨이터 생활 1년, 아네스 베를 위한 CF 광고 촬영, 〈화이트 스터프〉에서의 내 연기에 대해 최근 로만 폴란스키가 보낸 찬사("그 배우는 변화의 가능성이 무궁무진합니다"), 천 개의 DVD 컬렉션과 어머니의 1967년 미스 프렌치 리비에라 타이틀 등. 그녀가 일사천리로 읽어 내려가지 못하는 것으로 봐서는 내용에 대해 거의 알고 있지 못하다는 것을 짐작할 수 있었지만 나는 흐뭇했고, 이렇게 내 인생의 에피소드와 자잘한 일들을 빼먹지 않고 소개해준 것이 고마웠다. 이런 나의 경력을 나는 대체적으로 초연하게 심지어는 겸손한 무관심으로 바라보는 척하곤 했지만, 그런 경력이 내 이미지와 상당히 대조된다는 것을 모르지 않았다.

무엇보다 상드린의 환심을 사기 위해 지금까지 소개한 내용을 들어도 대부분의 청취자들께서는 아마 생각나는 게 아무것도 없을 것이라는 말로 소개된 내 이력에 대해 꽤 위선적인 반응을 보였다.

"프랑스에서 수천 킬로미터나 떨어진 여기 콩코르딘에서 저는 완전히 무명인인 걸요. 그 점을 고려할 때 지금까지 소개해드린 내용이 갖는 중요성은 완전히 상대적인 거죠. 그리고 그럴 때면 데뷔했을 당시로 되돌아가게 되는데, 그게 배우의 자아에 있어서는 아주 건전한 일이죠."

상드린이 첫 번째 질문을 하려고 할 때 기술감독인 도니가 새로운 청취자와 전화 연결이 되어 있다는 사인을 보냈다. 그 청취자는 아주 엉성한 프랑스어로 내가 막 폴라 가족인지, 특히 선거에 출마한 토마 막 폴라와 관계가 있는지를 물었다. 내가 "쇼, 서. 토마 레 빅 브로드 나 미."[39]라고 말하자 그 청취자는 잠시 말을 잇지 못했는데, 그것은 우리 이름이 얼마나 포르-가르시아 사람들에게 대대로 증오와 찬탄이 섞인 조심스러운 태도를 불러일으키는지를 보여주는 것이었다. "아, 여기서도 유명인이라는 거 이제 잘 아시겠죠!'라는 진부한 멘트로 상드린이 순진하게 말을 받았는데, 조금 전의 질문이 갖는 의미를 전부 이해하지 못하고 있음을 잘 알 수 있었다. 그녀는 청취자에게 전화를 끊기 전에 문화 퀴즈와 관련해서 생각하고 있는 답이 있는지 물었다. 없다고 대답하기 싫었던 그는 질문을 다시 읽어달라고 부탁했다. 얼마간 생각을 하더니 자신 없는 말투로 "장 가뱅이오."라고 대답했다.

그 대답이 너무나 황당했던지라 상드린은 더 묻지도 않고 "아니요, 정답이 아닙니다. 전화해주셔서 감사합니다. 안녕히 계세요."라고 급히 마무리지었다.

그러고는 〈화이트 스터프〉의 줄거리를 간단하게 요약했고("정말이지 아주 좋은 영화죠. 이곳에서 개봉이 되지 않은 게 안타깝네요. 정말 재미있는 영화거든요. 어쨌든 전 아주 재미있게 봤어요. 끝부분은 약간 실망스러웠지만요"), 또 "앙투안, 콩코르딘과 도대체 무슨 관계가 있나요? 지금은 잠시 들른 거잖아요. 1년에 한 번쯤 온다고 했는데, 여기에 왜 오는 거죠? 이곳의 무엇이 마음에 드나요?'라고 말을 이었다.

나는 그 질문을 해줘서 고맙다고, 왜냐하면 이상하게 분명 나에게 할 법한 질문임에도 파리에서는 사람들이 전혀 물어볼 생각조차 하지 않는데, 어쨌거나 그게 나에게는 중요한 문제라고 말했

---

39) "그렇습니다. 토마는 제 형인데요."

다. 나는 가장 소박한 단어들을 찾아내려고 노력하면서 말했다.

"우선, 당연히 가족이죠. 매년 제 가족을 만나러 오는 겁니다. 하지만 또, 뭐랄까. 제가 느끼는 건 말이죠. 제가 여기 있을 때마다, 어둠이 내릴 준비를 할 때마다, 아시죠. 하늘 전체가 아주 맑은, 아주 붉은색이 될 때 마을 전체가 부드러워지고 조용해질 때, 피부 위로 떨어지는 햇빛의 반사로 인해 모든 사람들이 아름다워질 때, 사람들이 같은 동네에 사는 동료와 나란히 걸어서 퇴근할 때, 길거리에 자동차가 줄어들 때, 택시들이 헤드라이트를 켤 준비가 되었을 때, 작은 식료품점 안에서 램프에 석유를 부어 넣을 때, 입구에 걸려 있는 커튼 뒤에서 저녁을 준비하는 여인들의 손길이 보일 때, 고등학생들이 망고나무 그늘에서 자기 여자 친구를 은밀히 어루만지고 있을 때, 경비원들이 현관 앞에서 도미노 게임을 꺼내기 시작할 때, 그러니까 이럴 때 드는 감정은 이곳에서만 느낄 수 있다는 거죠. 그건 세상이 미쳐가고 있지 않다는, 이곳 사람들도 물론 자신들만의 문제 그것도 큰 문제가 있다, 모두에게 상황이 쉽지 않다, 전혀 쉽진 않지만 적어도 모두가 깊은 시간에 같은 걸 느끼고 있다는 뭐 이런 확신과 생각이 들게 된다는 거죠. 왜냐하면 우리는 내일도 그 다음 날도 태양이 같은 시각, 같은 방법으로 역시나 찬란하게, 단순하게, 그리고 조용하게 질 거라는 걸, 1년 내내 그렇게 날씨가 화창하고 포근할 거라는 걸 알고 있으니까요. 물론 프랑스에도 멋진 석양이 있습니다. 프랑스의 바다는 아름답고, 나무들은 여름 하늘에 기묘한 그림자를 뚜렷이 드리우죠. 하지만 프랑스에서는 똑같은 느낌이 들지 않는다는 거죠. 그곳에서 여름에 장밋빛이나 오렌지 빛의 아름다운 하늘을 볼 때 생각나는 건 콩코르딘이거든요. '지금 포르-가르시아에 있으면 좋겠다. 그러면 하늘을 제대로 만끽할 수 있을 텐데. 그곳에서야말로 석양이 그 모든 의미와 가치를 지니고 있는 것 같아. 그곳을 위해서 석양이 만들어진 것 같다니까.' 라는 생각을 하죠. 그것은 단지 이곳에 제 가족이 있기 때문만은 아닙니다. 프랑스에도 제 가족이 있거든요. 어머니, 외삼촌들과 이모들, 사촌들, 조부모님이 계십니다. 제가 그런 생각을 하는 데는 다른 이유가 있는데 설명하기가 쉽지 않네요. 그건 프랑스에서 사람들이 대단하게 여기는 직장, 사업, 근무 시간, 약속 등의 이런 모든 것들이 이곳에서는 더 수수하고, 더 단순하고, 더 평온한 자리를 되찾는다는 겁니다. 부차적인 것으로 보일 정도로 말이죠. 직장, 경제 이런 것들이 이곳에서는 중요하지 않다거나 대단하지 않다고 말씀드리는 게 아닙니다. 절대 아니에요. 단지 저는 조금 전에 여러분께 말씀드렸을 때 그리고 하루 중 어느 때라도, 그러니까 낮잠을 잘 때나 구름 한 점 없는 푸른 하늘과 함께 마을이 열기에 지쳐 있을 때, 거리에는 아무도 없고 어디선가 소형 라디오의 지지직거리는 소리만 들려올 때도 한결같이 직장이니 경제니 하는 이 모든 것들이 덜 중요하게 여겨지는 거라고 말씀드리는 겁니다. 또 프랑스에서 사람들에게 믿게 하려고 하는 것처럼 그리고 사람들이 결국 믿어버리는 것처럼 인생에는 그런 것만 있는 것이 아니라는 걸 느낀다는 말씀을 드리는 겁니다. 오늘날 세계 여느 곳에서처럼 이곳에서도 사람들이 경제, 은행, 숫자와 돈에 대해서 말하지만, 이곳에도 물론 나라, 법, 장관, 사업가, 공무원, 근무 시간과 임금이 존재하지만 우리에게 인생에는 그런 것만 있는 거라고, 만약 당신에게 그것이 없다면, 만약 당신에게 모든 사람들이 가지고 있는 직장과 근무 시간, 내야 할 세금과 사야 할 물건들이 없다면 인생은 살 만한 가치가 없는 거라고 설교해봤자 아무 소용이 없다는 걸, 우린 절대 그걸 믿지 않을 거라는 걸 느끼죠. 여기서는 어쨌거나 국가, 법, 경제가 우리 모습을 닮아 있고, 우리가 그것들을 우리 방식으로 변화시킨다는 게 느껴지죠. 우리 선조들이 아주 오래전에 식민지와 노예 생활이 시작되기 전에, 우리 조상들이 아직은 유럽이나 미국을 동경하지 않는 대륙에서 왔음을 우리가 알기 때문에 그것들을 우리에게 맞게 변화시키고 있는 거죠. 사실 사람들이 달랐었고 지금도 여전히 다르다는 게 느껴집니다. 여기서 제가 좋아하는 게 바로 그겁니다. 겉으로 보이는 모습 뒤에, 은행 뒤에, 호텔 뒤에, **비치 리조트** 뒤에, 유럽과 미국이 들어온 이 모든 중대한 것들 뒤에 있는 바로 그런 차이점, 뿌리 깊은 그런 자유 말입니다. 제가 이곳에서 좋아하는 건 공항에서 모르는 사람에게 무게가 초과되는 짐을 나눠서 들어달라고 해도 놀라지 않는다는 겁니다. 숲속에서 자동차가 고장이 나면 언제, 어디선가 사람들이 나타나서는 아무런 대가도 요구하지 않고 여러분을 도와주고, 음식과 잠자리를 제공한다는 겁니다. 여기서는

209

상대에게 베푸는 호의가 의무가 되지 않는다는 게 좋고, 사람들이 계산하지 않는다는 게 좋고, 꼭 아는 사이가 아니더라도 서로 안으면서 인사하는 게 좋고, 서로의 눈을 빤히 쳐다보는 게 좋고, 항상 백인들이 정해놓은 법률에 의존하지 않고도 서로에 대해 가지고 있는 본능적인 끌림과 두려움이 균형을 만들어내는 게 좋습니다. 이게 제가 좋아하는 거죠. 가게와 술집 주인들이 문 닫을 시간이 지났는데도 밤늦게까지 가게 문 앞에서 맥주를 손에 들고 철문은 내리지도 않은 채 손님과 하염없이 이야기를 나누는 모습을 보는 게 좋습니다. 매몰차게 시간을 계산하지 않는 게 좋아요. 여기 있는 백인들을 두렵게 만드는 모든 것들이 우리에게는 두렵게 느껴지지 않는 게 좋습니다. 그리고 이것이야말로 미국과 유럽 관광객들이 사진기와 달러를 들고 리슈테르 공항에 내렸을 때 자신들이 무엇을 찾으러 왔는지 알지 못한 채 찾아 헤매는 것이죠. 그들이 찾으러 오는 것은 단지 바다와 태양과 해변만이 아닙니다. 이런 차이, 이런 풍요를 찾아오는 겁니다. 세상에는 그들만큼 자기 자신의 문제에 빠져 있지 않은 사람들이 사는 세상도 있다, 자신들의 사고방식과는 다른 것도 존재한다, 자신들이 갇혀 있는 체계에 아직까지는 완전히 갇히지 않는 법을 아는 사람들이 있다는 걸 확인하러 오는 거죠. 비록 그들이 그런 사고방식보다 자신들이 더 자유롭다고 생각해도, 이런 사고방식을 비웃더라도, 그것을 비난하더라도, 자신들의 사고방식만이 좋다고 생각하더라도, 비-베이에서 자신들이 묵고 있는 에어컨이 설치된 방과 물도 전기도 없는 원주민 숙소와는 절대 바꾸려 하지 않더라도, 자신들이 타고 다니는 에어컨이 장착된 버스를 두고 조리 슬리퍼를 신은 채 몇 시간씩 땡볕 속을 걷지는 않더라도 말입니다. 그리고 한 가지 전하고 싶은 말씀이 있는데요. 상드린 양, 괜찮다면 잠깐 우리 이야기를 듣고 있는 젊은이들에게 큰형이나 사촌들을 만나러 프랑스로 가기 위해서, 텔레비전에 나오는 운동화를 사기 위해서, 드라마에 나오는 여배우 같은 금발머리 여자와 데이트를 하기 위해서, 공부를 하고 좋은 직장을 얻기 위해서, 프로 축구 선수가 되기 위해서, 혹은 또 뭐가 있더라, 하여간 서류와 비자를 받기만을 꿈꾸는 분들에게 말씀드리고 싶습니다. 지나친 환상은 갖지 마세요. 프랑스에 가면 일자리도 있고 사회보장과 가족수당도 받을 수 있고, 요구르트와 세제와 멋진 운동화가 있는 슈퍼마켓도 있고, 거실에는 텔레비전이 있고, 제대로 운동할 수 있는 넓은 운동장과 멋진 기구들이 있지만 그 이상은 아닙니다. 그런 것들이 있다고 해서 반드시 더 행복해지는 것은 아니라는 말씀입니다. 그리고 여러분의 형이나 사촌이 아마도 여러분에게 모는 사실을 말하지는 않았을 거예요. 여러분의 큰형이나 사촌이 2년 혹은 3년에 한 번 여름휴가를 보내러 멋진 신발을 신고 최신형 휴대전화에 모두에게 나눠줄 선물과 저쪽 나라에 있는 자기 자동차와 자기 집 거실과 에펠탑을 찍은 사진을 가지고 포르-가르시아에 올 때, 여러분께 저쪽 나라에서 자기가 정말로 어떻게 지내는지 이야기하지 않는다는 거죠. 사회보장과 가족수당이 있지만 그곳도 천국은 아니라는 걸 여러분께 말하지 않는 겁니다. 자신이 얼마나 고향, 음식, 음악, 춤, 친구들과 함께 웃었던 일, 허름한 동네 식당에서 마셨던 시원한 맥주와 제가 여러분께 조금 전에 말씀드렸던 아무 걱정 없는 그런 저녁 분위기를 그리워하는지 여러분께 말하지 않는 것뿐입니다. 여러분께 흐린 날씨나 겨울에 대해서는 말하지 않는 거죠. 더럽고 옷을 잘 입을 줄도 모르고 모든 걸 복잡하게 만들고 인상을 쓰고 전혀 만족하지 않는 저쪽 나라 사람들에 대해, 그리고 거리 여기저기에 붙어 있는 사진에서 보기는 하지만 매달 집세와 여러분께 보내는 생활비만으로도 빠듯한 월급 때문에 살 수도 없는 물건들에 대해 털어놓지 않는 겁니다. 자존심 때문에, 그리고 돌아오기에는 너무 늦었기 때문에 그런 것들에 대해 말하지 않는 겁니다. 왜냐하면 여러분의 사촌은 십중팔구 저쪽 나라에서 생을 마감할 테니까요. 시스템이 너무나 견고해서 불행해지더라도 다른 시스템은 있을 수 없다고 모두가 그렇게 생각해버리는 바람에 그 사촌은 저쪽 나라에서 영영 돌아오지 않을 테니까요. 제가 여러분께 이런 말씀을 드리는 것은 그곳으로 가려고 애쓰지 말라는 말씀을 드리는 게 아닙니다. 제가 만약 여러분 입장이었다면 저도 분명히 똑같이 가려고 했을 겁니다. 제가 특혜받은 입장이라는 건 압니다. 또 이렇게 말하는 것이 쉽다는 것도 잘 알고 있습니다. 왜냐하면 전 프랑스 사람이니까요. 왜냐하면 저는 저쪽 나라에서 살고 있고, 이곳의 현실을 여러분들처럼 안에서 직접 겪지 않으니까요. 저는 그냥 '잘 생각해보시라'고 말씀드리는 겁니다. 가짜 여권이나 비자를 얻기 위해 여러분이 저축한 돈을 몽땅 써버리기 전에 잘 생각해보시라구요. 프랑스 영사관 앞에 데모하러 갔다가 경찰에게 곤봉으로 맞기 전에 잘 생각해보세요. 장단점을 잘 따져보세요. 더 이상 희망이 없더라도 모든 걸 놓쳐버리기 전에 이곳에서 뭔가 할 일이 없는지 살펴보시라는 것, 이게 제가 드리고 싶은 말씀입니다."

상드린이 동의하듯 고개를 끄덕이는 것으로 판단하건대, 내 말은 꽤나 설득력이 있었다. 그리고 사실 난 나의 소박한 장광설이 만족스러웠다. 만약 다른 사람의 입에서 그런 소리가 나왔다면 주저하지 않고 몇 마디 쏘아붙이며 면박을 주었을 것이다.

"그럼, 넌 뭘 제안할 건데? 네 멋진 연설은 말이야, 아무것도 제안하는 게 없어. 그냥 바람잡는 소리뿐이잖아. 그 사람들보고 혁명이라도 하라고 이야기하고 싶은 거야? 그런 거야? 단결하라고? 무기를 들라고? 아무 생각 없이 사람들을 총질하도록 부추겨서는 평생 감옥에서 썩게 만드는 네 아버지 같은 사람들한테 욕이나 해대라고? 말하는 거, 이렇다 저렇다 말만 하는 거, 그게 네가 할 수 있는 전부라고. 이곳 사람들의 현실은 말이야, 네 입으로 말한 것처럼 직접 겪고 있지 않잖아. 너처럼 유리한 쪽에서 태어나 주머니에 유럽으로 돌아갈 비행기 표가 있고, 호의를 베풀 수 있을 만큼 충분히 배부른 그런 사람들처럼 넌 말하고 흥분하지. 그런데 넌 사람들, 그들의 운명 같은 것에 관심 없잖아. 그렇다고 널 비난하는 건 아니야. 네가 달리 어쩔 수 없으니까, 넌 너 나름대로 꾸려 나가야 할 네 삶이 있으니까, 넌 그 밖에 더 중요한 일이 있으니까, 그리고 숙명적으로 실패할 수밖에 없는 이 모든 이들의 삶에 뺏길 시간이 없으니까 말이야. 사실 넌 거기, 네가 너의 백인 가족에게 하듯이 욕할 수 있는 기회가 주어지는 사회, 네가 속해 있는 소비 사회가 나무랄 데 없이 편하기 때문에 상관이 없는 거라구. 네가 상관없어 하는 게 이상한 건 아니야. 그런 거야, 세상이란 그런 거지. 어쩔 수 없는 거야. 불공평하지만 그런 거라구. 인생이 존중해주는 사람이 있고, 그렇지 않은 사람이 있거든. 넌 만약 그래야 한다면 베풀고 나눠주고 좀 희생하고 싶어하겠지. 원칙에 반대하는 게 전혀 아니니까. 비록 그 이상은 아니더라도 말이야. 하지만 그건 생각보다 훨씬 더 복잡한 문제라구. 넌 아무것도 할 수가 없어. 네 호의와 의욕은 바다에 떨어지는 한 방울의 물이라구. 그러니까 아무 말도 하지 마. 그럴 필요 없어. 아무 소용이 없다구. 그리고 제발 누구에게든지 그 모든 것에 대해 네가 양심의 가책을 느낀다고 믿게 만들려고 노력하지도 마. 넌 상관 없잖아, 인정하라구."

깜깜한 밤이었다. 상드린과 나는 힘든 면접시험을 치르고 나올 때의 그런 상쾌한 느낌을 만끽하며 스튜디오에서 나왔다. 스튜디오에서 에어컨 바람을 쐬다 나온 터라 바깥 풍경과 습한 공기에 우리의 움직임과 말이 다시 느슨해지고 있었다. 파헤쳐진 인도를 따라 듬성듬성 서서 겨우 제 기능을 하고 있는 가로등의 희끄무레한 불빛에 그녀의 걸음걸이, 몸매, 엉덩이가 드러났고, 그녀가 쏘르-가르시아 거리에서 자신이 얼마나 편안해하는지, 다른 프랑스인들과 달리 가난함과 더러움이 자신에게는 어느 정도로 장애가 되지 않는지를 니에게 꼭 보여주고 싶어한다는 느낌이 들었다.

우리는 그녀의 친구 중 한 커플이 파티를 열고 있는 야스민 힐즈로 향하고 있었다. 그녀의 열정적인 모습이 마음에 들어 함께 있고 싶은 마음이 생긴데다가 상드린 나이 때는 둘이서만 마주

앉아서 먹는 저녁보다는 술과 음악이 있는 한밤의 야외 파티가 잠자리로 이어지기에 훨씬 더 순조로웠기 때문에 그녀를 따라 파티장에 함께 가기로 했다. 내 옆에서 씩씩하게 성큼성큼 걷고 있는 그녀를 바라보면서 촌스러우면서도 배낭 여행객 같은 편한 복장에 토속 장신구를 한 호감을 주는 모습과 쾌활한 성격, 하얀 치아, 직선적인 면모가 파리에서나 볼 수 있는 파티에서는 시선을 오래 끌지 못할 것이라는 생각이 들었다. 나는 이미 오래전부터 그런 파티에는 더 이상 발길을 하지 않았다. 그런 파티에는 늘 공연계, 음악계, 영화계와 방송계 사람들로 북적이고, 어떻게 즐기는지도 모르는 사람들로 비집고 지나갈 틈도 없이 빽빽이 들어차서는 담배 연기와 허우적대는 몸뚱이들과 몸을 흔들고 싶은 마음이라고는 눈곱만큼도 일지 않는 격렬한 음악이 난무한다.

세상에서 무슨 일이 벌어지고 있는지 잘 알고 있다는 확신, 세상이 자신들을 피해갈 수 없다는 지나친 확신에 차 있는 파리 사람들, 자신들의 고차원적인 유머 감각, 시대를 앞선 탐미주의, 의도적인 괴상한 취향, 최신 복고주의와 필요 불가결한 아이러니, 다른 말로는 표현할 방법이 없는 영원히 변하지 않는 속물근성을 가지고 있는 자신들의 지성과 최고의 세련미를 너무나도 확신하고 있는 그런 파리 사람들 중에서 상드린처럼 인터넷 접속도 힘들고, 가까운 곳에 빈티지 옷가게도 없는 그들만의 좁은 세상과 멀리 떨어진 지구 반대편에서 1, 2년을 보낼 만큼 호기심과 용기 있는 사람은 단 한 사람도 없을 거라는 생각이 들었다.

상드린은 웨슬리 라군에서 공정 거래를 기반으로 바다 미역 양식을 시작한 **진짜 성격 좋은** 자기 친구에 대해 이야기했다. 미역의 파종 기술과 물속에서 숨을 참아가며 수확하는 기술에 대한 이야기, 자기 친구가 그 마을 어부들과 함께 잠수를 한다는 이야기, 그 친구의 부모님은 시내 한복판에 살고 계신다는 이야기, 그 친구가 돈을 많이 버는 건 아니지만 그렇게 사는 것에 행복해하고 있다는 이야기를 했다. 웨슬리 라군의 눈부신 태양과 하얀 모래 갯벌에 대해서도 이야기했다. 관심도 없는 그녀석에 대해 그녀가 계속 이야기를 했지만 나는 이미 오래전부터 듣고 있지 않았다. 생각은 다른 데 가 있으면서 그저 예의바르게 머리를 끄덕여댔다. "멋지네요, 그거."라고 말은 했지만, 조금 전 스튜디오에 있던 컴퓨터에서 엘비라가 보낸 마지막 메일을 읽어서일까 다시 엘비라 생각이 났다.

나에게 영어로 보내지 않은 첫 번째 메일이었다.

네 메일은 정말 마음에 들지 않았어. 나는 네 소식을 물었던 거지, 너의 성생활에 대해 자세히 이야기해달라고 했던 게 아니라구. 내가 공상할 여지를 남겨두지 않다니, 그게 나를 슬프게 만들더라. 그런 종류의 이야기는 전혀 부탁하지도 않았는데, 넌 내가 생각했던 것보다 훨씬 더 변태에다 괴상해. 앙투안, 넌 이루 말할 수 없이 악취미라구. 잘 있어.

"오늘 저녁 상드린과 함께 걷고 있어서 다행이야. 그녀가 끊임없이 이야길 해대고 있어서 다행이구, 네가 술을 마실 테니 다행이구, 파티가 끝난 후에는 그녀랑 같이 잘 테니 다행이구. 그렇지 않으면 그 메일 때문에 넌 완전히 초죽음이 됐을 거야." 라고 나는 중얼거렸다.

유럽인 해외 파견 근무자들이 많이 사는 야스민 힐즈에 도착해서 넓디넓은 콘크리트 저택, 관리인, 창문에 걸려 있는 높은 조도의 불빛들, 울타리 벽 뒤의 잘 손질되어 있는 나무들, 더럽혀지지 않은 정원의 풀을 비추고 있는 조명을 본 순간 이 빌라에는 공정한 선거를 통해 유지되는 국가에서 파견된 해외 거주민들이 산다는 것, 그런 사람들은 그들의 정부나 회사로부터 정기적으로 월급을 받는다는 것, 그들은 저축을 하고 계획을 세우고 앞날을 준비할 수 있다는 것, 여가를 즐기고 자녀들의 미래를 위해 예산을 따로 세워둘 수 있다는 것, 그들은 새 자동차를 살 수 있고 미리 계산하지 않고도 기름을 꽉 채울 수 있다는 것, 그들의 냉장고는 항상 잘 채워져 있다는 것, 그들의 거실은 과시하려는 의도가 없는 취향으로 꾸며져 있다는 것, 주말에는 여행을 간다는 것, 유럽에서 꽤 멀리 떨어져 있지만 유럽의 모든 안락함을 얼마만큼은 재현할 수 있는 상태라는 것을 안 순간, 그게 그러니까 이 모든 것으로 인해 내 마음이 이루 말할 수 없이 편안해졌음을 깨달았다.

더 나빴던 것은 시간이 지나면서 이 나라를 참을 수 있게 만들었던 것과 오늘 나에게 이 나라가 아름답게 느껴졌던 것은 백인들의 존재와 영향 때문이라는 생각이 들었다는 것이다. 도로도 없고 토목공사도 안 되어 있는 똑같은 풍경들, 도시계획도 없고 전기도 행정 건물도 식당도 약국도 수영장도 정리된 해변도 공항도 없는 똑같은 도시들, 원초적인 상태로 남아 있는 이 모든 것들이 삼림지대와 오후 5시 30분만 되면 시작되는 칠흑 같은 어둠과 말라리아로 인해 그리고 이곳에서 벗어나기 위해서 배나 비행기를 탈 수 없다는 것으로 인해 지옥처럼 느껴졌을 거라는 생각이 들었다는 것이다.

집주인인 상드린의 친구는 포르-가르시아의 프랑스 고등학교 선생이었다. 그 집 관리인은 잠들어 있었다. 주인 차인 듯한 오래된 포드는 차체가 진흙으로 더럽혀져 있었고, 정원의 잔디는 완벽하게 정리되어 있지 않았다. 돗자리가 땅바닥에 펼쳐져 있었다. 가정부와 사환들이 초대 손님들과 함께 꼬치구이를 나눠먹고 있었고, 모여 있는 사람들 사이에서는 담배가 돌고 있었다. 집주인이 백인 손님만큼 흑인 손님을 초대하는 데 목숨을 걸었던 모양이다. 상드린이 나를 소개했을 때 사람들은 내가 콩코르딘에 와 있다는 것을 이미 다들 알고 있었다. 비록 〈화이트 스터프〉를 보지는 못하고 그 영화에 대해 듣기만 했지만 어디선가 내 사진을 봤다는 것만으로도 나에게 바로 존경심을 드러내기에는 충분했다. 언젠가는 사람들로부터 이런 반응을 더 이상 받지 못하리라는 상상을 이제는 할 수가 없었다.

"날 떠난 것도 부족해서……."

잠시 후 새벽 2시경 나는 상드린에게 털어놓기 시작했다. 우리 둘 다 급작스레 서로에게 모든 속내를, 처음으로 같이 밤을 보내기 전인 첫 순간에만 말할 수 있는 그런 속내를 털어놓고 있었다. 그 순간은 상대를 유혹하고 당신을 매력적으로 느끼게 만든 그 말이 당신에게 불리해지기 전에, 더 이상 모든 것을 다 말하기 전에, 말썽을 일으키지 않기 위해 결국 입을 다물어버리거나 그런 척하기 전에 당신의 솔직함이 상대에게 상처를 주지 않으면서 아직은 감동이 되는 그런 때였다.

"날 떠난 것도 부족해서, 잘 지내보려고 내 스스로 찾아낸 해결책을 비난하기까지 하더라구. 하긴, 내가 여자들하고 잤다고 고백한 것에 좀 변태적인 면이 있었던 건 사실이야. 하지만 어느 날 제대로 이유도 모른 채 버림받고 난 후에 하는 약간의 복수는 정당한 투쟁 아닌가? 메일에서 내가 여전히 그녀를 사랑한다고 분명히 말한 건 차치하더라도 말이야."

우리는 돗자리 위에서 손으로 머리를 받치고는 약간 거리를 둔 채 옆으로 누워 마주보고 있었다. 이미 여러 번 상드린의 손을 잡고 싶은 충동이 고개를 들었다. 여전히 엘비라를 사랑한다고 고백하면서 상드린에게 작업을 걸 때 느껴지는 어중간한 편안함—여자들은 비겁함이라고 하겠지만—은 쾌락과 위안 중간쯤 되는 야릇한 기분이었다.

"자신만의 해결책을 찾는 것에 대해서 당신을 비난하는 게 아니에요."

대놓고 아니라고는 하지 못하는 말투로 상드린이 말했다.

"당신이 자기에게 그런 일에 대해서 말했다는 걸 비난하는 거죠. 그건 다른 거예요."

"그래. 하지만 그게 상처가 되리라곤 생각도 하지 못했어. 더군다나 그녀에게 상처가 된다는 건, 그렇게까지 공격적으로 나온다는 건 무슨 뜻일까? 아직도 나를 사랑한다는 건가? 만약 그렇다면 그녀 입장에서는 그렇게 당당할 수 없다고 생각해."

"사랑은 정말이지 너무 복잡하네요."

진지한 결론을 내린 상드린의 지금까지와는 사뭇 다른 근엄한 표정은 자신이 나이도 어리고 겉으로 보기에는 재미있고 활달한 여자이지만, 자신도 인생을 좀 살아봤고 사랑이라는 것을 그렇게까지 믿지 않는다는 인상을 주고 싶어하면서도 여전히 세상 그 어떤 것보다 사랑을 믿고 있음을 보여주고 있었다.

자기가 마침 베그베데의 《3년:사랑의 유효기간》을 읽고 있는 중인데 아주 희망적인 내용은 아니라고 했다.

"하나의 관계를 만들어가는 데는 헤아릴 수 없이 많은 방법이 있다는 건 알아요. 하지만 그 책을 읽으면 희망을 품을 만한 가능성이 없다는 느낌이 드는데다 그가 하는 말들이 소름끼칠 정도로 모두 다 사실이라는 느낌이 들어요."

"맞아."

사랑이라는 분자가 인간의 뇌에 단기간에 미치는 영향을 과학적으로 설명한 구절('사랑은 도파민, 노라드레날린, 프로락틴, 루리베린과 옥시

토신의 일시적인 분비다.' 라는 식)을 다시 상기하면서 대답했다.

"하지만 꼭 그런 것만은 아니야. 열정이 어느 순간부터 사라지기 때문에 더 이상 사랑하지 않게 되는 거라고 생각해선 안 돼. 바로 그렇게 생각하는 순간 두 사람 사이에 불균형이 나타날 수 있는 거야. 나는 평생을 함께 살아가도록 만들어진 사람들이 있고, 그렇지 않은 사람들이 있다는 식으로 봐야 한다고 생각해."

다시 엘비라에 대해, 그녀의 젊음에 대해, 그녀의 갑작스러운 변화에 대해 생각해보았다. 결국 내가 세상에서 가장 싫었던 것은 아무 예고도 없이, 내 의사와는 상관없이 나를 사랑하지 않게 된 여자였다. 갑자기 더 이상 그녀의 사랑을 받지 못하게 된 것과 그녀가 나를 떠난 것이 싫었다. 사람들이 나 없이도 지낼 수 있고, 나를 잊어버릴 수 있다는 게 너무나 싫었다. 떠나겠다는 결정을 내린 것이 자기 자신일 경우에는 덜 괴로운 법이라고, 어쨌거나 그 모든 게 자존심 문제라고 생각했다. 그리고 아마도 나를 사랑했던 여자들이, 내가 떠난 여자이건 나를 떠난 여자이건 간에 그 여자들이 나 아닌 다른 남자를 만나는 것이 싫었다. 그 여자들의 몸을 다른 손이, 내가 아닌 다른 수컷이 쓰다듬고 어루만지고 파고들어가는 것이 싫었다. 특히 그 부분이 나를 가슴아프게 했다. 사랑의 순환과 재생이라는 이런 게임의 법칙을 나는 철저하게 거부했다. 내가 원했던 것은 그 여자들이 죽을 때까지 내가 그녀들의 마지막 남자로 남는 것이었다.

엘비라가 최근에 보낸 두 개의 메일을 자세히 살펴보면 그녀가 나를 그리워했다는 사실에는 의심할 여지가 없는 듯하다. 나는 포르-가르시아로 오기 전날, 어머니가 주방에서 하신 말씀을 다시 생각해보았다. 20년 후 마흔다섯 살이 되어서 싱그러움이 줄어들고 이제는 조급하고 씁쓸한 감정에 사로잡히게 된 엘비라를 상상해보았다. 그녀는 과거에 자신이 저지른 잘못을 생각할 것이다. 그리고 어쩌면 그럴 만한 가치가 없었던 너무 많은 남자들에게 너무 많은 시간을 뺏겼다고 생각하고는 나를 기억하고 그리움에 내게 전화를 걸어 사정할지도 모르지만 소용없는 일이다. 이번에는 내가 그녀를 더 이상 내 취향이 아니라고, 더 이상 그리 예쁘지도 않고, 그리 썩 매력적이지도 않다고 생각할 것이다. 우리의 아름다운 추억은 빛바랜 과거에 불과할 것이다. 젊음과 아름다움이 여성에게 부여하는 확신과 우월감이란 역설적이면서 강렬한 동시에 아주 순진한 개념이라는 생각이 들었다. 그 권력은 길어봐야 불과 15년 정도 지속되는 시간 문제일 뿐이라는 생각이 들었다. 롱사르의 시에 나오는 장미가 생각났고, 내가 그 장미의 의미를 이제야 처음으로 제대로 이해하고 있음을 깨달았다.

세상의 시련을 이미 겪은 사람들이 던지는 조심하라는 경고는 아무 짝에도 소용이 없다는 결론을 내렸다. 우리 모두가 젊어서 잘못을 서질러봐야 뒤늦게라도 이해를 하게 되는 것이다. 또 이미 알고 있는 사람들의 말을 듣는 지혜가 막상 필요할 때는 그런 지혜가 없다는 게 세상 이치이기도 하다. 어제의 모든 젊은이들이 이제는 나이가 들었고, 오늘의 젊은이들도 언젠가는 어쩔 수 없이 늙어갈 것이라고 생각하면서 내 자신을 위로하려고 했다. 하지만 젊은이들은 여전히 존재할 것이고, 계속해서 변덕스러운 젊은 여자들은 당신이 더 이상 신세대가 아니라는 것을 상기시킬 것이라는 생각이 들었다. 어렸을 때 보그다노프 형제[40] 중 이고리 보그다노프가 어떤 방송에서였는지는 잘 모르겠지만, 지금으로부터 60년, 65년 후에는 생물학자들이 세포의 퇴화 문제를 분명 해결할 것이라고 했던 말이 생각났다. 그는 우리가 몇십 년 너무 일찍 태어났고, 우리는 이 새로운 발견이 대규모로 적용되기 전에 죽음을 맞이할 것이라고도 했다. 영원한 젊음이 과연 인류 상상의 세계와 사회에 어떤 결과를 가져올지 궁금했다.

또 장 미셸 바스키아,[41] 지미 헨드릭스, 클리포드 브라운,[42] 투팍 샤쿠르,[43] 커트 코베인,[44] 제임스 딘, 리버 피닉스 등 채 서른다섯 살이 되기도 전에 세상을 떠난 예술가들을 떠올려보았다. 월트 디즈니의 냉동 보관[45]에 대해, 향수 광고 포스터에 나오는 나보다 열 살은 어린 남자 배우들에 대해 생각해보았다. 잘 늙어야지 자

---

40) 이고리 보그다노프(Igor Bogdanov)와 그릭카 보그다노프(Grichka Bogdanov)는 쌍둥이 과학자로, 프랑스 국영 채널인 TF 1에서 1979~1989년까지 일반인을 대상으로 과학 프로그램을 진행했다. 다양한 실험으로 대중들에게 큰 인기를 얻었다.

41) 장 미셸 바스키아(Jean-Michel Basquiat, 1960~1988)는 미국인 화가이다.

42) 클리포드 브라운(Clifford Brown, 1930~1956)은 미국인 트럼펫 연주가이다.

43) 투팍 샤쿠르(Tupac Amaru Shakur, 1971~1996)는 미국인 랩퍼이다.

44) 커트 코베인(Kurt Cobain, 1967~1994)은 미국인 가수이다.

45) 1966년 12월 15일 사망한 월트 디즈니의 시신을 본인의 요청에 따라 냉동 보관한 일을 말한다.

신이 더 이상 젊지 않다는 것에 절망하지 않고 견뎌낸다는 생각이
들었다.

청명하고 포근한 밤이었다. 술기운이 머리끝까지 차올랐다. 저
아래쪽에 있는 만灣 위로 보름달이 반사되고 있었고, 술을 마실
수 있게 설치한 바 위의 베란다 지붕을 덮고 있는 바나나나무가
부드러운 산들바람에 건조한 나뭇가지를 흔들고 있었다. 모기들
은 잠을 청하러 갔는지 보이지 않았다. 인종 분열은 없다고 믿으
려는 모두의 노력에도 불구하고 초대된 백인 손님들과 흑인 손님
들은 나중에는 본능적으로 끼리끼리 모여 있었다. 프랑스 적포도
주가 담긴 잔을 백인들만큼 편하게 쥐려고 애쓰는 흑인들과 차고
안에 즉석으로 만들어진 댄스 플로어에서 흑인들만큼 느긋해 보
이려고 애쓰는 백인들. 그건 정말이지 신식민지 시대가 끝나고
난 뒤 해외 파견 근무자들이 연 파티였지만, 그을린 피부에 셔츠
바람으로 이곳에 모여 있는 프랑스 사람들에게는 다소 모호한 행
복의 구현이기도 했다. 그들은 프랑스로 돌아갈 때가 되면 그 누
구와도 자신의 기분을 함께 나눌 수 없는 상황에서 지신에게 무
슨 일이 일어나고 있는지, 자기 존재의 어떤 심오한 부분을 이곳
에 남기게 되는지 정확히 설명도 하지 못하면서 매우 우울해할
테니까 말이다.

나는 상드린이 너무나 자연스럽게 흑인들과 어울리는 몇 안 되
는 백인에 속한다는 것을 알게 되었다. 아니 적어도 흑인들 앞에
서 우월감이나 지나친 매력을 드러내지 않는 백인에 속한다는 것

을 알게 되었다(결국 마찬가지 이야기이지만). 나는 그 사실을 속에 담고 있을 수가 없어서 그녀에게 아주 조심스럽게 말을 건넸다.

"있잖아. 너 같은 사람은 드물어, 정말이야. 강박적으로 끊임없이 모든 걸 흑인-백인이라는 틀로만 바라보는 나에게는 특히나 이상해보여. 그게 단지 내가 혼혈이기 때문만은 아니야. 오히려 '내가 혼혈이라는 사실에도 불구하고' 라고 말해야겠지. 혼혈들은 일반적으로 말이지—야닉 노아[46]를 봐—오히려 이런 차이점들을 뛰어넘어 시각을 넓혀 앞으로 나아가야 한다고 말할 걸. 우리가 사실 모두 똑같다고 말하겠지. 나는 아니야. 간단히 말하면 나는 흑인과 백인이 함께 있는 모습을 보면 그들이 서로 억지로 함께 있다거나, 상대의 존재를 이용해 자신을 과시해 보인다는 생각밖에 안 들어. 백인들 파티에 초대된 흑인을 보면 그 사람을 대신해서 불편한 마음이 든다구. 흑인처럼 쿨해 보이려고 하는 백인을 보면 욕하고 싶어져. 내가 하고 싶은 말은 세상에서 가장 재미있고 가장 중요한 건 문화와 문화 간에, 인종과 인종 간에, 그리고 흑인과 백인 간의 행동이 다양한 거라고 생각한다는 점이야. 이런 조그만 차이점들이 결국 모든 차이를 만든다는 게 신기하다고 생각하지 않아? 어떻게 걷는지, 어떻게 옷을 입는지, 어떻게 말하는

---

46) 야닉 노아(Yannick Noah)는 프랑스 테니스 선수였으나 현재는 가수로 활동 중이다. 그는 2008년 프랑스 여론조사기관(Ifop)의 조사 결과 프랑스인들이 좋아하는 인물 50인에서 1위를 차지했다.

지, 어떻게 머리를 긁적이는지, 물 밖으로 나오면서 어떻게 얼굴을 닦는지, 손가락으로 어떻게 연필과 농구공을 잡는지, 어떻게 신문을 읽는지, 어떻게 화를 참는지. 또 우리가 흑인 혹은 백인이냐에 따라 무엇이 달라지는지, 난처함을 어떻게 표현하는지, 어떤 음악을 듣는지, 어떤 영화를 보는지, 슈퍼마켓에서 카트에 무엇을 담는지, 어떻게 그리고 왜 웃는지, 왜 흑인들은 록음악과 산을 좋아하지 않고 장 마리 비가르[47]의 유머도 좋아하지 않는지, 왜 백인들은 클래식 음악과 담배를 좋아하는지, 왜 흑인들은 교통 체증이 심할 때 백인들만큼 투덜거리지 않는지, 왜 백인들은 흑인들보다 극장에 더 자주 가는지, 왜 흑인들은 백인들보다 더 자조적인지, 왜 흑인들은 백인들보다 옷을 더 잘 입는지, 왜 백인들은 소음을 잘 참지 못하는지, 왜 흑인들은 정신분석 치료를 싫어하는지, 왜 흑인들에게는 부유한 사람이라도 '보보스족'이라는 용어를 쓰지 않는지 하는 것들 말이야."

인종차별주의자라는 인상을 주고 싶지 않아서 프랑스에서는 사람들이 모두 같은 버스, 같은 지하철을 타지만 소용이 없다. 이런 것들에 대해 탁 터놓고 이야기하지 않으니까. 나는 "사람들은 상관없어 하지. 이런 모든 생각들은 사람들의 관심 밖으로 밀려나 있거든. 사람들은 보지도 않고 알지도 못해. 사람들은 매일 자기 자신에게 그 이상의 질문은 던지지 않은 채 무관심하게 흑인과 백

---

47) 장 마리 비가르(Jean-Marie Bigard)는 프랑스 코미디언이자 배우이며 감독이다.

인들 옆을 스쳐 지나간다고. 구별할 게 없다고 판단하거나 평등하다는 생각에서가 아니라 절대적인 무관심 때문에 말이야. 사람들이 잘못 생각하고 있는 거야. 그런 사소한 것들이 존재하고 있고, 그건 사람들이 생각하는 것보다 훨씬 더 중요한 거라구."라고 말하고 싶었다.

상드린은 고개를 아래위로 끄덕였지만 내가 지적한 내용에 정말로 동감하는 것 같지 않았고, 왜 그런 말을 하는지도 모르는 것 같았다. 그녀는 자기 자신에게 이렇게 많은 질문을 하지 않았고, 그 모든 것을 훨씬 더 단순하게 생각했다. 그때 나는 머리를 받치고 있지 않던 손으로 주변의 마른 어린 풀잎들을 무의식적으로 뜯던 걸 멈추고 몸을 앞으로 약간 숙여 그녀에게 입을 맞췄다.

우리는 곧바로 그녀의 집으로 가지는 않았다. 정원에 있는 게 좋았고, 서두를 필요가 없었으므로 밤을 만끽하고 있었다. 나는 이미 모든 사람들이 우리를 은밀히 쳐다보고 있지 않은 척, 상드린이 돗자리에 같이 있었던 앙투안 막 폴라와 막 나가려고 한다는 것을 눈치채지 못한 척하고 있음을 알고 있었다. 나는 '상드린이 내가 키스했다고 해서 놀라지는 않았겠지. 평소에 자기가 생각했던 그런 어리숙하고 보잘것없는 시시한 계획을 분명 바꿔놓았을 거야.'라고 생각했다.

그녀의 소박함과 남의 말을 들어주는 능력은 결국 내 마음속에 늘 자리잡고 있던 것들에 대해 이야기하고 싶은 욕구를 자극하고 말았다. 예를 들어서 또 한 번 영화에 대해 말하지 않을 수 없었다. 특히 어쩌다가 스파이크 리의 최근 영화 〈인사이드 맨〉을 언급하게 되었는지는 알 수가 없다.

"그건 지독하리만치 정치적인 영화야. 처음에는 주인공인 경찰, 좋은 사람과 나쁜 사람, 백인과 흑인이 나오는 일반적인 할리우드 갱영화라고 생각하지. 하지만 사실은 조디 포스터가 앞에서는 달콤한 미소를 보이면서 뒤로는 파렴치한 짓을 벌이는 전형적인 백인 역할을 맡은 백인들의 위선에 관한 영화라구(왜냐하면 백인들의 위선은 흑인들에게는 끊임없이 회고되는 대화의 주제이거든). 아마 보면 알 거야. 할리우드의 평범해 보이는 수많은 백인 영화들이 지나칠 정도로 흑인들을 경멸하는 내용인 것처럼, 아주 교활하게 만들어진 반反백인 영화라는 걸 말이지. 스파이크 리는 그 영화를 만들면서 '스필버그 같은 녀석들이 노예제도에 관한 영화를 만들어? 다른 녀석들은 인종차별 정책에 관한 영화를 만들고? 아프리카의 식민지화? 백인 시나리오 작가들과 감독들이 우리 문제에 대해, 우리의 고통, 우리의 타부에 대해 그렇게 독점할 수 있다고, 악마의 변호인 노릇을 하면서 동시에 우리를 옹호할 수 있나고 믿는 거야? 그렇다면 나도 똑같이 해주지. 나도 백인들에게 대량학살과 대독협력對獨協力[48]에 대해 말하겠어. 이번에 백인들의 역사를 그들 면전에 들이대는 건 흑인이라고.' 라고 생각했던 거지."

---

48) 제2차 세계대전 당시 독일의 허수아비 정권이었던 프랑스 비시 정부가 펼쳤던 대독협력 활동을 말한다.

좀 지나치다 싶을 수도 있었지만, 흑인 감독 안톤 후쿠아의 〈트레이닝 데이〉에 대해서도 언급했다.

"메이시 그레이가 덴젤 워싱턴과 에단 호크에게 '니들, 지 에미랑 붙어먹을 놈들! 지 에미랑 붙어먹을 놈들!' 하면서 욕하는 장면이 있어. 메이시 그레이가 소리를 막 지르는데, 은으로 된 앞니가 보이고 분홍색 꽃무늬 옷에 목에는 번쩍이는 장식품을 두르고 있지. 어떤 백인이든지 그 모습을 보면 '저 여자 상스럽군.' 하고 말할 거야. 근데 안톤 후쿠아는 DVD 보너스 편에서 메이시 그레이의 연기에 대해 이야기할 때 웃으면서 '그 여자 정말이지 대단했어요.' 라고 했는데, 그게 무슨 뜻인지 알겠어? 그러니까 말이야, 그렇게 이야기하고 그렇게 웃어대는 거, 그게 바로 백인과 흑인의 차이점인 거야."

내 문제는 그런 모든 것에 대해, 특히 백인이 아니기 때문에 부과되는 모든 부정적인 이미지에 대해 내가 어떤 입장을 취해야 하는지 오랫동안 알지 못했다는 것이라고 상드린에게 조금씩 털어놓았다. 스물다섯 살 때까지는 흑인들에게도 백인만큼이나 똑똑하다고 생각할 만한 여지가 있지 않을까 필사적으로 찾아봤다고 말했다. 흑인들도 백인만큼이나 능력이 있다는 것을, 본질은 다르지 않다는 것을 증명하기 위해서 백인들이 활동하는 영역에서 성공한 흑인들의 예를 필사적으로 찾아보았다고 했다.

"유명한 가수나 운동선수가 없어. 시인도 없고. 그런 분야에는 없다니까. 그건 너무나 분명하고 너무나 당연한 사실이지. 하긴

타이거 우즈나 윌리엄스 자매 같은 사람들이 백인들의 스포츠에서 인정받고 있기는 하지. 알다시피 백인 스포츠가 있고, 흑인 스포츠가 있으니까. 알지? 돈 이야기를 하는 게 아니라 타고난 능력을 말하는 거야. 사이클, 수영, 등반, 스키, 스케이트보드 등 일반적으로 도구가 필요한 스포츠는 백인 스포츠지. 농구, 야구, 100미터 달리기, 권투 등 몸으로 하는 스포츠는 흑인 스포츠이고. 지금 역대 프랑스 대통령 이야기를 하는 게 아니야. 그 이야기는 아예 꺼내지도 말자구. 불을 보듯 뻔한데다가 지나치게 요행수를 바라는 이야기이니까 말이야. 아니, 나는 백인들이 점유하고 있는 영역에서 백인보다 앞서 있는 기술자, 정치가, 사업가를 말하는 거야. 나사에서 화성 탐사를 위한 패스파인더 프로그램을 만든 말리 사람인 체익 모디보 디아라나 코피 아난, 콘돌리자 라이스, 버락 오바마, 넬슨 만델라와 같은 사람들 이야기를 하는 거야. 프랑스에서는 라마 야드,[49] 올림피크 드 마르세이유[50]의 파프 디우프 회장, 에어니스를 창설한 말라민 코네 같은 사람들 말이야."

상드린은 하품이 나오는 걸 참으면서 내가 방금 언급한 이름의 4분의 1도 모른다고 대답했다. 또 내가 세상을 그렇게 복잡하게 생각하는 게 이상하다고 했다. 그녀가 끝없이 이어지는 내 말에

---

[49] 라마 야드(Rama Yade)는 세네갈 출신의 프랑스의 여성 정치인.

[50] 올림피크 드 마르세이유(Olympique de Marseille)는 1899년에 창단된 프랑스 마르세이유 축구 팀이다.

약간 싫증을 느낀 건 아닌가, 그녀에 대해 충분히 신경쓰고 있지 않다고 느끼는 건 아닌가 하는 생각을 하고 있을 때 주머니에서 휴대전화가 부르르 떨며 문자가 도착했음을 알렸다. 시간으로 보아서는 프랑스에서밖에 올 데가 없었다. 그쪽 시간으로 정오가 다 되었을 때였으니까. 나는 미안하다고 말하고는 휴대전화를 꺼내 메시지 확인 버튼을 눌렀다. 나는 **발송인란**에 **알리에노르 샹플렝**이 뜨는 것을 보자 우쭐함에 격렬한 전율이 느껴졌다. "지금 상트페테르부르크로 올래?" 상드린 앞에서 동요된 모습을 보이지 않기 위해 아무 일도 아니라는 듯 곧바로 휴대전화를 주머니에 다시 집어넣었지만, 속으로는 '상트페테르부르크? 러시아? 완전히 돌았군.' 이라고 중얼거렸다.

혼란스러움과 행복감이 뒤섞인 상태에서 다소 갑작스럽게 자리에서 일어나서는 상드린에게 내가 그녀 집으로 가는 게 더 좋을지 아니면 그녀를 호텔로 데리고 가는 게 좋을지를 물었다. 알리에노르 샹플렝이 보낸 문자의 도전적인 말투가 내 흥분을 조금은 희석시키기는 했지만, 보나마나 나는 지금부터 몇 시간 후에는 상드린과 잠자리를 하고 나서 시내의 상점들이 문을 열 시간이 되면 바로 여행사로 달려가 금액이 얼마이건 간에 상트페테르부르크 행 표를 사서 첫 비행기를 탈 게 뻔했다.

오래된 애인처럼 거리낌없이 상드린의 허리에 손을 두르면서 연이어 든 생각은 비행기 표를 사고 나서 이 섬의 어느 약국에서든 아스피린 가격으로 팔리고 있는 인도산 비아그라 한 통을 구입하고 싶은 유혹을 과연 뿌리칠 수 있을까 하는 것이었다. 또다시 알리에노르 샹플랭을 낙담시키고 싶지는 않았다.

　오디션을 본 그날 저녁에 걸려왔던 알리에노르 샹플랭의 첫 번째 전화와 오겠냐던 말이 다시 생각났다. '가지, 두 번째로.' 답장으로 슬쩍 문자를 찍어 보내리라 결심을 했다. 하지만 그녀가 지나친 환상을 품을 것이라는 큰 기대는 하지 않았다.

Raindrops keep fallin' on my head / But that doesn't mean my eyes
will soon be turnin' red / Cryin's not for me / 'Cause I'm never gonna
stop the rain by complainin' / Because I'm free / Nothin's worryin' me.
(빗방울이 내 머리 위로 떨어지네요. 그렇다고 해서 내 눈시울이 붉어지지는
않는답니다. 훌쩍거리는 건 내 스타일이 아니에요. 그런다고 비가 멈추는 건
아니니까요. 왜냐하면 난 자유로우니까. 아무것도 걱정할 게 없으니까.)

내 모든 자기암시 능력을 모아 가사와 나를 일치시키려고 노력
하면서 아이팟에서 흘러나오는 B.J. 토머스(버트 바카락의 음악)의
쾌활하고 흐트러짐 없는 목소리를 듣고 있었다. 그러나 이 노래
의 가사는 그날 오후에 상트페테르부르크의 풀코보 국제공항으
로 가는 환승 비행기를 타기 위해 루아시 공항으로 날아간다는
나의 즐거움을 망쳐버린 막대한 죄책감과 너무나 대조를 이루고

있었다. 행복하기만 하다는 것은 있을 수 없는 일이라는 생각이 들었다. 행복한 순간에도 늘 뭔가 좋지 않은 일이 있기 마련이다. 농담이 아니라, 전날 연단에서 일어났던 일들이 내가 그날 형제들을 방치했던 것처럼 이렇게 그들을 내버리고 급히 떠나는 것을 벌주기 위한 것이 아니었을까 하는 생각마저 들었다.

형의 유세 현장에서 일어났던 일들을 회상해보았다. 형은 아침 일찍 일어나서 조깅과 팔굽혀펴기로 몸을 풀었고, 몇 통의 전화를 주고받았다. 무엇인가를 열심히 생각하는 표정에서는 살기마저 느껴졌다. 샤워를 하고 나서 새 옷을 입고 넥타이를 맸다. 아무렇지 않은 척하면서 진짜 정치인들처럼 자신의 두려움을 드러내지 않으려고 애썼다. 벤과 에메르손은 형의 뒤를 바짝 따라다니며 음모자 같은 태도로 다른 가족들의 접근을 막으며 형을 격려하고, 방에서 연설문을 다시 읽어보게 하고, 어깨를 주물러주고, 집에서 만든 원기활성제를 먹이면서도 링에서 코치들이 하듯이 전투적으로 몰아붙여야 하는 것인지 아니면 반대로 마피아 같은 분위기로 무표정하게 옆에서 지켜보며 말없이 고개만 끄덕여야 하는 것인지 갈피를 잡지 못하고 있었다.

일인당 2달러를 주고 밤늦게까지 선거 도우미로 용도 변경하여 동원된 십여 명의 창고 기술자들이 새벽 5시부터 트럭을 타고 마을을 돌아다니면서 길을 차단하고, 물품과 악기를 풀어놓고, 연단의 널빤지와 알루미늄 튜브를 조립하고, 테이블과 음향기기를 설치하고, 현수막을 치고, 전기시설물을 몰래 공용 전류에 연결하기 시작했다. 10시가 되자 잠시 편안한 옷차림에 머릿수건을 두르고 선글라스를 머리 위로 올려 쓴 형수, 마를렌, 파트리시아가 바쁘게 손을 움직이며 상자에서 티셔츠를 꺼내 풀어놓았다. 그리고 아이스박스와 바비큐를 위한 자리를 마련하고 화분을 옮겨놓고 장막의 주름을 펴고 싸구려 실크 리본의 매듭을 다시 묶었다.

오후 2시가 되자 식구들은 모두 집에서 식사를 했다. 부모님이 방에서 쉬는 동안 여자들은 미용실과 피부 관리실에 다녀왔다. 그녀들이 원피스 차림에 하이힐을 신고 화장을 마치자 출발할 시간이 되었다. 사람들이 형을 알아볼 수 있게 적당히 빠른 속도로 달리는 자동차 안에서 형은 창문에 팔꿈치를 올리고는 곁눈으로 거리를 지나가는 사람들이 자기를 알아보는지 확인했고, 필요한 경우에는 미소 없이 손가락으로 승리의 브이 자를 그려 인사하기도 했다.

현장에 있어야 할 것은 거의 다 정리된 것 같았다. 바비큐 코너, 테이블과 티셔츠, 현수막과 형의 초상화, 마이크와 콘솔, 늘 그렇듯이 귀청이 떨어져나갈 듯한 음향, 손님을 끄는 요란한 주크 음악 소리를 내며 5·14 광장 쪽으로 향해 있는 스피커, 모두 담배를 피우며 의자에 앉아 차례를 기다리고 있는 뮤지션 레 파르티장, 휴대전화로 게임도 하고 발가락에 박힌 가시를 빼내면서 그때그때 있을지도 모르는 새로운 지시를 기다리고 있는 창고 기술자들. 관중만 없었다. 형은 짐짓 사람들이 없어서 오히려 다행이라는 식의 반응을 보이더니 바르나비 아저씨와 누군지 모르는 다른 한 명과 함께 자동차 뒷좌석에서 연설문을 다시 읽고 있었다.

좋지 않은 예감이 우리 모두를 엄습했다. 우리는 관자놀이를 따라 고랑을 이루며 흘러내리는 땀을 닦아냈다. 여자들은 형의 얼굴이 인쇄되어 있는 팸플릿으로 부채질을 해댔고, 돌아가면서 너무 꽉 끼는 하이힐을 잠깐씩 벗으러 연단 뒤로 사라졌다. 소시지는 햇빛 아래에서 식어가고 있었지만 우리는 10분마다 서로 "곧 올거야." "너무 이르잖아. 아직 식사하는 중이라고. 낮잠 자는 중일 거야." "아직 너무 덥잖아." "옷 입고 있는 중일 거야." "걱정 마. 올 거라니까." "음악을 바꿔야 해. 레게를 틀라고. 두고 봐, 올 거라니까."라는 말들을 지나치게 큰소리로 주고받으면서 분위기를 띄우려고 애썼다.

오후 4시가 지나자 누군가가 와서는 항구에 있는 프리드릭 쪽에 사람들이 새카맣게 몰려 있으며, 쿨 제가가 한참 전에 콘서트를 시작했음을 알렸다.

"우리도 이제 시작해야 하는 거 아니에요?"

형수가 말했다.

"기다리는 사람들을 위해서 말이에요. 보세요. 적어도 100명은 있잖아요, 안 그래요? 사람들이 가버리기 전에 시작해야 한다구요. 소시지는 다 나눠줬어요?"

"어떡하지? 레 파르티장한테 지금 올라가라고 할까?"

에메르손이 어쩔 줄을 몰라 했다.

벤은 더 이상 자신의 동요를 감추지 못하고 있었다.

237

"프리드릭이 연설할 때까지 기다렸다가 우리 행사, 콘서트를 시작하면 어떨까? 음악을 들으면 사람들이 분명히 몰려올 거야. 콩코르딘이 어떤 곳인지 알잖아. 어쩌고저쩌고 하는 말 따위는 관심도 없어. 그들이 원하는 건 파티라구. 내가 형한테 이야기할 게. 알았지?"

벤은 자동차 쪽으로 뛰어갔다. 창문으로 고개를 들이밀어 이야기하고는 머리를 끄덕이면서 형의 이야기를 듣는 그의 모습이 보였다. 둘이 서로 내 쪽으로 한두 번 슬쩍 시선을 던지더니 형은 걱정스러운 표정으로 다시 연설문을 들여다보았고, 벤은 나를 쳐다보면서 우리가 있는 곳으로 돌아왔다. 내 심기를 건드리지 않으면서도 거절할 수 없게 만드는 그런 어투로 이야기하려고 애썼다.

"사실, 형은 네가 먼저 무대에 오르는 게 좋겠다고 생각해. 지금 올라갈 준비됐지?"

나는 "좋아, 문제없어. 1분만 줘. 바지랑 자질구레한 물건들을 준비할 시간이 필요해."라고 재빨리 대답했지만, 사실은 '빨리 끝났으면' 싶었다. 파트리시아를 찾아가서 준비됐냐고 묻고는 믹싱 테이블을 담당하는 남자에게 내가 복사해준 CD가 옆에 있는지 확인한 후 완벽하지 않은 크레올어로 "리허설 때처럼 하는 거예요. 언제 틀어야 하는지, 언제 멈추고 언제 다시 틀어야 하는지 기억하죠? 제 동작을 잘 지켜보세요, 네?"라고 덧붙였다. 그는 고개를 끄덕였고 나는 더 묻지 않고 옷을 갈아입었다.

무대에 오를 때와 드문드문 흩어져 있는 관중들을 무대에서 내려다볼 때면 항상 기분이 이상하다. 사실 아는 사람만 모인 자리라면 문제가 될 게 없다. 바보같이 말을 더듬거나 주저하거나 진행이 완벽하지 않거나 완전히 실패로 끝나더라도, 게다가 말 그대로 코미디가 되더라도 언제나 용서가 된다. 하지만 바라보는 사람들의 수가 여럿이고, 동시에 그들을 웃겨야만 하는 경우라면 선택의 여지가 없다는 것을 느낀다. 약속을 했으니 그 약속을 지켜야만 한다. 숫자와 대중이 법이니까. 개인이 모이면 개성이 없어지고 인간성이 상실된다. 사람들이 당신을 용서하지 않는데다가 인정사정 봐주지 않는 무자비한 순간이라 당신의 명예가 여러 사람 앞에서 발가벗겨지게 되는 것이다.

잘 해내리란 자신 없이 여러 가지 가능성을 고려한 후 나는 주제넘게도 스티브 마틴의 촌극 〈더 그레이트 플라이디니The Great Flydini〉[51]가 적합하겠다는 생각을 했다. 우선 대사 없이 진행되는 공연이라 결과적으로 크레올어로 웃기지 않아도 되었고, 도발적이기는 하지만 지나치게 추잡하지 않은 이 촌극은 문화를 초월하는 효과가 있다고 생각했다. 물론 연출에서 자질구레한 물건들을 조절하는 것이 심각한 장애가 될 수도 있다는 예상은 했다. 하지만 스티브 마틴의 정확한 기술은 모르더라도 담배와 술잔 그리고 오페라를 부르고 끝에 인사를 하는 꼭두각시 같은 몇 가지 준비물만 제외한다면, 내 왼손 안쪽에 붙여놓은 조그만 펌프와 소매

---

51) http://www.youtube.com/watch?v=dJCtOz32dnw

에서부터 바지의 앞지퍼까지 연결되어 있는 긴 플라스틱 튜브를 가지고 해낼 수 있을 것 같았다. 그리고 나같이 농땡이 피우는 배우에게는 실수가 있어도 크게 지장이 없고, 내 출연만으로도 실수가 상쇄되는 간단한 요술 같은 게 만만했다.

물론 나의 예상대로 진행된 것은 하나도 없었다. 우선 기술적인 면에서 펌프가 스카프와 달걀을 하나씩이 아니라 한꺼번에 모두 내보내는 바람에 리듬이 깨졌고, 그 덕분에 오른손 하나로 복잡한 조작을 다 해야만 했다. 그리고 또 CD가 헛돌아 전화벨 소리가 제때 울리지 않았다. 전화 이야기가 나왔으니 말인데, 그건 객관적으로 보아도 너무 장난감 같아서 아무도 속아 넘어가질 않았다. 삑삑거리는 잡음을 내던 음향에 대해서는 말하지 않겠다. 자신이 해야 할 일은 나 몰라라 한 채 내가 알려준 대로 움직이기는커녕 바보같이 웃느라 정신이 없었던 파트리시아에 대해서도 말하지 않겠다. 무엇보다도 나에게는 프로 정신이 없었고, 스티브 마틴처럼 얼굴색 하나 변하지 않고 연기하는 침착함도 없었다.

이번 경험으로 나는 교훈 하나를 얻었다. 재능은 준비 없이 이루어지는 것이 아니라는 것, 이런 종류의 공연은 철저한 사전 준비 없이는 도전하는 게 아니라는 것, 그리고 잘생긴 얼굴과 임기응변만으로는 충분하지 않다는 것, 코미디 공연에서는 다른 종류의 공연과는 달리 잘생긴 얼굴이 그냥 기괴하게 변할 수 있다는 것을 알게 되었다. 이 공연을 충분히 준비하지 않았다는 것은 내가 콩코르딘 관중을 충분히 존중하지 않았다는 증거였다. 간단히 말해서 내가 이곳 사람들을 바보로 생각했던 것이다. 파리에서라면 절대 이렇게 내 자신이 웃음거리가 되는 위험은 무릅쓰지 않았을 테니까.

내가 무대에 올라갔을 때 사람들은 그런대로 호의적이었다. 티셔츠와 소시지를 나눠주고 있었고, 또 대부분의 사람들은 두 번째 소시지를 받을 수 있게 되었다. 더 열성적인 반응을 보이는 사람들에게 세 번째 소시지가 약속되어 있어서인지 사람들은 오랫동안 서서 기다리며 형에 대한 호의로 프리드릭 쪽으로 가고 싶은 것을 애써 참고 있었다. 요컨대 사람들이 그리 재미있어 할 것 같지 않다는 생각이 든 것이다. 내 손이 바지 지퍼로 내려가서 첫 번째 스카프를 꺼냈을 때부터 납덩이같은 침묵이 느껴졌다. 세 번째 달걀을 꺼냈을 때는 몇몇 사람이 아이들을 데리고 자리를 떴다. 그리고 파트리시아가 내 바지 속으로 전화기를 다시 집어넣었을 때는 관중의 3분의 1이 자리를 떠나버렸다.

최악은 서양 관중들의 경우에는 가끔 고의로 그러는 경우도 있지만, 이곳 관중들의 침묵은 고의적으로 모욕을 주려는 것이 전혀 아니라는 점이다. 이곳에서는 교훈을 주기 위해서 노골적으로 웃어대는 걸 마다하지 않는다. 전혀 마다하는 법이 없다. 단지 모두가 나의 외설스러운 연기에 충격을 받았기 때문에 웃지 않았던 것이다. 설사 우리가 술집과 매춘부가 있는 도시에 살고 있더라도, 설사 모든 가정에 있는 소녀들이 열세 살부터 남자와 잠자리를 하고 있더라도 내가 조금 전에 보여준 그런 행위는 사람들 앞에서해서는 안 되는 것이었다.

혼자만 걸려든 이 함정에서 빠져나오기 위해 허우적대던 그 몇 분이 끝없는 억겁의 시간처럼 느껴졌고, 이 공연을 어떻게 마쳐야 할지 막막하기만 했다. 나는 전날 밤 잠을 자지 못했던 터라 녹초가 되어 있었다. 내가 도착한 날 저녁에 DVD로 보여준 〈화이트 스터프〉에서 내가 데보라에게 "그래, 나 홀딱 다 벗었어. 그래서 뭐?"라고 말하는 장면을 보면서 지었던 황당한 표정으로 벤과 에메르손이 연단 옆에서 나를 바라보고 있는 모습이 보였다. 자동차 안에서 노발대발하며 이 학살을 종결지을 누군가를 보낼 준비를 하는 형을 상상하고 있을 때 갑자기 모든 사람들이 일시에 5·14 광장 쪽으로 고개를 돌렸다. 지진이 발생했을 때만큼이나 한 발짝도 움직이지 못하게 만드는 소동이 한순간에 벌어지자 모두가 어리둥절해했다. 200미터쯤 떨어진 프랑스 영사관 앞에서 항구에서 올라오던 십여 명의 젊은이들이 프리드릭에 의해 감정이 고조될 대로 고조되어서는 창문에 돌을 던지고 철문을 들어올리려고 하고 있었다.

영사관의 치안 담당 부서의 업무가 마비 상태라 경찰군인 병력이 지원되었다. 단 몇 초 사이에 최루가스가 터지고 사람들이 여기저기로 흩어졌고, 경찰들은 곤봉과 방패를 들고 젊은이들을 쫓아다녔다. 눈과 목이 따끔거렸고 연기로 가득한 허공으로 유리병과 돌이 사방으로 날아다녔다.

가장 곤란했던 것은 혼비백산한 사람들의 움직임이 아니었다.

사실 그렇게 끔찍한 상황은 아니었다. 콩코르딘 사람들은 할아버지 대부터 폭동에 익숙해 있어서 침착하게 흩어지는 법을 알고 있다. 가장 곤란했던 것은 형의 유세 현장에 있던 사람들이 여기 저기로 정신없이 움직이는 사이, 제복을 입은 프랑스 대사관의 군인 두 명이 달려와서는 권위적인 목소리로 내게 영사관으로 몸을 피하라고 명령했던 그 순간이었다("당신은 프랑스 국민이시죠. 맞습니까? 그럼, 저희와 함께 가시죠"). 그들은 내가 누군지 알고 있었고, 내가 연단에 오른다는 것도 틀림없이 알고 있었을 것이다. 내가 감히 그들에게 싫다고 하지 못했던 것은 바로 그 때문이었다. 즉 그들을 따라가야만 할 이유가 전혀 없었음에도 나에게 주어진 이 특별대우를 존중하기 위해서 말이다. 나는 그저 저항이랍시고, 사람들로 인해 꼼짝달싹 못 하게 된 자동차와 트럭을 타고 가겠다는 희망을 버린 채 이미 인근 도로로 도망치기 시작한 내 형제들과 형수와 제수씨들을 가리키면서 내 가족과 함께 있고 싶다고 말했다.

게다가 아직 그때까지는 형과 벤, 에메르손이 있는 쪽으로 충분히 갈 수 있었다. 그러나 결국 두 군인을 따라 대사관에 들어가서는 거리가 다시 조용해지기를 기다리며 직원들에게 사인을 해준 것은 난지 군인들이 달려와 나에게만 말을 걸고 보호하는 것을 본 내 형제들이 더 이상 나에 대해서는 신경을 쓰지 않았기 때문이다. 마치 내 인생에는 어쨌거나 심각한 일이 절대 일어날 수 없을 것처럼 말이다. 정장 차림을 한 그 세 명은 위험과 독단에 대항하기를 조용히 체념한 채 한껏 치장한 자기 여자들과 함께 최루가스 연기 속으로 총총히 사라졌다. 그들은 모든 사람들처럼 곤봉과 감옥과 불의를 피하는 데 익숙해 있었고, 시련과 운명에서 벗어날 수 없게 타고난 여느 콩코르딘 사람들처럼 경찰의 공격을 피했다.

모두가 나를 두고 떠나는 것을 보는 것이 그리 놀랍지는 않았다. 다만, 막연히 그럴 수도 있을 것이라고 생각했을 때와는 달리 이렇게까지 내 가슴속 깊이 와 닿은 적이 없었던 사실을 확인하게 되니 견디기 힘들었다. 즉 나는 결코 그들과 한편이 아니며, 이런 확실한 사실을 부정하려 애쓰는 것 자체가 아무 소용이 없다는 것을 그들은 나보다 먼저 이해하고 있었고, 오늘의 이런 결과는 모두 나의 자업자득인 셈이었다. 그리고 정말이지 창피했다. 프랑스인이라는 창피함, 극진한 대접을 받는 어린아이 같은 창피함, 태어날 때부터 세상의 보호를 받으며 위험의 안전지대에 있다는 창피함. 하지만 무엇보다도 형, 벤, 에메르손과 여자들을 따라가지 않았다는 창피함, 처음에 바로 따라가서 오래전부터 우리를 갈라놓은 이 차이를 벗어던지지 않은 창피함을 느꼈다. 나에게 가장 상처가 되었던 것을 콕 집어서 말하자면, 사실 형수를 포함한 내 형제들이 잠깐이라도 내가 자신들을 쫓아갈 수 있었을 것이라는 생각은 하지도 않고, 잠깐이라도 자신들과 함께 도망치기 위해서 내가 군인들이 제공하는 편안함을 포기할 수 있을 것이라는 생각은 하지도 않고 모두 내게서 멀어져갔다는 것, 바로 그것이었다.

저녁에 식구들이 모두 집에 모였을 때 나에게 아무런 비난의 말을 하지 않았다는 것이 바로 그 증거였다. 내가 했던 공연에 대해 언짢은 표정을 짓지도 않았고, 군인들이 나를 데리고 갔던 일에 대해서 입도 뻥끗하지 않았다. 마찬가지로 내가 일 때문에 어쩔 수 없이 첫 비행기를 타고 파리로 돌아가야 한다고 말했을 때 모두 아무 말도 하지 않았고, 특별히 실망감을 내비치지도 않았다. 모두 이해하니까 그렇게 조심스러워하면서 이야기하지 않아도 된다고 말하려는 것처럼 조용히 머리를 끄덕였을 뿐이다. 소파에 앉아 계시던 아버지만 두 번의 기침 발작을 하면서 "벌써? 아쉽구나."라는 말을 중얼거리셨던 것 같다.

하지만 아버지가 입을 벌리지 않고 중얼거린 이 짧은 문장들은 아버지가 하시는 다른 말들과 마찬가지로 전혀 명확하지 않았다.

3

BEAU RÔLE

　다른 여행객들은 어떤지 모르겠다. 하지만 나는 러시아에 처음 간다는 생각 때문에 내 머릿속은 매력적인 동시에 무시무시한 고정관념으로 가득 찬 환상에 휩싸였다. 모든 것은 기장이 왼쪽으로는 에스토니아의 탈린을 볼 수 있으며, 그 위쪽은 핀란드라고 알려주는 그 순간부터 시작된다. 지구 북쪽으로 이렇게까지 높이 올라와본 적은 한 번도 없었지만, 특히나 지금 같은 12월 초에 창을 통해 지면에 닿을락 말락 하는 축축한 황혼 속의 무언가가, 분명치 않은 낮과 밤 사이에서 계속 흔들리고 얼음사막으로 이어질 것만 같은 지평선에서 피어오르는 아지랑이 속의 무언가가, 이런 모든 것들 속의 무언가가 암흑이라는 단어를 떠올리게 한다.

　그리고 착륙하기 직전 옆자리에 앉아 있던 평범한 인상의 수염을 기른 땅딸막한 알바니아인과 나눈 대화를 통해 등급이 낮아

서유럽에서는 별 쓸모가 없지만 여기서는 아주 좋은 반응을 얻고 있는 농기계를 러시아인들에게 되파는 것이 그의 직업이라는 것을 알게 된다. 비행기가 하강을 시작하고, 구름 사이로 물에 잠겨 얼어 있는 땅, 투명한 호수와 메마른 숲이 군데군데 있는 검은 땅, 지구에서 가장 광활한 나라의 극히 일부분이라고만 생각되는 땅, 저 밑 어디에서든지 도로로 국경을 넘지 않고도 동해東海에 닿을 수 있을 것이라는 생각이 드는 그런 땅의 단편들을 처음으로 보게 된다.

이제는 별 도리가 없다 싶은 생각이 드는 순간, 지겨울 정도로 많이 언급되는 영상과 단어들이 머릿속에 떠오른다. 체르노빌, 차르, 공산주의, 푸틴, 마피아, 체호프, 전쟁, 방사선, 금속제품, 장갑함, 적군赤軍, 다차스,[52] 협동조합, 강제노동, 관료정치, 독재, **얼지 마, 죽지 마, 부활할 거야**, 낮고 무거운 하늘, 허허 벌판, 흐린 태양, 습기, 겨울, 추위, 학살, 민족 말살, 중세, 암흑, 체첸, 반계몽주의, 용기, 저항, 힘, 문학, 행복 무無, 보드카, 썩은 치아, 광기, 죽음, 천재, 체념. 마침내 최소한의 안전 기준에 맞춰 한 줄기 가로등 불빛이 겨우 비추고 있는 착륙 트랙이 보이고, 나이를 알 수 없는 유조 트럭 측면에 쓰여진 무슨 말인지 모르는 러시아어를 보자 이루 말할 수 없는 짜릿함이 전해져온다.

튀니스에서는 대부분의 자동차들이 사막에서 바람을 타고 날

---

52) 과일이나 야채 같은 것을 심어 경작할 수 있는 토지가 딸려 있는 나무로 된 집.

아온 황토색 먼지 막으로 뒤덮인다. 겨울 초입인 상트페테르부르크에서는 모든 자동차들이 예외 없이 자동차 문 중턱까지 눈과 디젤기름 진창 때문에 얼룩져 있고, 앞창과 먼지가 뽀얗게 쌓인 창문으로는 풍경을 정확히 구분하기 어렵다. 두 도시 모두에서 택시 기사는 안전벨트를 매지 않고, 교차로에서 우회전이나 좌회전을 할 때면 차선은 무슨 장식인 양 사선으로 돌진하면서 필요 없이 서 있거나 고장난 신호등을 그대로 무시한다.

밤이었지만 상트페테르부르크 시외에 끝없이 늘어서 있는 공공 가로등은 작동되지 않았다. 사람들이 사는 어두컴컴한 건물의 외벽에서 불이 들어와 있는 창문을 발견하기란 매우 드물었다. 나는 파벨 룽긴의 〈택시 블루스〉의 한 장면을 생각나게 하는 눈에 파묻힌 어마어마하게 넓은 텅 빈 대로 위를 달리고 있었다. 라디오에서는 80년대의 영국 히트곡이 흐르고 있었고, 알리에노르 샹플랭이 있다는 것만으로도 매혹적인 동시에 굴복시킬 수 없는 대상이 되어버린 이 도시에서 그녀를 다시 만난다는 생각에 나는 흥분되는 만큼 걱정이 앞섰다.

도시의 모든 전력과 돈이 네브스키 거리에 집중되어 있는 것 같았다. 샹젤리제의 두세 배 되는 이 거리에 갭, 풋 라커, 토미 힐피거, 맥도날드, KFC, 라운지 바, 중국식당과 피자 가게, 휴대전화와 선글라스 가게, 스타벅스가 있었고, 또 여기저기에 자동현금인출기가 설치되어 있었다. 요컨대 이곳도 다른 곳과 마찬가지로 세계화가 시작된 것이다. 하지만 다른 곳에서와 마찬가지로 현지 환경의 이국적인 요소들이 첨가되었다(세계화가 보이는 것처럼 그렇게 모든 것을 획일화시키는 것은 아니군).

밖에서는 눈이 소록소록 내리고 있었다. 사람들은 크리스마스 쇼핑에 가진 돈을 다 쏟아부었다. 청바지에 무늬 없는 폴로 티셔츠를 입은 추위를 타지 않는 젊은이들이 셋 혹은 넷씩 무리를 지어 말 그대로 빛에 파묻혀 있는 인도 위를 성큼성큼 걷고 있었다. 상트페테르부르크 중산층의 젊은 남녀들은 키가 크고 호리호리하며 날렵하고 아름다웠다. 이탈리아나 레바논의 최신 유행을 쫓는 젊은이들처럼 옷을 입고 똑같은 헤어스타일을 하고 있었는데, 브랜드가 짝퉁이라는 게 차이라면 차이랄까. 내 옆을 스쳐지날 때면 모두 내 까만 피부를 뚫어져라 쳐다보았다. 분명 그들 마음속에서는 '와, 미국 영화랑 뮤직비디오에 나오는 그런 흑인이잖아!' 라는 식의 생각(하지만 여전히 미국인들이 영화에서 왜 그렇게 많은 흑인들을 등장시키기를 원하는지 제대로 이해하지 못하면서)과 그런 풍토 속에 여전히 남아 있는 검둥이에 대한 본능적인 거부감이 서로 한 치의 양보도 하지 않고 있을 것이다. 어쨌거나 나는 최근 그 지역의 스킨헤드들에 의해 코트디부아르 학생들이 살해되었던 일을 생각하지 않을 수 없었다.

날씨는 생각했던 것보다 그렇게 춥지는 않았다. 그래도 모자, 점퍼, 따뜻한 바지와 신발을 갖춰 입으려면 예상하지 않은 지출을 할 만큼 충분히 추웠다.

어떤 건물 4층에 있는 호텔에 방을 하나 잡았다. 그곳은 구시대

장식처럼 오렌지와 푸른 사과 톤으로 칠해져 있었고, 이중 출입문이 있는 건물 입구 홀에는 테크노 음악이 흐르고 있었다. 둥글고 널찍널찍한 글씨체로 위층에 인터넷 카페가 있음을 알리는 문구와 계단 옆에 서 있는 스무디와 게토레이 자판기를 보니 코펜하겐이나 레이캬비크에 와 있는 듯한 느낌이 들었다. 두 도시 모두 한 번도 가본 적은 없지만, 우선 피어싱에 치아는 하얗고 몇 개 국어에 능통한 젊은이들로 넘치는 건전하고 차분한 디지털 신세대 같은 분위기가 이곳과 비교할 만하다는 생각이 들었다.

이 도시에는 나를 즐겁게 할 만한 모든 것이 있다는 것을 느낄 수 있었다. 바람을 쐬고 기분 전환을 하기 위해서 네브스키를 한 바퀴 쭉 돌아볼 수도 있었지만 산책할 기분은 아니었다. 나는 피곤에 절어 있었고, 내가 이곳에 온 것은 바로 알리에노르 샹플랭을 만나기 위해서였다. 하지만 신발도 벗기 전에 그리고 손을 씻기도 전에 침대에서 보낸 첫 번째 문자에서 내 초조함을 너무 빤히 드러내 보이지 않으려고 애썼다. "도착했음. 올래?" 문자가 좀 건방졌지만 어쩌면 내가 주도권을 잡는 걸 좋아할지도 모른다고 생각했다. 그리고 자기가 있는 곳으로 나를 오게 만든 건 결국 그녀였고, 게다가 엄청난 비용을 들여 움직인 것은 나였다. 이제는 내가 그녀에게 호의의 증거를 보여달라고 요구할 차례였다. 더구나 무엇보다 다른 여자들에게 하듯이 알리에노르 샹플랭에게 그렇게 말하지 못할 건 또 뭐야?

국제 기준에 맞춘 호텔방의 정돈된 모습에서 러시아풍일 만한 것을 찾아보기 위해 방 안을 천천히 훑어보았지만 별 성과는 없었다. 느긋하게 샤워를 하고 텔레비전을 켜자 꽤나 오래된 버라이어티 프로그램이 방영되고 있었다. 그 프로그램에 나오는 코미디언이 이야기할 때 프랑스어 억양이 느껴졌다. 한동안 채워지지 않은 호기심으로 러시아 케이블 채널을 이리저리 돌려보았다. 그러나 1시간이 지나도 알리에노르 샹플렝에게서는 문자가 오지 않았다. 노예처럼 문자가 오기만을 기다리며 시간을 다 보내지는 않겠다고 나 스스로를 설득하고자, 문자가 올 경우를 대비해 수신음의 볼륨을 최대한 올려놓고 잠을 청하기로 마음먹었다. 호텔 방은 깊은 침묵 속으로 빠져들었다. 밖에서는 저 멀리서 이 도시가 아닌 천공 어딘가에서 들려오는 듯한 총소리가 어둠 속에서 반복적으로 울려 퍼지고 있었다. 근처에 사격 연습장이 있나? 네브스키 대로에서 마피아들 간에 이권 다툼이라도 벌이는 건가? 이상하게 고함 소리도 비명 소리도 사이렌 소리도 들리지 않았다. 아무도 공포에 사로잡힌 것 같지 않았고, 가브릴로 프린치프가 페르디난트 대공을 암살한 계기로 제1차 세계대전이 발발했던 1914년 6월 28일 사라예보에서 그가 손에 들고 있던 FN1910과 같은 모양의 투박한 권총을 머릿속에 떠올리다 마침내 잠이 들었다. 아무것도 생각하지 않으려고 애쓰는 것보다 그 편이 훨씬 속 편했다.

밤 10시가 되기 조금 전에 눈이 떠졌는데 정신이 멍하고 머리도 묵직하니 왠지 기운이 없었다. 밖에서는 여전히 일정한 간격으로 총성이 울리고 있었다. 휴대전화에는 역시나 도착한 문자가 하나도 없었다. '마지막으로 보내봐야지. 이번에도 답이 없으면, 못된 년 같으니라구, 그냥 가버려야지. 근데 이 바보 같은 계집애는 도대체 날 뭘로 보는 거야?' 실망스러운 마음을 달래고 너무 빨리 문자를 보낸 것에 대해 스스로를 책망하지 않으려고 사이버 카페로 내려갔다. 혹시나 엘비라가 나에게 "미안해. 내가 지난번 메일에서 좀 심했다는 거 알아. 인정해. 넌 그런 취급당할 이유가 없어. 하지만 내게도 우리 일이 완전히 깨끗하게 정리된 게 아니거든. 나 너무 혼란스러워. 앙투안, 너를 잊는 게 쉽지가 않아. 내가 잘못했다는 거 알아. 만약 예전으로 돌아갈 수 있다면 분명히 다르게 행동할 거야. 너를 다시 볼 수 있으면 정말 좋을 거 같아. 서로 이야기 좀 할 수 있게 내가 너를 만나러 파리로 가면 어떨까?"라는 메일을 보내지 않았는지 확인했다.

메일 박스에는 새로 도착한 메시지가 하나도 없었다. 클로드의 메시지도, 라레라의 메시지도, 엘비라에게서 온 메시지도 없었다. 여행과 CD 세일 관련 광고 메일 몇 개만이 내가 얼마나 외로운 사람인지를 알려줄 뿐이었다. 엘비라의 반응을 보기 위해, 심각하게 나를 잠식시키기 시작한 이 실패감을 가라앉히기 위해 사과의 말을 막 작성하려던 참이었다('너에게 상처를 줘서 미안해. 그럴 의도는 아니었어. 정말이지 나에게 어떤 일이 일어날 수 있는지에 대해서 넌 관심도 없을 거라고 생각했거든. 정말 너를 아프게 하려던 건 아니었어, 미안해. 다시 말하지만 정말 미안해. 얼마나 창피한지 몰라. 내 행동이 나빴던 건 사실이지만 그건 내가 괴로웠기 때문이야. 어떤 여자도 너보다 더 큰 영향을 줄 수 없다는 걸 잘 알고 있었기 때문이고, 너를 잃음으로써 조금은 인생의 맛이 사라졌기 때문이야. 그건 말하자면 너를 자극하기 위한 절망적인 행동이었던 거야. 자존심의 폭발 같은 거지. 그런 경우 자존심은 거의 생존의 문제이거든. 디온 워윅이 자신의 노래 〈워크 온 바이〉에서 그렇게 말했어. "Foolish pride is all that I have left / So let me hide / The tears and the sadness you gave me / When you said good bye." 일주일 전 공항에서 이 가사를 너에게 보낼 뻔했어. 그런데 자존심이, 다시 한 번 자존심이 나를 막았지. 오늘에서야 너에게 이렇게 가사를 보내. 왜냐하면 자존심을 접었거든. 너도 아직 나를 사랑하지만 나에게 그걸 차마 말하지 못한다는 느낌이 들어서 내 자존심을 접은 거야. 너도 아직 나를 사랑하지, 그렇지? 너에게 직접 그 말을 들으러 내가 바르셀로나로 가면 어떨까?'). 그러니까 막 용서를 구하려던 찰나, 정확히 말해서 더 이상은 문자를 기다리고 있지 않았던 그때 휴대전화가 문자가 도착했음을 알렸다. "가가린스카야 가街 26번지."

순간 엘비라는 까맣게 잊혀졌다. 인터넷을 끄고 돈을 지불하고 방으로 돌아왔다. 재빨리 머리를 손질한 후 엘리베이터를 타고 내려가서 다시 네브스키로 향했다. 경찰도 없었고 구급차도 없었고 구경하는 사람들의 어수선한 소리도 없었고 안전선도 없었다. 바로 조금 전 총싸움이나 무장 강도의 습격이 있었다는 사실을 확인할 수 있는 건 아무것도 찾아볼 수 없었다. 아까 보았던 젊고 활기찬 무리가 여전히 눈에 띄었으며, 가로등과 매우 세련된 꽃 장식, 도로보다 낮은 곳에 자리한 은은한 조명이 비치는 식당, 예의를 갖춰 인사를 하거나 누구 하나 제대로 할 줄 모르는 영어를 쓸 필요 없는 상점이 이 시간에도 아직 문을 연 채 아까와 마찬가지로 끝없이 늘어서 있었다. 한 상점에 들어가서 미국에서는 149달러면 살 수 있지만 이곳에서는 215달러, 즉 5,542.16루블에 판매되는 노스페이스의 최신 검은색 레드포인트 파카를 한 벌 사들고는 두 여점원의 관능미 넘치는 노골적인 미소를 뒤로한 채 그곳을 나와 소리쳐 택시를 불렀다.

네브스키를 벗어나면 불빛이 사라지고 밖에서 보기에는 사람들이 살 것 같지 않은 육중한 건물들이 늘어서 있는 적막한 거리가 끝없이 펼쳐진다. 저 건물들 속에는 조금은 〈파리에서의 마지막 탱고〉에 나오는 아파트처럼 허름한 벽과 왁스를 바르지 않은 마루가 있을 것이다. 인도 옆에 주차되어 있는 자동차는 거의 찾아볼 수 없고, 이로 인해 공간이 열 배쯤 더 크게 느껴진다. 동시에 획일화된 색조가 상상력을 자극한다. 상트페테르부르크는 터무니없이 크고 시간을 초월하는 텅 빈 공간인 동시에 냉담하면서도 위협적인 아름다움이 느껴지는 곳이다. 왜 프랑스에서는 이 도시에 대해 더 많은 정보를 전하지 않는지 의아해진다. 물론 프랑스 사람들도 상트페테르부르크를 알고 있다. 표트르 대제를 알고, 페트로그라드[53]와 배고픔과 추위로 80만 명이 죽은 레닌그라드 요새를 알고 있다. 하지만 독일과 스칸디나비아의 장단에 맞춰 현대화 속에서 입지를 굳히고 있는 것처럼 보이는, 우리와는 거리가 먼, 우리보다 앞선, 우리를 두려워하지 않는 21세기 초의 상트페테르부르크는 알지 못한다. 영화 〈사랑은 타이밍〉을 통해 우리에게 "상트페테르부르크로 가세요. 멋진 곳이랍니다."라고 말하고 싶어했던 세드릭 클래피쉬 감독이 있기는 하다. 하지만 클래피쉬가 말하는 상트페테르부르크는 화창한 날씨에 부드럽고 화려하고 객관적으로 봐도 매혹적인 곳이다. 내가 말하고 있는 것들과는 전혀 상관이 없는 그런 곳이다.

'가가린스카야 가 26번지'에는 불투명한 창문에 비친 프로젝터, 제작부 트럭, 전력팀, 대형 케이블, 전기부품을 담는 금속함과 두툼한 재킷을 입고 벙어리장갑을 낀 두 손으로 커피 잔을 들고 있는 스태프들의 모습이 얼어붙은 텅 빈 거리 한가운데 있는 신기루처럼 보였다. 한창 촬영 중인 알리에노르 샹플랭을 보게 될 것이라고는 생각지도 못했기 때문에, 전혀 은밀할 게 없는 이런 곳에서 만나자고 하다니 나를 바보로 여기는 것은 아닌가라는 생각을 하지 않을 수 없었다.

"알리에노르 샹플랭 게이브 미 디스 어드레스."

팀버랜드 신발에 검은 청바지와 다운 점퍼를 입고 손에는 워키토키를 들고 건물 입구 앞에서 보초를 서고 있는 연수생에게 말했다.

---

53) 러시아 제2의 도시인 상트페테르부르크를 말한다. 제정 러시아 때는 페테르스부르크로, 1914년에는 페트로그라드로, 1924년에는 레닌그라드로 불리었다가 1991년 러시아어의 옛 이름인 상트페테르부르크로 불리기 시작했다.

"유어 네임?"

아주 심한 프랑스어 억양으로 그가 물었다.

"앙투안 막 폴라."

"아, 네. 어디서 본 것 같다고 생각했어요."

그는 열등한 위치에 있는 거만한 별 볼일 없는 사람들이 하는 그런 고집스런 경의를 표하며 말했다.

"저 위에요. 케이블을 따라가면 됩니다. 조용히 올라가세요. 지금 촬영 중이거든요."

위에는 어슴푸레한 빛, 촬영팀의 다른 스태프들, 휴대용 라디에이터, 커피 보온병, 샌드위치, 과자와 물이 놓여 있는 테이블이 있었다. 그리고 어둠 속에 커다란 방들이 늘어서 있는 긴 복도 끝에 직사광과 인공 열난로가 한밤중의 예수 탄생과 비슷한 분위기를 자아내고 있었다.

가까이 다가가자 누군가가 검지를 입에 대며 조용히 하라는 신호를 보냈다. 무감각해진 구경꾼처럼 팔짱을 끼고 있는 전기 담당 기술자의 어깨 너머로 반쯤 벌거벗은 알리에노르 샹플랭이 보였는데, 얼굴과 팔에 과하게 덧칠한 파운데이션 때문에 마치 유령 같았다. 그녀는 하얀 슬립 차림으로 사방에서 쏟아지는 조명 한가운데에 서서는 침대에서 웃통을 벗어젖힌 채 담배를 물고 있는 막심 르 갈에게 소리쳤다.

"나한테 그 이야길 하려고 파리에서 여기까지 오라고 한 거야? 겨우 그 이야기하려고? 나 원 황당해서. 너 정말 사람을 가지고 노는구나. 넌 완전 생또라이야, 알아?"

알리에노르 샹플랭의 재능을 이때 알 수 있었는데, "나 원 황당해서"를 비롯하여 그녀의 입에서 나오는 말에 그 감정이 그대로 전해졌다. 게다가 나는 그녀가 어느 정도까지 대사에 충실한지 궁금했고, '완전 생또라이야' 라는 말이 한 여배우 덕분에 유행어가 되지 않을까라는 생각까지 했다.

나는 불편했다. 알리에노르 샹플랭과 르 갈이 영화를 찍고 있는 모습을 보니 〈화이트 스터프〉 이후로 배우 활동을 하지 않은 내 모습, 그 이후에 받았던 위험한 제안들, 여전히 결정을 내리지 않고 있는 것으로 봐서는 나의 정치적인 장광설과 대본 연습 때 보인 내 당당함이 못내 마음에 들지 않았던 짓이 분명한 라레라, 오지 않는 중요한 전화에 대한 기다림, 클로드의 무능, 다시 해야만 하는 변변찮은 역할들, 텔레비전 영화, 광고, 엑스트라, 내 위치를 확고히 하는 동시에 아예 못을 박는 공연 실업 수당이 생각났다. 르 갈을 바라보면서 "그런데 저 사람이 나보다 나은 게 뭐지? 백인이라서?" 라고 자문해보았다.

〈화이트 스터프〉는 나에게 길을 열어주기보다는, 내가 믿었던 것처럼 그리고 신문과 잡지에서 떠들어댔던 것처럼 더 위대하고 더 화려한 것을 예고하기보다는 결국 제대로 펴보지도 못한 내 배우 인생의 최절정이었다는 생각이 들었다. 이 나이에 터무니없는 꿈을 꿔서는 안 된다, 미국으로 진출하기에는 너무 늦었고, 또 그곳에서는 나를 기다리지도 않는다, 배우라는 직업이 불공평하고 노력한 만큼의 내가가 꼭 주어지는 일도 아니지만, 다른 직업에는 전혀 관심도 없는데 어쩌라는 거냐고 속으로 중얼거렸다. 〈화이트 스터프〉를 찍는 동안과 그 후에 이어진 흥행 기간만큼 내 삶을 진정으로 사랑했던 적이 한 번도 없었음을 뒤늦게나마 깨달은 것이다. 그때는 단지 내 자신이 드디어 완성되고 있다는 느낌이 들었다. 하지만 그 순간에는 자유라는 이 느낌을 충분히 만끽하지 못했음을 깨달았고, 스무 살 때와 마찬가지로 인생으로부터 여전히 뭔가 더 좋은 것을, 더 많은 것을 기다리면서 끝없는 갈증으로 목말라했음을 깨달았다. 그렇게 내 자신이 완성된다는 느낌, 인정받는다는 느낌을 가졌을 때만큼 삶을 좋아했던 적이 한 번도 없었는데, 갑자기 그렇게 할 수 없는 내 자신을 보게 된다면 참을 수 없을 거라는, 다시 무명 배우로 돌아가서 더 이상 여자에게 "내가 출연한 영화가 3월에 개봉하는데, 시사회 초대장 하나 보내줄까?"라는 말을 할 수 없게 된다면 내 인생은 엉망이 되어버릴 것이라는 생각이 들었다.

어쨌든 지금은 그저 구경꾼일 뿐인 이 촬영 현장에 내가 있어야 할 그 어떤 타당한 이유도 없었지만 그래도 남아 있었다. 드디어 촬영이 끝났다. 배우들은 의상실로 돌아가 화장을 지우고 옷을 갈아입었다. 스태프들은 촬영 장비를 정리했다. 나는 옆에 마련되어 있는 방에서 여전히 저 멀리서 점점 더 산발적으로 들려오는 총소리를 들으며 오래된 《보그》지를 읽고, 의자와 촬영팀 테이블에 있는 커피 보온병 사이를 왔다갔다하며 침착하려고 애쓰면서 거의

1시간을 기다렸다. 그러고 나서야 드디어 알리에노르 샹플랭이 모습을 나타냈다. 단 한순간도 내가 있다는 것에 놀라지 않고, "왜 분장실로 오지 않았어?"라고 말하지도 않고, 내 여행에 대해 언급하거나 내 상태에 대해 물어보지도 않고, 최소한의 놀라움이나 흥분도 내보이지 않고, 나를 누군가에게 소개하지도 않고, 심지어 인사조차 하지 않고, 조감독이나 스크립터에게 하듯 별 생각 없이 "우리 저녁 먹으러 갈건데, 같이 갈래?"라고 말했다.

주저하는 모습을 보이는 게 그 어떤 것보다 더 모욕스럽다는 것을 알고 있었기 때문에 나는 가장 중립적인 어조로 재빨리 "그러지."라고 대답했다. 하지만 또 한 번 사람을 이렇게 뻘쭘하게 만들면 그때는 파리로 돌아가리라 굳게 결심하고 있었다.

그녀는 몇 분 후 택시 안에서 감독인 장데(나와 인사를 나눌 때 〈화이트 스터프〉에 대해서 단 한 마디도 언급하지 않음으로써 사악하게도 자기가 얼마나 그 영화를 별 볼일 없는 영화로 생각하는지 나에게 제대로 이해시켰다)와 이야기를 나눌 때 나를 당황하게 만들었다. 그러니까 나에게 등을 돌린 채 장데와 이야기를 나누면서 뭔가 약속이라도 하는 듯이 한 손가락으로 내 허벅지 안쪽을 몰래 쓰다듬기 시작했다.

나는 흥분을 가라앉히기 위해서 아무렇게나 한 마디 툭 던졌다.

"지금, 총소리 못 들었어요?"

식당 **제브라**("러시아 요리의 유명하고 독특한 음식과 음료가 있습니다. 오전 10시부터 마지막 손님이 나가실 때까지 영업합니다")는 바실리에프스키 섬 부근의 비르예보이 다리 근처에 정박해 있는 〈플라잉 더치맨〉 복제 선박 안에 있었다. 그곳에는 입구까지 연결되어 있는 칸느의 크루아제트 대로처럼 생긴 구름다리, 창문을 통해 보이는 네바 강 위로 파노라마처럼 펼쳐져 있는 만灣, 피트니스 센터, 피부 관리 및 마사지 실, 나이트클럽, 150여 종 이상의 세계 각국의 칵테일을 갖춘 바가 마련되어 있었다. 상트페테르부르크에는 80년대 서유럽의 가장 트렌디한 장소들이 전혀 부럽지 않을 만큼 깜짝 놀랄 만한 곳들이 있다는 것과 관광객들에게 이런 인상을 주기 위해 엄청난 돈을 투자하는 것이 그들에게는 일도 아니며 자존심의 문제라는 것을 증명이라도 하듯 주인들이 많은 애를 썼다는 것이 느껴졌다.

알리에노르 샹플랭, 장데와 내가 도착했을 때 촬영팀의 다른 멤버들은 이미 큰 테이블 주위에 자리잡고 있었다. 나는 초밥과 탄산수를 주문하고는 모든 사람들이 의도적으로 나에게 보여주는 것 같은 무관심을 틈타 살며시 화장실 쪽으로 사라졌다. 지나가면서 바의 계산대에서 식당 명함을 하나 집어들었다.

화장실에는 아프리카 사람이 한 명 있었다. 내가 이 나라에 도착한 이후 처음 마주치는 흑인이었다. 그는 손에 양동이와 걸레를 들고 있었다. 그가 꼭 프랑스어를 하지는 않을 것이라는 생각을 하면서 그에게 동질의식과 지지의 의미를 담아 "하이"라고 인사하듯 미소를 지어보였는데, 그는 꽤 냉담하게 고갯짓으로 답했다. 그런 반응에 우울해져서 그와 대화하고 싶은 마음이 사라졌다. 빨간 쿠션이 놓여 있고, 뮤직비디오가 나오는 개인 평면 TV가 있는 아주 고급스러운 곳에서 볼일을 봤다. 세면대에서 25그램짜리 인도산 비아그라 한 알을 주머니에서 꺼내 가득 담은 물 한 잔과 함께 삼켰다. 그래도 조금은 불안했다. "자, 힘내. 만약 이것 때문에 앞으로 네 물건이 제 기능을 하지 못하더라도, 적어도 일생에서 단 한 번은 제대로 하게 되는 거야. 알리에노르 샹플랭과 해보는 거, 아니, 이번에는 제대로 안 되는 걸 피하는 거, 그거라면 약간의 위험을 감수할 가치는 있는 거야."라고 중얼거렸다.

바지 속에서 특별히 아무 일도 일어나지 않음을 느끼면서(성관계 시작하기 30분에서 1시간 전에 1정 복용) 화장실에서 나와 내키지 않았지만 테이블에 앉아 있는 다른 사람들과 자리를 같이했다. 손님이 거의 없는 식당 반대쪽에 무릎에 가방을 올려놓은 채 혼자 앉아 있는 여자가 있었다. 내가 도착했을 때부터 눈도 깜빡이지 않고 나를 계속 뚫어져라 쳐다보고 있는 너무나 짙은 화장을 한 이 이상한 젊은 여자의 시선에 나는 당황하여 어디에다 시선을 두어야 할지 몰랐다. 약 15분쯤 후 웨이터들이 우리가 주문한 식사를 가져오기 시작했을 때도("잘 차려입은 손님을 접대하느라 주인이 여러분을 냉대할지도 모릅니다"), 젠디와 한창 이야기를 나누고 있던 알리에노르 샹플랭은 여전히 나에게 눈길 한 번 주지 않았다. 그것 때문에 더 기분 나빠하지는 말자 다짐하면서 내 차례를 꾹 참고 기다리려고 했다. 막심 르 갈이 우리가 있는 곳으로 와서 외투를 벗으며 자리에 앉기 전에 알리에노르의 입술에 키스를 하기 전까지는 말이

264

다. 나는 너무나 어처구니없는 그 광경에 말문이 막혀버렸다. 배는 고프지 않았지만 냉동 초밥을 다 먹어치우고는("음식의 질은 전반적으로 양호합니다만, 대개의 경우 여러분은 음식 때문이 아니라 장소와 분위기 때문에 돈을 지불하게 됩니다"), 입을 닦고 테이블에서 일어나 예의바르게 모든 사람들에게 악수로 인사를 하고 계산대로 향했다. 그리고 품위 있게 내 저녁 식사 값을 지불하고는 윗도리를 찾아들고 밖으로 나왔다.

걷기 시작했을 때가 거의 새벽 2시가 다 되어가고 있었다. 눈이 내리는 가운데 어쩌다 보이는 관광객들이 비르예보이 다리에서 에르미타주 국립미술관을 사진기에 담고 있었다. 추위와 어둠 속에 갇혀버린 과도한 조명 때문인지 그 건물을 보니 죽은 별이 생각났다. 자동차가 맨홀 뚜껑 위를 달릴 때 내는 폭발음 같은 소리와 도시의 지하 속으로 이어지는 울림에 깜짝 놀라고 나서야, 끊임없이 들려오던 총성이 어디에서 나는 것이었는지 알 수 있었다. 한참 걸어가다 보니 저 멀리 군함 박물관의 거대한 광장이 눈에 들어왔다. 마치 군함에 갇혀 다시는 육지를 밟을 수 없을 것 같은 생각이 들었을 때 등 뒤에서 누군가 다가오는 발소리가 들렸다. 뒤를 돌아보니 눈썹까지 하얀 털모자를 눌러쓰고 역시나 하얀 외투 위로 깨끗이 떨어지는 파란색 캘빈 클라인 머플러를 목에 두른 알리에노르 상플랭이었다. 차분하게 걸음을 멈추고는 그녀가 다가오기를 기다렸다.

"도대체 왜 그러는 건데?"

그녀는 불쾌할 정도로 부드럽게 내 허리를 잡으면서 물었다.

"날 원망하지는 마. 나는 널 다른 사람과 나눠 갖고 싶은 생각은 별로 없거든."

내가 점잖게 몸을 빼며 대답했다.

"더 이상 별로 있고 싶은 생각도 없었고, 그냥 더 이상 그러고 싶지 않았어. 나 파리로 돌아갈 거야."

"그래, 그럼 할 수 없지. 잘 가."

그녀는 단 한순간도 나에게 무언가 미안하다는 느낌 따위는 조금도 보여주지 않은 채 다른 곳에 더 재미있는 일이 있다는 듯 씩씩하고 당당하고 꿋꿋하게 뒤도 돌아보지 않고 가버렸다.

내가 했던 말을 머릿속으로 되새기며 나는 다시 혼자 걷기 시작했다. "더 이상 그러고 싶지 않아." 정말 그랬다. 더 이상 아무 것도 하고 싶지 않았다. 그런데도 불구하고 그 순간 내 물건이 고개를 쳐들기 시작했다. 내 의지와는 전혀 상관없이 무지막지하게 고개를 치켜들고 있었다. 그렇게 나는 아무 이유 없이 다리 위에서 등신 같은 모습이 되어 있었다.

멜리키앙이 메일을 보내왔다.

안녕, 앙투안!

《퓌블릭》 표지에 상트페테르부르크에서 알리에노르 샹플랭과 로맨틱하게 포옹하고 있는 네 모습이 실렸더라. 이제야 제대로 인정받게 됐나 보네! 이렇게 이야기해서 기분 나빠하지는 않겠지?

그 이야기를 하려던 건 아니고, 제랄딘과 나는 네가 우리 집에서 함께 저녁식사를 했던 멋진 추억을 아직도 간직하고 있어. 그래서 다시 한 번 그런 시간을 가져볼까 하는데, 네가 다음 주 금요일 저녁에 시간이 되는지 알고 싶어서 말이야.

꼭 영화 이야기를 하자는 건 아니고, 이번에는 옛 친구끼리 회포나 풀자는 거야.

옮긴이의 말

만남이라는 말 속에는 설렘이 담겨 있다. 그것은 아마 그 대상이 사람이든 상황이든 혹은 물건이든 뭔가 새로운 것을 발견하고 알게 된다는 기대감과 그 결과가 어떻게 될지 모른다는 예측불허성 때문일 것이다. 새로운 만남이란 예고 없이 날아오는 편지와도 같다. 그 편지가 나를 웃게 만들지, 좌절하게 만들지, 도전하게 만들지는 그 내용을 읽어봐야 알 수 있다. 이런 맥락에서 볼 때 역자인 나에게 《멋진 배역》과의 만남은 큰 행운이었다.

프랑스에서 가장 촉망받는 니콜라 파르그는 《난 네 뒤에 있었어》로 국내에 소개된 젊은 프랑스 작가이다. 이번에 그의 새로운 작품인 《멋진 배역》을 옮기게 됨으로써 한국 독자들에게 그를 좀더 알릴 수 있는 기회를 가질 수 있게 되었다는 사실에 무척이나 가슴이 설레었다. 다행히도 그런 설렘이 일시적으로 끝나지 않을 수 있었던 것은 물론 작품 때문이기도 했다. 그의 문체는 일상생활에서 편하게 이야기하듯이 가볍게, 머릿속에 떠오르는 생각들을 그대로 쏟아내는 듯 굉장한 흡입력이 있었고, 우리나라의 7080세대가 겪었던 여러 문화코드가 작품 초반에 파노라마처럼 펼쳐지면서 독자의 공감대를 이끌어낸다.

물론 우리에게는 아직도 생경하게 느껴지는 인종 문제, 그것도 프랑스라는 사회 내에서 제기되고 있는 그들의 인종 문제를 한국 독자들이 어떻게 받아들이고 얼마만큼 소화할 것인가에 대한 우려가 없지는 않았다. 하지만 지금까지 국내 독자들에게는 소개되지 않았던 프랑스 사회의 중요한 단면을 보여줄 수 있는 기회가 될 수 있다는 생각과 우리 사회 속에서 '다문화 가정'의 비중이 점점 높아지는 현실을 감안해볼 때 인종 문제가 우리와 전혀 상관없는 세계의 이야기만은 아니라는 생각이 들었다. 올림픽이 막 끝났던 20년 전에는 우리 사회에서 다문화 가정의 문제가 중요한 화두로 등장할 것이라는 예상은 하지 못했다. 그와 마찬가지로 앞으로 2, 30년 후 우리 소설에도 《멋진 배역》의 주인공과 같은 입장에 서게 되는 인물들의 이야기가 등장하게 될지 누가 알겠는가?

카메룬에서 유년기를 보냈고 마다가스카르에서 체류한 경험이 있으며, 자이르 여인을 아내로 맞아 두 명의 자녀를 둔 니콜라 파르그에게 '혼혈'이라는 문제는 직접 피부에 와 닿는 것이었을 테고, 그들이 느끼는 사회적 · 문화적 충돌에 관심을 갖게 된 것은 어쩌면 자연스러운 일일 것이다. 하지만 이 소설이 이런 무거운 사회적인 주제를 다루고 있음에도 불구하고 가벼운 리듬으로 처음부터 끝까지 독자의 호흡을 끌고 나갈 수 있는 이유는 성공을 꿈꾸며 하루하루를 살아가는 우리와 같은 평범한 사람들의 이야기이기 때문일 것이다. 비록 주인공이 영화배우라는 다소 선망의 대상인 직업을 가지고 있지만 그의 시선을 따라가다 보면 내 과거의 어느 한순간, 어느 경험을 떠올리게 되고, 그의 허황된 자만심과 명확한 근거 없는 자책감이 묘사된 부분에서는 내 모습의 일부를 들킨 듯한 느낌이 들기도 한다.

작가가 심혈을 기울여 빚어낸 작품이 번역이라는 과정을 거치면서 그 빛을 잃게 되지는 않을까 노심초사하고, 모국어의 맛도 제대로 살려내지 못하는 자신을 자책할 때면 정신적인 면에서뿐만 아니라 육체적인 면에서도 한계에 이르는 느낌이었다. 그래도 마음 한켠으로는 이렇게 좋은 작품에 조금이나마 나의 숨결을 더할 수 있는 기회가 주어진 것이 무척이나 행복했다. 부디 그 숨결이 독자들에게 행복을, 전하는 데 미력하게나마 일조할 수 있었으면 하는 바람을 감히 가져본다.